BIBLIOTHÈQUE DES CHEMINS DE FER

UN MARIAGE EN PROVINCE

PAR

Mme LÉONIE D'AUNET

PARIS
LIBRAIRIE DE L. HACHETTE ET Cie
RUE PIERRE-SARRAZIN, N° 14
—
1857

PRIX : 1 FRANC

UN
MARIAGE EN PROVINCE

TYPOGRAPHIE DE CH. LAHURE
Imprimeur du Sénat et de la Cour de Cassation
rue de Vaugirard, 9

UN
MARIAGE EN PROVINCE

PAR

Mme LÉONIE D'AUNET

PARIS

LIBRAIRIE DE L. HACHETTE ET Cie

RUE PIERRE-SARRAZIN, N° 14

1857

Droit de traduction réservé

UN MARIAGE EN PROVINCE.

CHAPITRE PREMIER.

Le château de La Pinède.

Sur le littoral de la Méditerranée, entre Marseille et Toulon, on rencontre un petit port sûr et commode, entouré de rochers et bien garanti du vent du large par une sorte de jetée naturelle; les navires surpris par le mauvais temps s'y abritent parfois; mais d'ordinaire il ne renferme que les barques des pêcheurs de thons, de sardines et d'anchois. Ce petit port se nomme La Ciotat. Aujourd'hui, son nom éveille peut-être dans quelques esprits le souvenir du brick le *Carlo-Alberto*, qui porta Mme la duchesse de Berry sur les côtes de France; mais à l'époque où commence cette histoire, au printemps de 1835, l'existence de La Ciotat était aussi ignorée que si le petit port eût été situé dans les environs de Fernambouc ou de Batavia. A peine les dictionnaires géographiques en faisaient-ils mention, pour lui consacrer deux lignes qui lui concédaient cinq mille quatre cents habitants et reconnaissaient que le vin de ses coteaux vaut celui de Cassis.

On travaillait alors activement à terminer la route carrossable qui relie maintenant La Ciotat à Marseille. Malgré de grand efforts, le travail avançait lentement; le terrain offrait des difficultés de toute nature; le pic et la mine avaient fort à faire pour venir à bout de ces rochers et de ces précipices. On était plein d'ardeur néanmoins, car une route assurait les communications avec Marseille. Or Marseille, pour La Ciotat, c'est un Paris possible; l'autre, le vrai, on en sait le nom, on en parle, on ne songe pas à y aller — il n'est pas sûr que tout le monde en sût le nom en 1835.

Ceci n'a rien d'exagéré : c'était le temps où les paysans ôtaient leur chapeau à une image représentant le roi Louis-Philippe, en l'appelant le *bon Louis XVI*. Ce tonnerre qui ébranla le monde de 1789 à 1794, cette gloire qui l'éblouit de 1800 à 1815, avaient passé sur la tête de ces bonnes gens sans être aperçus.

La Révolution, l'Empire, qu'est-ce que cela pour des chevriers et des pêcheurs qui ne savent pas lire? On en était là, à cette époque. Depuis, tout a bien changé, Dieu merci! Qui a fait ce changement? Une meilleure administration? une bonne loi sur l'instruction primaire? Non. L'industrie. Un chantier de construction pour les bateaux à vapeur a été établi à La Ciotat, et, à partir de cette création, le mouvement, la vie, la lumière, sont venus visiter ce petit coin dédaigné de la civilisation.

A une lieue et demie de La Ciotat, à la base d'une colline couverte de pins nains, de chênes-liéges et de houx, se dresse un grand rocher bien connu des chevriers, qui s'y donnent rendez-vous, et l'ont appelé dans leur langage figuré : *le Pain de sucre*. A l'époque dont nous parlons, juste en face du Pain de sucre, le chemin se bifurquait : la route neuve et ferrée conduisant à Marseille faisait un coude et s'enfuyait entre une double rangée d'oliviers poudreux, tandis qu'un autre chemin, couvert de menues broussailles, soutenu par une chaussée dégradée, grimpait le long du flanc roide de la colline.

Par une belle matinée du mois de mars, un homme était

assis sur une petite marche naturelle qui formait comme une des assises du Pain de sucre.

Cet homme, vêtu du costume des bourgeois aisés, paraissait âgé d'environ quarante-cinq ans; il était petit, replet, brun et coloré. Sa physionomie offrait ce type assez connu, où une finesse trop superficielle pour être discrète se mêle à une certaine bonhomie; il avait le regard rusé et le rire franc. Pour un observateur, cela signifiait que le regard était de l'acquis. Le rire ne se contraint pas; s'il est faux, il ne peut s'empêcher de le paraître, ce qui est encore une façon d'être sincère.

Du reste, c'était un notaire : il se nommait Me Toussaint Lescalle; il possédait une des deux études de notaires royaux dont s'enorgueillissait La Ciotat.

Au moment où nous trouvons Me Toussaint Lescalle adossé à une des faces du Pain de sucre, il semblait attendre quelqu'un; de temps en temps il se faisait un abat-jour de sa main, pour mieux sonder du regard la route neuve, dont le soleil, à cette heure, changeait les cailloux en diamants et le sable en poudre d'or. Peu préoccupé d'admirer les effets du paysage, Me Lescalle n'interrompait son investigation que pour relire une lettre qu'il avait tirée d'un grand portefeuille placé sur ses genoux, ou pour consulter sa montre avec des signes visibles d'impatience.

Enfin, il parut avoir pris son parti; il se leva, ramassa son portefeuille, prit à la main un énorme trousseau de clefs posé dans son chapeau, et s'engagea dans le chemin mal entretenu qui s'ouvrait en face de lui.

A ce moment, le pas d'un cheval au grand trot retentit au loin, et un cavalier apparut à l'angle de la route neuve. Me Lescalle vit le cavalier et revint sur ses pas.

« Ma foi, monsieur le baron, cria-t-il dès qu'il fut à portée de la voix, je perdais patience!

— C'est ce que je vois, mon cher Lescalle, répondit le cavalier en s'approchant rapidement; mais, si je suis en retard, ce n'est pas ma faute ; j'arrive de Marseille ce matin même ; je viens de passer deux jours chez le marquis de Prénis.

— M. le marquis de Prénis s'occupe-t-il aussi de notre élection? demanda le notaire.

— Nous en avons du moins parlé, » fit le gentilhomme d'un air réservé, qui voulait dire : « Il ne me convient pas de vous mettre au fait. »

M⁹ Lescalle parut avoir compris l'intention du baron, car il n'insista pas.

Tout en échangeant ces quelques mots, les deux hommes étaient revenus près du Pain de sucre, et le baron, ayant mis pied à terre, attacha son cheval au tronc d'un olivier.

« Je ne veux pas risquer les jambes de ma *Sylphide* dans ce casse-cou, » dit-il en montrant le chemin couvert de ronces et de pierres.

Le notaire déguisa un sourire, en jetant un coup d'œil à la bête désignée sous ce nom ambitieux. La Sylphide était une haute et longue jument de couleur indécise; autrefois elle avait pu mériter de telles précautions pour elle, mais elle ne semblait plus devoir les inspirer à son maître que par prudence pour lui-même. La Sylphide paraissait avoir douze ou quinze ans, et ses genoux portaient témoignage de l'affaiblissement de ses forces.

Le cavalier présentait plus d'une analogie avec sa monture : il paraissait être au même moment de la vie, c'est-à-dire à plus des deux tiers; il était grand, mince, efflanqué; sa tête, petite et bien faite, portait un de ces masques à grands traits, qui prennent en vieillissant quelque chose de la physionomie du cheval et du levrier combinés, et ont par excellence ce qu'on appelle l'air aristocratique. Il se nommait le baron de Croix-Fonds, et se prétendait issu d'une famille qui avait, disait-il, combattu avec le roi René d'Anjou dans les guerres où la maison d'Anjou disputait Naples à la maison d'Aragon.

Il passait du reste dans le pays pour avoir plus de noblesse que d'écus ; cependant, comme il possédait à Paris un frère aîné, pair de France et fort riche, la considération attachée à sa situation présente se doublait de toute la valeur des éventualités que pouvait lui réserver l'avenir.

« Notre excursion de ce matin a peut-être cessé d'être intéressante pour vous, monsieur le baron, dit le notaire, renouant la conversation et prenant à son tour un air important.

— Comment l'entendez-vous ? fit le gentilhomme.

— Vos vues vont se trouver contrariées.

— A-t-on renoncé à vendre La Pinède ?

— Ce n'est pas cela ; il se présente un acquéreur.

— Sérieux ?

— Très-sérieux.

— D'où le savez-vous ?

— Tenez, lisez, dit le notaire en tirant une lettre de son portefeuille ; c'est de Mᵉ Berthet, de Marseille. »

Le baron parcourut la lettre du regard, y cherchant un nom.

« M. le comte de Védelle ! Qu'est-ce que cela ? dit-il.

— Un ancien magistrat, je crois ; noblesse de Lorraine.

— Eh bien ! nous verrons jusqu'où ce nouveau venu poussera la surenchère.

— Au prix où nous avons fixé la mise en vente, la surenchère a de la marge, fit confidentiellement le notaire.

— Nous verrons, répéta le gentilhomme ; il restera peut-être en chemin. C'est ce prix-là même qui l'a alléché, sans doute ; en voyant un concurrent du pays, il s'arrêtera.

— Et vous continuerez ? demanda le notaire.

— Il faut que mon fils Césaire arrive à la députation, n'est-ce pas ? donc, il faut assurer sa position par l'acquisition de La Pinède ; nous ferons dans ce but tous les sacrifices possibles. Mon frère nous aidera, » ajouta le baron après une pause.

Mᵉ Lescalle fit un signe d'assentiment.

« Si le vicomte de Croix-Fonds s'en mêle, dit-il, tout ira sur des roulettes.

— Je suis bien aise de visiter ce domaine mystérieux, reprit le baron sans répondre à l'observation du notaire; c'est un vieux caprice que je vais satisfaire. J'ai toujours eu envie d'aller à La Pinède, et, depuis quinze ans que je suis de retour à Croix-Fonds je n'ai pu en obtenir l'entrée; pourtant les clefs étaient entre vos mains.

— J'ai reçu les clefs de La Pinède il y a seize ans, répondit le notaire, lorsque le comte Honoré l'a quittée, après la mort de sa femme, et depuis cette époque je n'y suis plus venu moi-même; j'avais des ordres précis, je les ai exécutés.

— Et personne n'est plus entré dans le château? personne, en seize ans?

— Le comte Honoré est venu chaque année y passer une semaine, jusqu'à sa mort arrivée l'an dernier.

— Tout doit être là dans un état déplorable, dit le baron.

— Probablement; nous allons voir. »

En achevant ces mots, M⁰ Lescalle choisit la plus grosse des clefs du trousseau qu'il tenait à la main, et l'introduisit dans la serrure rouillée d'une grille de fer.

Au-dessus de la grille, dans un médaillon de fer forgé très-enjolivé d'ornements dans le goût Louis XV, on voyait s'enlacer les deux lettres H P, surmontées d'une couronne de comte. De chaque côté de la grille s'étendait un mur de pierres meulières, bâti à sec, dont la ligne rigide suivait les ondulations d'un terrain fort accidenté et entourait tout le sommet d'une haute colline; celle-ci, en révolte contre ce mur gênant qui la serrait comme un corset de pierre, avait fait pousser de tous côtés une si grande quantité de ronces et de plantes parasites, que des brèches s'ébauchaient en beaucoup d'endroits. Cette muraille, encore solide et forte, renfermait environ soixante arpents d'un terrain sec, dévasté, inculte, semé de bouquets de pins, restes d'une ancienne forêt qui avait donné son nom à la propriété. Au milieu de cet enclos s'élevait une grande maison respectueusement appelée par tout le monde, dans le pays, *le château de La Pinède.*

La Pinède, quoique bâtie sur de petites proportions, méritait par son air noble, par son architecture soignée dans toutes ses parties, le nom de château qu'on lui avait donné. C'était une construction du temps de Louis XIII, moitié pierres, moitié briques, parfaitement carrée, ayant des fenêtres sur chaque façade et une seule porte constellée de clous à grosses têtes. Avec son toit plat et ses fenêtres inégalement percées dans un cube, La Pinède ressemblait singulièrement à un énorme dé à jouer.

Une grande terrasse dallée, entourée d'un mur à hauteur d'appui, s'étendait devant la porte d'entrée; ce mur supportait des vases de faïence bleue, contenant de la terre durcie et quelques arbustes desséchés.

Quatre acacias plantés aux coins de la terrasse étaient parvenus à une magnifique croissance; leurs branches, délivrées de la cruelle opération de l'élagage qui, autrefois, les obligeait à s'étendre en guise de tente devant la maison, prenaient les directions les plus capricieuses; l'une d'elles, profitant sans façon d'une vitre brisée à une fenêtre du second étage, avait pris sa direction par là et avançait chaque printemps dans la chambre un immense rameau fleuri et embaumé, qui devait étrangement surprendre les araignées filant paisiblement leurs toiles sur l'autre vantail de la fenêtre. A cela près de cette vitre brisée, tout était hermétiquement fermé dans le petit château. D'épais volets doublaient les fenêtres du premier, de gros barreaux de fer défendaient celles du rez-de-chaussée; n'eût été cette branche d'acacia effrontée et les brins d'herbe verts et frais poussant entre les dalles au bas de la porte, on eût pu croire les habitants de La Pinède absents seulement depuis quelques jours.

La terre parlait plus clairement que la maison. Durcie, crevassée, couverte de broussailles, de ronces, de lianes enchevêtrées, elle présentait l'aspect d'un complet abandon.

Une belle avenue d'oliviers allant de la terrasse à la grille d'entrée, quelques bouquets de pistachiers et d'amandiers, et des vignes occupées à étouffer les arbres fruitiers dans leurs nœuds multipliés, avaient seuls continué à prospérer en dépit de l'absence de soins.

Le sol de la Provence ne fait rien de bon livré à lui-même ; pour produire, il veut deux choses : être remué et être mouillé. Or, au moment dont nous parlons, il y avait seize ans que le terrain de La Pinède n'avait senti des bras ni bu l'eau bienfaisante d'un arrosoir.

Ce que nous venons de décrire s'offrit aux regards du notaire Lescalle et du baron de Croix-Fonds lorsque ayant poussé à grand'peine la grille de fer, dont les gonds rouillés refusaient le service, et parcouru l'avenue d'oliviers, ils se trouvèrent en face du château de La Pinède.

La grosse porte d'entrée, ouverte à l'aide d'une seconde clef prise au trousseau par Mᵉ Lescalle, introduisit nos deux visiteurs dans un grand vestibule dallé de marbre, d'où s'échappa cette odeur propre aux lieux inhabités ; odeur mélangée de poussière et de moisi, que les ménagères appellent odeur de renfermé. Mᵉ Lescalle se hâta d'entrer à droite dans un grand salon dont il ouvrit aussitôt les deux fenêtres. Le joyeux soleil du matin inonda de ses rayons l'intérieur de cette pièce si longtemps fermée, et les deux hommes restèrent frappés d'étonnement en regardant autour d'eux.

Les principaux meubles du salon formaient un groupe autour de la cheminée, où deux tisons éteints renversés sur les chenets s'emblaient n'attendre que le secours de la pincette pour se rallumer. Sur une causeuse basse, on voyait une tapisserie commencée, l'aiguille y était encore attachée, et un mouchoir de batiste déplié. Une table d'enfant, placée devant la causeuse, était couverte de petits moutons à colliers roses, pêle-mêle avec des lions ; des loups, des cerfs et des éléphants de carton ; des bergères vêtues de bleu, des chasseurs vêtus de rouge, attendaient, couchés sur un lit de papier de soie au fond d'une grande boîte de joujoux, leur tour de se mêler à ce troupeau paisible. La boîte avait été laissée ouverte sur la causeuse à côté de la tapisserie.

La place de la mère, celle de l'enfant, se trouvaient trop désignées par ces muets témoins, pour qu'on ne les reconnût pas tout de suite. Le travail de l'une, les jeux de l'autre, n'étaient qu'interrompus. Que faisait la mère? Elle allait entrer sans doute.

Où était l'enfant? N'entendait-on pas sa voix joyeuse dans la pièce voisine? Non. Silence absolu.

Les deux hommes se regardèrent. Ils éprouvèrent ce quelque chose d'inexprimable qu'on ressent parfois à la vue d'un nid vide. Un vieux notaire et un vieux viveur! Ce salon avait donc une bien puissante éloquence!

Sur un coin de la cheminée, on voyait un bouquet de violettes séchées; un journal était ouvert sur l'autre. Le baron de Croix-Fonds s'approcha :

« 7 mars 1819, lut-il.

— Il y aura seize ans demain, murmura le notaire; c'est le jour de la mort de cette pauvre comtesse de La Pinède.

— Voyons, Lescalle, racontez-moi donc un peu ce qui s'est passé alors, dit le baron en se remettant de son émotion; vous gardez les clefs de vos souvenirs, comme celles de La Pinède, avec une rigidité de geôlier.

— Je l'avais promis, répondit M. Lescalle; aujourd'hui mon indiscrétion ne peut plus déplaire à personne, hélas!

— Eh bien! levons les scellés de votre discrétion, pour parler légalement, et commencez. J'aime beaucoup les histoires; je présume, par tout ce mystère, que celle-là doit être intéressante. »

En achevant ces mots, le baron s'étendit sur un grand canapé, tira son étui à cigares et prit l'attitude commode d'un homme se préparant à écouter.

« Si vous attendez quelque récit compliqué et extraordinaire, votre curiosité va éprouver un mécompte, reprit

M. Lescalle. L'état dans lequel nous venons de voir La Pinède, ce salon, dont chaque meuble semble avoir une voix, tout nous dit qu'un grand malheur s'est accompli ici et a brisé deux existences.

— Je sais cela en gros, mais les détails? demanda le baron.

— Je ne vous dirai rien des La Pinède; vous les connaissez comme moi : c'est une des anciennes familles du pays. Sous le roi Louis XIII, ils ont fait bâtir ce petit château, dans une belle situation, au milieu d'un bois de pins, pour remplacer le château des Trois-Tours, qui tombait en ruines. Ils étaient, au reste, du petit nombre de ces nobles plus vénérés dans leur canton que connus à la cour; aussi la Révolution passa-t-elle sur eux sans les atteindre ni les déposséder, et la Restauration ne leur pardonna-t-elle jamais de ne pas avoir émigré. »

Le baron fit une légère grimace en lançant au plafond une énorme bouffée de tabac.

Les Croix-Fonds avaient émigré.

« Je vous fais grâce de l'histoire politique de la famille, dit-il; mon cher Lescalle, passons au roman intime.

— L'histoire est finie, et je n'en ai pas abusé, je crois, monsieur le baron; ce que j'en ai dit était nécessaire pour éclairer le roman intime. Ces quelques mots devaient vous expliquer comment le jeune comte Honoré de La Pinède renferma sa vie dans son bonheur conjugal et borna son horizon aux limites de ses domaines. Jeune, riche, noble, brave et intelligent, sa position sur le théâtre du monde eût été trop belle pour être dédaignée, si, sous l'Empire, d'honorables susceptibilités, et plus tard une fierté justifiée, ne l'eussent tenu à l'écart de Paris.

« D'ailleurs, il aimait ici. Il aimait sa cousine, Mlle Louise de La Pinède. Restés orphelins très-jeunes, Honoré et Louise éprouvaient l'un pour l'autre un de ces sentiments qui participent à la fois de toutes les affections et les remplacent; ils réalisèrent presque, dans ce petit coin de la Provence, ces types charmants et immortels de Paul et Virginie : seulement, à vingt ans, Paul épousa Virginie, qui en avait dix-huit.

« Ils eurent une petite fille qu'on appela Denise, et furent heureux six ans. Voilà toute leur histoire, simple et vite contée comme le bonheur. Puis, un jour, un coup de foudre s'abattit sur ce paradis.

« Mme de La Pinède, atteinte d'une maladie de cœur, mourut subitement. Elle s'éteignit belle, heureuse, adorée, souriante, entre sa petite fille jouant à ses pieds et son mari assis à ses côtés.

« Tenez, ajouta d'un accent ému M. Lescalle; tenez, monsieur le baron, je crois la voir encore, là, sur cette causeuse; sa belle tête renversée et pâle, sa main sur la tête de Denise, qu'elle semblait bénir dans un geste suprême; puis, à genoux devant elle, le comte Honoré s'efforçant en vain de lui faire respirer des sels, inutiles, hélas ! et la regardant d'un œil dilaté, où commençait à poindre la terreur du désespoir.

— Comment donc vous trouviez-vous témoin de cette catastrophe? demanda le baron.

— J'arrivais à La Pinède, pour causer de quelques affaires avec le comte, et, du seuil de cette porte par où nous venons d'entrer, je vis cette scène navrante. Du premier coup d'œil, je compris qu'il n'y avait pas d'espoir de rappeler la comtesse à la vie, et je m'efforçai d'arracher ce pauvre comte à cet affreux spectacle. Il se laissa faire comme un enfant. Il était presque fou; il resta ainsi pendant plusieurs semaines. Ses amis s'inquiétèrent de sa douleur; ils crurent efficace de lui faire quitter ce lieu où tout lui rappelait sa femme. Il s'y refusa d'abord; on invoqua le nom de sa fille : il céda. Avant de partir, il congédia tous ses domestiques, même le jardinier; il ferma le château et le parc, puis il me fit appeler pour me remettre les clefs, et exigea ma parole de ne jamais m'en servir pour entrer à La Pinède.

« Il voulait que cette maison, ces jardins, ces ombrages,

tout ce beau lieu où sa Louise était née, où elle avait vécu, où elle avait aimé, où elle était morte, portât son deuil et restât toujours sans elle solitaire et négligé. Je promis au comte d'observer fidèlement ses instructions, et, après m'avoir serré la main, il monta en voiture avec la petite Denise et la nourrice de l'enfant; il s'était décidé, en vue de l'éducation de sa fille, à aller habiter Paris.

« Depuis, chaque année, pendant quinze ans, il est venu au mois de mars passer une semaine à La Pinède; il demeurait, ces huit jours, seul, enfermé avec ses souvenirs, les évoquant un à un : les plus doux étaient les plus poignants. Ensuite il retournait à Paris près de sa fille.

« Dans le pays, en le voyant toujours morne et désolé comme le premier jour, on le disait insensé et on trouvait bien malheureux de voir une si noble famille n'être plus représentée que par un fou et une jeune fille.

« A son dernier voyage, je le trouvai plus accablé que jamais.

« Mon cher Lescalle, me dit-il, je m'en vais, » il avait quarante ans, « et je le sens avec joie. Ma fille a dix-huit ans, je
« vais la marier à son cousin de Mallarme; il l'aime, elle sera
« riche, heureuse, et moi j'aurai rempli ma tâche en ce monde,
« et je pourrai déposer sans remords ce fardeau de la vie qui
« m'a paru si lourd depuis quinze ans.

« — Comment, lui dis-je, monsieur le comte, vous avez de
« pareilles idées? Vous n'êtes pas malade, vous vivrez encore
« longtemps.

« — J'ai la pire des maladies, Lescalle, reprit-il; je souffre
« de la blessure incurable que fait le bonheur perdu. Oui,
« j'ai vécu six années dans cette sphère rayonnante et inaccessible qu'on appelle le bonheur. J'en suis tombé, la chute
« m'a brisé. Ce n'est pas aujourd'hui qu'il faut me plaindre;
« c'était autrefois, quand j'avais devant moi quinze années de
« douleur incessante, quand un devoir me retenait ici-bas.

« — Ce devoir s'appelait votre fille, » lui dis-je.

« Il parut ne pas m'avoir compris et garda le silence. C'était une âme blessée sans ressource; je le vis, et je me tus. Trois mois après, il était mort. Ses souhaits avaient été trop vite exaucés : il ne put voir se conclure le mariage de sa fille Denise avec M. de Mallarme.

— Et le mariage a manqué? dit le baron.

— Du tout; seulement le deuil l'a retardé. M. de Mallarme, qui est marin, est parti pour la station d'Orient, et Mlle Denise, conseillée par son tuteur, un M. Legrand, un des amis du comte, a mis La Pinède en vente.

« Vous savez le reste; comme le tuteur en question a omis de visiter la terre, il n'a pu apprécier la plus-value que lui assurait la route neuve en la rapprochant de Marseille. Je lui ai un peu exagéré l'état déplorable où la triste fantaisie du pauvre comte Honoré a laissé tomber la propriété, et nous sommes ainsi arrivés à une mise à prix qui en rend l'acquisition possible à Césaire, votre fils.

— Qui en rendait l'acquisition possible, dit le baron, si nous n'avions pas eu de concurrents sérieux; mais ce monsieur de... comment l'appelez-vous?

— De Védelle.

— De Védelle, qui nous tombe des nues, est bien déconcertant.

— J'avais cru faire pour le mieux. J'ai presque supprimé les annonces. Je n'ai affiché la vente que huit jours à l'avance, c'est-à-dire à peine le temps d'être averti à Marseille. Mais l'acquéreur vient de Paris.

— De Paris! je ne comprends pas, fit le baron.

— C'est très-simple. Il paraît que Mme de Védelle a rencontré dans le monde Mlle de La Pinède, et ces deux dames, en causant entre elles, ont tout arrangé. On ne pouvait prévoir cela!...

— C'est le diable! si on va au delà de deux cent mille francs, il me faudra renoncer; en usant de mon frère, en m'endettant, en engageant l'avenir, je ne puis aller au delà!

— Fâcheux! » dit le notaire.

Il y eut un silence pendant lequel les deux hommes s'observèrent.

« Il y aurait peut-être un moyen de tout arranger, reprit M⁰ Lescalle.

— Lequel?

— Je pourrais peut-être mettre à votre disposition une cinquantaine de mille francs, monsieur le baron.

— Vraiment, Lescalle, vous feriez cela! s'écria M. de Croix-Fonds, devenu subitement radieux.

— Mais, continua le notaire en pesant sur ses mots, ce serait le plus clair de la dot de ma fille que je vous donnerais là, et voilà Rose qui grandit!

— Ah! c'est la dot de votre fille! Alors.... » Et le gentilhomme prit un de ces visages froids qui disent : « N'en parlons plus!

— Êtes-vous bien sûr de vos électeurs? reprit M⁰ Lescalle, voulant sonder à fond la situation.

— A peu près; je ne suis pas inquiet de cela.

— C'est que j'aurais pu vous en rallier quelques-uns, si nous nous étions entendus.

— Faites; abondance de voix ne nuit jamais.

— Oh! ce serait assez grave pour moi, dit le notaire avec intention; vous comprenez, je ne puis, sans motif, me détacher de la fraction qui se rallie au nom de Richer de Montlouis.

— Toujours à cause de Mlle Rose? dit le baron en souriant finement.

— Toujours à cause de Rose; là, je veux bien jouer jeu sur table avec vous, monsieur le baron. Artémon Richer....

— De Montlouis, ajouta le baron en ricanant.

— Artémon Richer semble rechercher Rose; et, ma foi, c'est un trop bon parti pour que je me brouille avec sa famille en faisant manquer la candidature de son oncle.

— Artémon! un lourdaud, un pilier d'estaminet! Donneriez-vous votre fille à ce manant?

— J'aimerais trouver mieux, répondit le notaire; mais.... »

M. le baron de Croix-Fonds prit son chapeau, et sortit dans l'allée d'oliviers. Il était résolu à ne pas comprendre. Le notaire n'insista pas. La conversation en resta là; on se promena dans le domaine de La Pinède, évaluant chaque pièce de terre et admirant le désordre qui régnait partout et semblait devoir être de nature à dégoûter le nouvel acquéreur, s'il visitait avant d'acheter.

Après cette espèce d'inventaire approximatif, les deux hommes regagnèrent la route. Ils trouvèrent la Sylphide occupée à tondre avec soin la petite herbe courte qui poussait autour du Pain de sucre. Le baron se remit en selle et prit la direction de Croix-Fonds; le notaire fit quelques pas près de lui, s'entretenant encore de différents détails relatifs à La Pinède. Puis, tout à coup :

« Je crains bien, dit-il, que M. Césaire ne soit pas député. »

Et, sans attendre la réponse du gentilhomme, il s'éloigna par la route menant à La Ciotat.

« Ce vieil aristocrate, je veux qu'il me craigne, » se disait-il tout en pressant le pas pour ne pas manquer l'heure du déjeuner, et ne pas s'attirer une réprimande de la part de Mme Lescalle.

De son côté, M. de Croix-Fonds faisait ses réflexions. « L'appétit vaniteux des roturiers n'a plus de bornes! pensait-il; le notaire Lescalle ose m'offrir sa fille pour bru! Il va nous être hostile à présent. Cependant il faut que mon fils Césaire soit député. »

Et, embarrassé dans le dilemme que lui posaient son orgueil et son ambition, il revint à Croix-Fonds de très-mauvaise humeur.

Trois semaines après la conversation du baron et du notaire, le comte de Védelle était propriétaire de La Pinède. Une surenchère de vingt mille francs avait suffi pour arrêter en route les prétentions de M. de Croix-Fonds. En apprenant cette nouvelle, le fier baron eut une lueur de regret en songeant à la proposition du notaire.

Il fallait changer de batteries et trouver un autre domaine à acheter, capable d'élever M. Césaire de Croix-Fonds à la dignité d'électeur éligible. La chose pouvait ne pas être facile dans un pays encore assez primitif à cette époque pour que les propriétés y changeassent rarement de main. M⁰ Lescalle ne manqua pas de faire une observation dans ce sens au baron déconfit, et retourna ainsi le fer dans une plaie déjà très-vive.

CHAPITRE II.

La famille de Védelle.

La famille de Védelle arriva à La Pinède dans les derniers jours d'avril, à ce moment si délicieux en Provence, où les amandiers, poudrés comme des marquis, élèvent leurs têtes blanches au-dessus de tous les murs; à ce moment où le violier jaune, l'iris sauvage, la vigne de Judée, le lychnis blanc, la sauge naine, la valériane rouge, et mille autres fleurs vivaces et charmantes, jettent sur les collines un manteau brodé des couleurs du prisme, posent une aigrette au sommet des vieux murs, et répandent dans l'air leurs parfums printaniers. Les journées étaient tièdes et douces, les soirées devenaient parfois très-fraîches, grâce à ce vent insupportable nommé mistral, véritable fléau de la Provence.

Un soir que ce brutal visiteur avait rendu impossible la promenade de l'après-dînée, trois des nouveaux hôtes de La Pinède se trouvaient groupés autour de la grande cheminée du salon, où flambaient quelques bûches et quelques sarments exceptionnellement agréables ce soir-là. Ces trois personnes étaient le comte et la comtesse de Védelle, et leur fils aîné, Jacques de Védelle. Le comte, assis dans un grand fauteuil, lisait; la comtesse faisait de la tapisserie; Jacques, étendu sur une causeuse près de la table où travaillait sa mère, tourmentait le feu à grands coups de pincettes, et regardait attentivement s'élever dans l'air les tourbillons brillants des étincelles; amusement de rêveur ou de désœuvré — ce qui n'est pas la même chose. —

Un profond silence régnait dans la pièce; on n'entendait que le bruit régulier et monotone du balancier de la grande horloge de Boulle, placée entre les deux fenêtres, et les pétillements inégaux des étincelles. Dans un moment où Jacques se baissait pour ramasser un peloton de laine, sa mère se pencha à son oreille et lui dit à voix basse :

« Est-ce que ton frère n'est pas encore rentré?

— Je ne crois pas, ma mère, » répondit Jacques sur le même ton.

Mme de Védelle poussa un soupir, et tout retomba dans le silence.

Quoique échangées assez mystérieusement, les paroles de la mère et du fils parurent avoir été entendues ou devinées par le comte. Il sonna. Aussitôt la portière de tapisserie de Beauvais, qui tombait devant la porte du salon, se souleva, et le valet de chambre du comte, le vieux Vincent, montra sa tête blanche et sa figure ridée, où se lisait une satisfaction bien marquée.

« Vincent, demanda le comte de Védelle sans quitter sa lecture, M. Georges est-il rentré?

— M. Georges achève de souper dans la petite salle, et il a très-bien soupé ce soir, ajouta le bonhomme avec quelque importance.

— C'est bien, » dit le comte.

Presque au même instant, Georges de Védelle entra.

Georges, quoique âgé de vingt ans, n'en paraissait pas plus de seize ou dix-sept, tant il avait l'air frêle; ses traits, beaux et réguliers, étaient couverts d'une pâleur si mate, que son visage semblait taillé dans le marbre. On eût dit que la vie s'était toute réfugiée dans ses yeux; ceux-ci, noirs, brillants et doux à la fois, remplis d'une expression de rêverie distraite, complétaient l'étrangeté de cette physionomie. C'était un de ces visages qui attirent comme une énigme; seulement, plus fins que le sphinx de Thèbes, ils savent garder leur secret.

La mise négligée de Georges faisait un contraste avec l'élégance des autres membres de sa famille. Il portait, ce soir-là, un vêtement de chasse fort usé aux coudes et aux genoux, de grandes guêtres de cuir et des souliers à épaisses semelles; sans du linge irréprochable, sans deux admirables mains que l'on voyait sortir de ses manches râpées, on eût pu le prendre pour quelque jeune garde-chasse revenant de tournée.

En entrant, il salua son père, baisa la main de sa mère et alla s'asseoir sur la causeuse auprès de son frère, auquel il adressa un bon sourire qui illumina un moment son visage.

« D'où venez-vous encore, Georges, lui dit le comte, et pourquoi ne vous a-t-on pas vu à dîner?

— J'ai chassé tout le jour, mon père, et je me suis attardé, répondit le jeune homme avec une nuance d'embarras.

— Et sans doute vous nous avez rapporté beaucoup de gibier d'une si longue chasse?

— La saison est bien mauvaise, et je crois le gibier rare dans ce pays-ci.

— Qu'allez-vous faire à la chasse, alors, et quelle rage vous tient de courir ainsi, sans jamais rien rapporter? »

Georges ne répondit pas, et se mit à caresser d'un air distrait la tête d'un beau chien de chasse, qui était venu se coucher à ses pieds.

M. de Védelle continua:

« Au Val-Sec, au milieu de bois peuplés de gibier de toute espèce, nous assistions à pareille chose. Ainsi, vous n'êtes pas bon aux occupations des oisifs; rien n'a prise sur vous rien, pas même le plaisir. Vous ne serez jamais qu'une espèce de flâneur sauvage et indocile !

— Mais, mon père, interrompit Georges timidement, mes excursions peuvent m'amuser sans que ma chasse soit heureuse; je les crois même bonnes pour ma santé.

— La santé, la santé, voilà le grand mot lâché ! A mon avis, l'on commence à en abuser.

— Cependant, mon ami, dit Mme de Védelle essayant de venir en aide à son fils, si ces longues courses peuvent fortifier Georges !

— Georges me paraît en fort bon état, reprit le père, et il serait opportun de s'occuper maintenant de la convalescence de son esprit. Voyons, Georges, fit le comte plus doucement, ne peux-tu pas te remettre à quelque travail ? Jacques t'y aiderait, te dirigerait.

— De grâce, dispensez-m'en, mon père ; toute étude m'est devenue impossible ; je ne comprends rien aux livres que Jacques m'a donnés à lire.

— Ne comprends-tu vraiment pas le sens de ce que tu lis ? lui demanda sa mère.

— C'est selon, ma mère ; mais, au reste, je déteste la lecture, elle me fatigue. »

M. de Védelle reprit avec ironie :

« Tu préfères peut-être l'astronomie ; je t'admirais hier, te promenant le nez en l'air dans l'avenue ; les étoiles semblaient t'intéresser.

— Oh ! oui, répondit Georges ; c'est si beau, le ciel !

— Eh bien ! ta mémoire revient-elle, te rappelles-tu le nom de tes constellations ? tu as été fort au collége en cosmographie.

— Oh ! c'était avant ma maladie, mon père, et je ne sais plus comment on s'est amusé à désigner mes belles étoiles. Maintenant je les regarde, voilà tout ! »

M. de Védelle fit un geste de découragement. Sa femme voulut rompre cette conversation qui semblait lui être pénible.

« Jacques, dit-elle, nous voilà tous réunis, lis-nous donc quelque chose à présent.

— Volontiers, ma mère; j'ai reçu ce matin *Valentine*, de George Sand, et *Sous les Tilleuls*, d'Alphonse Karr; si vous voulez, nous lirons l'un de ces deux romans.

— Des romans! dit Mme de Védelle, et quelle espèce de roman?

— De l'espèce amusante, je crois, car ils ont eu grand succès, et le succès ne va pas d'ordinaire chercher l'ennuyeux.

— Ce n'est pas ce que je te demande; sont-ce de bons livres?

— Qu'avez-vous besoin de faire cette question, ma chère amie? dit M. de Védelle; les noms des auteurs y répondent.

— Je n'ai jamais rien lu écrit par eux.

— Eh bien! je vous l'apprendrai alors : ce sont des auteurs de la nouvelle école, c'est-à-dire les soutiens de l'immoralité la plus éhontée; des gens qui vont chercher leurs moyens d'émouvoir dans l'adultère, dont ils entreprennent le panégyrique. »

Mme de Védelle fit un geste d'horreur.

« Des gens, continua le vieux comte en s'animant, qui puisent leur intérêt dans des tombes dont ils font apparaître les cadavres. MM. Karr et Sand ont des places d'honneur dans cette orgie littéraire, qui déshonorerait la gloire des lettres en France, si, comme toutes les orgies, elle n'était destinée à finir promptement dans les convulsions de ses propres fureurs.

— Que n'occupez-vous encore votre siége à la cour d'assises? dit Jacques; quelle verve vous avez, mon père! »

Le compliment fit oublier à M. de Védelle que Jacques, par son goût pour les romans amusants, fussent-ils de la nouvelle école, méritait bien sa petite part de l'anathème paternel; il sourit, et, s'adressant à sa femme :

« Ma chère, dit-il, je ne pense pas qu'il vous convienne d'entendre Jacques nous lire de pareils livres.

— Non, sans doute, répondit la comtesse ; la lecture est un délassement qui ne doit pas devenir coupable en lisant de mauvais livres.

— Jacques nous lira quelques-uns des chefs-d'œuvre de la vraie littérature. Tiens, j'ai là un volume de Voltaire. Je commençais à relire *Mérope;* lis-nous cela, mon ami. »

Jacques n'eut pas l'air enchanté de la proposition ; néanmoins, il se leva, approcha un fauteuil de la table où travaillait sa mère, et commença la tragédie.

Jacques avait une belle voix, sonore, et un remarquable talent de lecteur. Son père écoutait cette pièce lue par lui avec un intérêt marqué ; sa mère écoutait sa voix comme une douce et sympathique musique. Quant à Georges, au bout de deux cents vers, il était profondément endormi sur la causeuse. La lecture s'acheva, non sans que le comte de Védelle eût jeté plusieurs fois un regard mécontent sur le dormeur.

A dix heures, chacun songea à regagner sa chambre. Georges dormait encore. M. de Védelle le montra à sa femme.

« Vous prétendez qu'il aime la poésie, dit-il.

— Le pauvre enfant est sans doute fatigué ; voyez comme il est pâle !

— Oh ! je sais que votre trésor d'excuses est pour lui inépuisable ; il faut songer cependant à le faire changer de vie. Regardez comme le voilà fait ! Ne dirait-on pas, à voir ses habits usés, ses souliers couverts de boue, un bandit dont la journée s'est passée à tenter d'échapper aux gendarmes ?

— Je lui parlerai demain, » répondit timidement la mère.

Pendant ce petit colloque, Jacques avait éveillé son frère, et lui faisait à voix basse quelques observations que celui-ci semblait écouter sans les comprendre.

Au premier étage du château, se trouvait un grand vestibule où s'ouvraient quatre portes battantes communiquant chacune à un appartement séparé. Lorsque le comte et la comtesse furent entrés chacun dans le leur, Jacques arrêta son frère, qui se préparait à monter le second étage de l'escalier.

« Tu as tort, Georges, lui dit-il, de ne pas faire plus d'attention aux remontrances de notre père; tu le fâches contre toi. Est-ce que la raison ne te viendra jamais?

— Quelle raison? répondit Georges, qui n'avait écouté que la fin de la phrase de son frère.

— Mon Dieu! la raison de vivre comme tout le monde.

— Ma façon d'être ne blesse personne, il me semble.

— Ce n'est pas la question; d'ailleurs, tu dois obéir à tes parents, et tes manières d'agir, si elles ne les blessent, du moins les mécontentent. Tâche de prendre un peu les habitudes d'un homme comme il faut. Tu as vingt ans, et, après tout, tu es le baron de Védelle.

— Cela m'est bien égal, fit Georges, d'être le baron de Védelle. Allons, Jacques, ne commence pas, toi aussi, à me sermonner. Jusqu'à présent tu ne t'en étais pas occupé; mais maintenant tout le monde s'en mêle, jusqu'à Vincent, qui, ce soir, en me servant à souper, m'a fait ses observations à propos de.... je ne sais quoi, car je ne l'ai pas écouté. Vraiment, on devrait bien me laisser un peu tranquille.

— Pauvre garçon! pensa Jacques, il n'en comprend pas davantage; il faut être indulgent pour ses manies. »

La conversation en resta là. Les deux frères se serrèrent la main; Jacques entra dans la belle et élégante chambre qu'il occupait près de l'appartement de son père; Georges monta dans une espèce de grand grenier où il couchait.

Il avait préféré ce grenier à une chambre au premier, parce qu'on lui avait accordé la permission de le meubler et de le décorer à son goût. Cette grande pièce, arrangée d'après les caprices de Georges, présentait l'aspect le plus étrange. Une fantaisie assez bizarre y avait créé des subdivisions au moyen de grands rideaux de tapisserie courant sur des tringles, et pouvant, à volonté, former plusieurs petites chambres, ou laisser le grenier dans toute son étendue. Ces grands rideaux, faits avec les anciennes tentures du rez-de-chaussée, alors remplacées par des tentures de soie, représentaient des tournois, des chasses ou des scènes de l'Écriture. Quoique endommagées et pâlies, ces tapisseries étaient encore fort belles à examiner au grand jour ; et le soir, à la lueur vacillante d'une bougie, elles semblaient prendre une sorte de vie fantastique.

Les plumes oscillaient sur les casques des chevaliers ; les chevaux s'avançaient sur le sanglier faisant tête aux chiens; le glaive qu'Abraham tenait levé sur son fils s'abaissait légèrement ; chevaliers, chasseurs et patriarches avaient l'air d'entretenir entre eux des relations mystérieuses; toute une population de rêves ou de légendes, subitement évoquée, apparaissait aux regards. Georges prenait sans doute plaisir à vivre parmi ces ombres ; car d'ordinaire il montait chez lui longtemps avant l'heure du repos, et souvent sa mère l'avait supris en contemplation devant le visage de Rébecca ou de la reine Berthe.

Le reste de l'ameublement était plus bizarre encore que les tentures. Hors un lit très-simple, une toilette et quelques chaises, rien de ce qui se trouvait dans ce lieu ne pouvait aspirer à être désigné par le mot meuble. On voyait dans un coin un vieux clavecin en laque de Chine, incrusté de burgau, anciennes délices de quelque aïeule des La Pinède, et sans doute relégué au grenier depuis un nombre d'années très-respectable. Georges, ayant achevé d'en arracher les cordes, et se servant de la caisse comme d'un réceptacle quelconque, l'avait remplie de coquilles ramassées au bord de la mer, d'herbes séchées et de cailloux. Devant les fenêtres, plusieurs planches posées sur des tréteaux, et couvertes de lambeaux de tapisserie, tenaient lieu de tables et soutenaient un nombre énorme de livres jetés pêle-mêle, au milieu desquels le vieux Vincent ne pouvait obtenir d'introduire un peu d'ordre. Au-dessus de cette bibliothèque en révolution, la branche de l'acacia de la terrasse avançait son rameau verdoyant. Georges s'était opposé à ce qu'on la coupât, comme s'il avait compris l'antithèse harmonieuse que faisaient ainsi, face à face, ce vieux tas de livres et ces fleurs fraîches écloses, symboles de deux choses éternellement jeunes : la nature et l'esprit humain. Enfin, un chevalet, un violon, des cartons remplis de dessins et d'estampes, complétaient cet ameublement étrange.

Tout cela pouvait annoncer le logis d'un fou, d'un enfant ou d'un artiste. Comme les livres étaient poudreux, le chevalet vide, le violon sans cordes, les dessins éparpillés de côté et d'autre, un observateur devait croire les premières suppositions plus probables que la dernière.

C'est dans ce réduit, tenant à la fois du garde-meuble, de la bibliothèque et de l'atelier, que Georges de Védelle s'enferma après avoir quitté son père.

Une heure après, vers minuit, lorsque toutes les lumières furent éteintes dans le château, il ouvrit doucement sa porte, descendit à pas de loup l'escalier du second étage, s'arrêta un moment sur le palier du premier, écoutant avec attention si nul bruit ne se faisait entendre dans les chambres ; puis, comme rassuré par le profond silence qui enveloppait la maison, il continua à descendre. Arrivé en bas, il entra dans le salon, prit à tâtons sa casquette de chasse, restée sur la causeuse ; puis, revenant dans le vestibule, il tira avec beaucoup de précautions les verroux de la porte d'entrée, mit la grosse clef dans sa poche, et en deux bonds gagna l'avenue d'oliviers. Là, il se mit à marcher d'un pas rapide jusqu'à la grille qu'il ouvrit ; et, une fois hors de La Pinède, il s'engagea dans un petit chemin à travers bois, qui descendait dans la direction de la mer.

CHAPITRE III.

Les visites.

Le lendemain de ce jour, le temps devint magnifique ; le mistral, vaincu par une petite pluie bienfaisante, s'était évanoui pendant la nuit, sans avoir trop rudement secoué la neige odorante des arbres. Un chaud soleil agaçait les boutons des orangers qui éclataient de toutes parts en remplissant l'air de parfums. Tous les jardiniers s'empressaient d'enlever à leurs arbres ces manteaux de chaume dont on les enveloppe en Provence pendant la saison froide, pour les préserver. Le printemps célébrait sa victoire définitive sur l'hiver.

La famille de Védelle était réunie pour déjeuner ; comme la veille, chacun parlait peu : le comte parcourait les journaux de Paris ; Georges, placé en face de la fenêtre, mangeait de fort bon appétit, tout en laissant errer son regard sur le tapis éclatant du parterre. Mme de Védelle échangeait de temps en temps quelques paroles avec Jacques assis auprès d'elle, et prenait son avis à propos de tous les arrangements intérieurs qu'elle projetait de faire à La Pinède. Au milieu de ce dialogue intime, une discussion s'éleva ; ce fut quand il s'agit de décider si on ferait les housses d'été du salon en toile perse ou en basin blanc. Jacques opinait pour la perse ; Mme de Védelle, en femme dont la jeunesse datait de la Restauration, défendait le basin.

Le comte fit cesser le débat en prenant parti pour le basin.

« Voyons, Jacques, dit la comtesse après avoir vu triompher son opinion par cette approbation, je te mettrai de la perse dans ta chambre.

— Oh ! ce n'est pas la peine, ma chère mère.

— Quoi ! tu veux t'asseoir sur du velours d'Utrecht pendant tout l'été? et en Provence, encore !

— Ce n'est pas ce que j'ai voulu dire. J'aimerais la toile perse, si j'en devais profiter ; mais, comme je n'ai plus que quelques jours à passer ici, ce n'est pas la peine.

— Que m'apprends-tu là? fit la comtesse en pâlissant; tu pars?...

— Mon père ne vous en a pas prévenue?

— Non.

— Je devais vous en parler aujourd'hui, ma chère amie, dit le comte; Jacques a le désir de retourner à Paris, et il a raison, il perd ici un temps précieux pour lui.

— Il s'ennuie près de nous, et il veut partir, reprit la mère, dont l'instinct avait eu de la clairvoyance.

— Oh! ma chère mère, ne dites pas cela, dit Jacques en lui baisant tendrement la main.

— Et quand il s'ennuierait ici, quand la vie oisive de la campagne lui déplairait, je ne l'en blâmerais pas. Cette vie-là est bonne pour un vieillard comme moi, qui cherche le repos et la solitude. A l'âge de Jacques, un homme se doit à sa carrière, à son avenir; il faut qu'il s'occupe de l'une et de l'autre. Jacques, s'il le veut, peut réussir à tout : il est avocat, il est éloquent; mais sa réputation ne se fera pas en se promenant dans un parc, et il ne se préparera pas des électeurs en vivant dans sa famille.

— Que parlez-vous d'électeurs, mon ami? répondit la comtesse ; l'élection qui occupe ce département a lieu dans deux mois!

— Je ne pense pas à cette élection-là; je parle des prochaines élections générales, où j'espère bien voir figurer Jacques. Pour cela, il faut s'y prendre de loin et acquérir un peu de renommée d'ici là; le reste sera facile.

— Vous croyez, vraiment, mon ami? dit la comtesse, électrisée par cette perspective. Georges, si ton frère devenait un jour député, quel honneur !

— Un très-grand honneur, ma mère, répondit Georges gravement, en continuant à dépecer une carcasse de volaille.

—N'allez-vous pas consulter celui-ci? dit un peu aigrement le comte à sa femme; croyez-vous qu'il se préoccupe de l'ambition de son frère? Il n'est pas même capable d'en avoir pour lui. »

Georges subit sans émotion apparente cette nouvelle boutade de son père, et le déjeuner s'acheva en silence.

Au moment où l'on quittait la table, la comtesse de Védelle, jetant les yeux vers la fenêtre, aperçut dans l'avenue d'oliviers trois personnes se dirigeant vers le château.

« Voici du monde qui nous arrive, dit-elle à Jacques; vois donc, mon fils, si tu les reconnais; il me semble n'avoir jamais vu ces personnes. »

Jacques regarda.

« C'est, ma mère, M. Toussaint Lescalle; il est avec sa femme et sa fille.

— Oui, dit le comte, ce doit être lui; je l'ai fait demander, j'ai à lui parler d'affaires; mais je ne m'explique pas pourquoi il amène sa famille. Croit-il donc que nous allons voisiner? » ajouta-t-il d'un ton mécontent.

Au premier mot de sa mère : « Voici du monde, » Georges avait quitté la salle à manger.

Cependant la famille du notaire était arrivée jusqu'au seuil du vestibule. Mme de Védelle vint poliment la recevoir.

« Mme Lescalle avait hâte d'apporter ses compliments à Mme la comtesse, dit le notaire, et elle n'a pu résister au désir de lui présenter sa fille. »

Mme de Védelle, quoique assez contrariée de la visite, répondit par quelques paroles polies; puis, tandis que le comte emmenait M° Lescalle chez lui, elle conduisit les deux dames dans le jardin.

Semblable en cela à beaucoup de femmes de province, Mme Lescalle était de ces personnes qui prennent beaucoup de peine pour étouffer d'excellentes qualités sous des prétentions ridicules. Née à La Ciotat, elle ne l'avait quittée que deux fois dans sa vie, pour aller passer une semaine à Lyon, où elle possédait une tante. Ces voyages dans le *Nord*, comme elle les appelait, lui faisaient prendre le ton d'autorité en matière de bon goût et d'élégance. Elle avait une façon définitive de déclarer une étoffe passée de mode, de condamner une forme, d'exclure une couleur, qui imposait silence à tout le monde autour d'elle. Comme rien n'est solide comme une réputation usurpée, Mme Lescalle était devenue l'oracle de toutes les coquettes de La Ciotat, ses jugements faisaient loi, jusque chez la femme du maire et chez les Richer de Montlouis, la grande autorité et la grande fortune du pays.

Bien établie sur ce petit trône, où elle ne redoutait nulle rivale, la femme du notaire vit avec inquiétude apparaître sur son horizon une Parisienne du grand monde, riche et noble ; elle se sentit menacée, et comme les généraux habiles qui vont reconnaître parfois eux-mêmes les forces de l'ennemi, elle voulut voir par ses yeux et apprécier le péril. Elle rêvait déjà des moyens héroïques : « Je ferai, s'il le faut, venir des modes de Paris ! » pensait-elle.

Quand elle se trouva en face d'une femme maigre, pâle, douce, maladive, enveloppée dans une grande robe de soie violette, coiffée d'une petite baigneuse de dentelle tout unie, elle fut rassurée. Cette femme-là, qui laissait au milieu de ses bandeaux noirs deux ou trois cheveux blancs, sans s'inquiéter s'ils attiraient les yeux, cette femme-là ne songeait plus à sa toilette.

Mme de Védelle, de son côté, sans deviner ce qui se passait dans l'esprit de la femme du notaire, faisait avec surprise l'examen de cette belle de cette petite ville.

Mme Lescalle était encore jeune, on la trouvait même encore jolie. Un embonpoint assez évident, en lui ôtant de la distinction, lui avait conservé une fraîcheur rare dans la seconde période de la vie des femmes ; un peu plus de ce bon goût dont elle parlait sans cesse, sans l'avoir jamais rencontré, en eût fait une femme agréable ; ses prétentions maladroites réussissaient à la rendre presque ridicule.

Son désir d'éblouir les habitants du château l'avait fort mal conseillée ce jour-là. Elle portait une robe de chaly vert tendre dont le dessin imitait des branches de corail ; ses manches étaient immenses et désastreusement soutenues à l'intérieur par des ronds de crin baleinés, qui les empêchaient de perdre un pouce de leur ampleur. Un châle imprimé, façon cachemire, un chapeau rose, orné d'une touffe de fleurs assez grosse pour remplir une jardinière, complétaient cette flamboyante toilette.

Du premier coup d'œil les deux femmes se sentirent singulièrement étrangères l'une à l'autre ; un secret instinct les prévenait que rien ne pourrait naître entre elles ; rien, pas même ce lien banal des relations mondaines, qui a besoin pour s'établir de communauté d'habitudes extérieures. Cette impression réciproque jeta de l'embarras dans cette première entrevue ; la conversation eût beaucoup langui sans les questions multipliées de Mme Lescalle. Peu certaine d'avoir souvent l'occasion de revoir la comtesse, et voulant revenir avec une ample moisson de détails sur Paris, Mme Lescalle ne tarissait pas. Tout était mis à contribution : la toilette d'abord, les théâtres, les salons, le monde, et jusqu'à la cuisine, sur laquelle Mme Lescalle, en honnête ménagère qu'elle était au fond, voulait être renseignée. Mme de Védelle ne pouvait suffire à tant de curiosité. Une grande piété et une santé délicate l'avaient toujours tenue éloignée des plaisirs mondains, et sur plusieurs points elle dut confesser son ignorance, ce qui jetait Mme Lescalle dans des étonnements sans fin.

Parmi beaucoup d'autres, la femme du notaire adressa à la comtesse cette singulière question :

« Vous devez être bien étonnée, madame, de voir le soleil ici ?

— Et pourquoi cela, madame ?

— On m'a dit qu'il ne paraît jamais à Paris. Ce doit être bien triste. »

Mme de Védelle ne put s'empêcher de sourire, et eut toutes les peines du monde à rectifier l'opinion de Mme Lescalle sur la haine du soleil pour les Parisiens.

Pour rompre la monotonie de son interrogatoire, la comtesse s'occupa de Rose Lescalle. Jusque-là Rose était restée tout à fait au second plan.

Rose Lescalle n'avait pas partagé les frais d'élégance de sa mère. Sortie depuis peu de jours du couvent des dames Bernardines de Toulon, elle en portait encore l'uniforme, et semblait assez honteuse de sa petite robe de soie bleue passée, de son écharpe de laine blanche et de son chapeau de paille bordé de velours noir. Malgré son air gauche et sa contenance embarrassée, Rose Lescalle était une très-jolie personne.

Elle venait d'avoir seize ans; sa taille bien prise et assez potelée la faisait reconnaître pour la fille de sa mère, dont elle ne tenait, du reste, que cette ressemblance de constitution. Par une exception assez rare en Provence, elle était blonde; ses cheveux dorés, fins, lisses et abondants, s'arrondissaient le long de ses joues en deux magnifiques tresses.

Elle avait le regard doux, indécis et limpide des jeunes filles craintives; ses yeux étaient d'un bleu si foncé que le soir ils paraissaient noirs.

Ses traits mignons et délicats, son nez peut-être un peu trop petit, lui donnaient quelque chose d'enfantin; on eût dit une ravissante petite fille de deux ou trois ans, coiffée en dame et vue par un verre grossissant. Ce qu'aucune expression ne peut rendre, c'est l'éclat prodigieux de son teint; son nom de Rose lui avait porté bonheur; la plus belle rose épanouie ne pouvait être ni plus fraîche ni plus veloutée que ses joues.

Jacques détailla fort bien le portrait de Rose tel que nous venons de le tracer, et sa sympathie passa rapidement de la conversation de la mère au visage de la fille. Il essaya même de nouer l'entretien avec la jolie Provençale; mais il n'en put obtenir que des *oui* et des *non* réservés, les seuls que se doive permettre avec un homme une jeune fille élevée dans un couvent de province.

« Aimez-vous la campagne, mademoiselle? demanda la comtesse à Rose.

— Je ne sais pas, madame, je ne l'ai jamais habitée.

— Vous préférez la ville, alors ?

— Je ne connais pas encore la vie de la ville, je ne puis savoir si je l'aimerai.

— Cependant, mademoiselle, dit Jacques en riant de cette naïveté, il faut avoir habité l'une ou l'autre.

— C'est ce qui ne m'est pas encore arrivé, monsieur, reprit Rose ; je sors d'un couvent où j'ai passé six années, et, si vous saviez comme moi ce que c'est qu'un couvent, vous ne l'appelleriez ni la ville ni la campagne.

— Vous avez parfaitement raison, mademoiselle, un couvent est un lieu à part; on y voit du monde, on y a des arbres ; cela ne donne pourtant pas l'idée d'un salon, encore moins d'un paysage. »

Tout en parcourant la propriété, on arriva près de l'aire à battre le grain ; les mères qui marchaient en avant virent Georges à genoux près du petit mur d'appui ; le menton posé sur ses deux mains, il semblait fort occupé à regarder quelque chose à terre.

« Que fais-tu là, cher enfant ? » lui dit la comtesse.

Georges se leva assez interdit, salua Mme Lescalle et ne répondit pas.

« Que regardais-tu donc avec tant d'attention ?

— Peut-être ces deux scarabées qui se battent dans l'herbe, dit Mme Lescalle en plaisantant.

— Oui, madame, répondit Georges, c'est charmant ; voilà plus d'une demi-heure que je les observe. Voyez donc, ma mère, celui-là aux élytres bleues, comme il est beau !

— Mon fils Georges est encore bien enfant, dit Mme de Védelle en souriant tristement et en baisant son fils au front.

— Viens donc avec nous, petit frère, » dit Jacques en passant son bras sous celui de Georges.

Le jeune homme se laissa faire.

Le tiers sembla mettre Rose plus à l'aise ; elle se hasarda

à admirer tout haut quelques fleurs. Jacques tenta de reprendre la conversation.

« La Pinède doit être une des plus belles propriétés du pays, n'est-ce pas, mademoiselle ?

— Oh ! monsieur, il y a encore La Tour et Fond-Saint, qui sont deux terres considérables. La vue y est moins étendue qu'ici ; pourtant elles sont plus *plaisantes*, car elles sont bien entretenues ; on n'y voit pas, comme ici, la vigne en désordre, accrochée à tous les arbres.

— Cela vous déplaît ? reprit Jacques.

— Voyez, les arbres en sont étouffés et ne donneront bientôt plus de fruits. Et tenez, regardez : les buissons de câpriers ont poussé de tous côtés, et mon père dit que, quand les câpriers s'emparent d'une terre, rien n'est pire, il en vient partout.

— Et où est le mal ? demanda Georges ; le câprier a une belle verdure et une jolie fleur lilas avec des pistils longs comme des panaches !

— C'est vrai, monsieur, mais vous devriez les faire arracher.

— Pourquoi ?

— Pour faire semer de la luzerne ; elle viendrait de ce côté de la colline, parce que vous avez de l'eau, et ce serait un bon profit ; car la luzerne se vend bien dans ce pays-ci, où le foin est rare.

— Oh ! fille de notaire ! pensa Jacques.

— M. votre père va faire cultiver tout cela, n'est-ce pas, monsieur ? continua Rose.

— J'espère bien que non, dit vivement Georges ; qu'on fasse un potager, c'est bien assez. »

Rose le regarda pour la première fois de ses grands yeux limpides, comme si elle n'eût pas compris.

« Allez-vous donc laisser votre bien sans le faire rapporter ? »

Georges ne répondit pas, et Jacques, suppléant à ce que le silence de son frère pouvait avoir d'impoli, dit à Rose :

« Mademoiselle, nous y ferons mettre beaucoup de rosiers, afin que, lorsque nous aurons l'honneur de vous recevoir à La Pinède, vous vous croyiez au milieu de vos sœurs. »

Quoique passablement fade et usé, le compliment eut l'air de plaire à la jeune fille; elle rougit et remercia Jacques par un sourire qui montra l'émail de ses petites dents, fines et serrées comme les grains d'un collier.

Avant de se séparer, on s'assit un moment devant le château, sur la terrasse ombragée par les acacias.

En levant la tête, Mme Lescalle vit la branche d'arbre qui enfonçait une des fenêtres du second étage.

« Comment! s'écria-t-elle, on vous a livré le château dans cet état? je vois là-haut une fenêtre tout à fait *abîmée* par ce vilain arbre. Je vais, madame la comtesse, vous envoyer le menuisier ce soir même pour vous scier cette branche et réparer la fenêtre.

— Ne prenez pas cette peine, madame, dit Jacques; la branche entre chez mon frère, et il a désiré qu'on ne la coupât pas.

— Oh! la drôle d'idée!

— Cela lui plaît ainsi.

— Mais c'est que c'est très-laid et que cela dépare toute la symétrie de la façade; justement La Pinède n'est régulière que de ce côté-ci! C'est dommage, n'est-ce pas? Les fenêtres en sont bien mal percées; sans cela, ce serait une jolie bâtisse. Tenez, autrefois, on n'entendait rien aux maisons. »

Le notaire, en venant rejoindre sa femme et sa fille, mit fin à la dissertation de Mme Lescalle. On se sépara.

Dans l'avenue, la famille Lescalle se croisa avec une voiture, où le regard curieux de Mme Lescalle ne put apercevoir que le voile noir d'une femme en deuil. La voiture était couverte de poussière; selon toute apparence, elle venait de loin.

« Qui sont ces gens-là? dit-elle à son mari; ce n'est pas du monde du pays.

— Je ne les connais pas, » répondit le notaire après avoir regardé à son tour.

La voiture passa.

Elle s'arrêta devant la terrasse de La Pinède au moment où la famille du notaire lui jetait un dernier regard en franchissant la grille du portail.

Une jeune femme en deuil et un gros monsieur d'un âge mûr en descendirent. Vincent vint leur demander ce qu'ils souhaitaient.

« Allez dire à Mme la comtesse de Védelle, répondit le gros monsieur, que Mlle Denise de La Pinède et son tuteur, M. Legrand, désirent avoir l'honneur de la voir. »

Vincent s'empressa d'introduire les visiteurs dans le salon et alla prévenir la comtesse.

Mlle Denise de La Pinède portait encore le deuil du comte Honoré, son père; sa robe de voyage en laine noire était coupée d'une façon qui rappelait l'habit de cheval et dessinait les contours d'une taille accomplie; un col de batiste unie entourait son cou blanc et délicat; elle avait posé sur ses cheveux un grand feutre noir semblable à celui des paysannes provençales, et beaucoup plus propre à la garantir des rayons perfides du soleil de mars que sa petite capote de soie noire. Le visage régulier de Denise, ses grands yeux noirs, sa peau d'une blancheur veloutée, les épais bandeaux de cheveux noirs qui encadraient ses joues un peu maigres, formaient avec sa physionomie triste et son costume sévère un ensemble harmonieux et touchant. Elle rappelait ainsi ces belles et grandes héroïnes de Walter Scott, que tout homme voit passer dans ses rêves à vingt ans.

M. Legrand était aussi parfaitement insignifiant qu'un signalement de passe-port.

Signes particuliers :

Il portait des besicles d'or et paraissait fort satisfait de lui-même. En attendant Mme de Védelle, il s'était installé dans un fauteuil en parcourant un journal.

Denise, restée debout, regardait autour d'elle avec une profonde émotion. Elle se retrouvait, après seize ans d'absence, dans ce salon où, toute petite, elle jouait sur les genoux de sa mère; la causeuse où Mme de La Pinède s'asseyait était encore au coin de la cheminée, en face du grand fauteuil où son père venait s'étendre au retour de la chasse. Rien de changé dans ce salon : chaque meuble se trouvait à sa place, l'horloge de Boule marquait l'heure; des fleurs fraîches remplissaient les grands vases des encoignures; rien n'était changé, en apparence; mais au fond! seize années écoulées, sa mère morte, son père mort! La Pinède vendue; elle-même venant en étrangère dans cette maison où elle était née, et qui gardait les purs souvenirs de son enfance : quels changements! Denise jetait autour d'elle un regard mélancolique et attentif; elle recevait de chaque objet ces lueurs dont la mémoire est traversée, en présence des lieux qui ont frappé nos premiers regards.

Ses souvenirs sortaient un à un des brumes de l'oubli et défilaient devant elle comme de pâles et doux fantômes; ce salon lui parlait de tout ce qu'elle avait perdu, et il lui sembla qu'une voix mystérieuse l'appelait pour la première fois : Orpheline! Son cœur se serra sous une poignante amertume, et des larmes silencieuses, qu'elle ne sentait pas couler, glissèrent doucement sur son beau visage.

Tout absorbée dans son émotion, Denise n'aperçut pas Georges de Védelle, qui, immobile devant la porte du salon, la contemplait dans un profonde et naïve admiration.

Le comte et la comtesse, en arrivant, arrachèrent Georges à son extase, Denise à sa rêverie et M. Legrand à son journal.

La jeune fille essuya ses yeux sans précipitation ni affectation, et dit d'une voix basse et émue à Mme de Védelle en l'abordant :

« Vous comprenez, n'est-ce pas, madame, l'émotion d'une pauvre orpheline qui revoit la maison où elle est née, et vous y prenez part avec cette charmante bonté que tout le monde vous connaît? »

Mme de Védelle pressa tendrement les mains de la jeune

fille, et, après quelques paroles sympathiques de part et d'autre, Mlle de La Pinède expliqua le but de sa visite.

Il s'agissait de faire enlever du château, d'après un désir exprimé par le comte Honoré dans son testament, les meubles ayant servi plus spécialement à Mme de La Pinède, et quelques portraits de famille, accrochés dans les diverses chambres du château.

Denise avait un organe enchanteur et s'exprimait d'une façon à la fois si correcte et si heureuse, qu'il était impossible de ne pas se laisser séduire par cette voix harmonieuse qui parlait si bien. Le comte de Védelle lui-même, quelque réfractaire qu'il fût à toute sensibilité, se laissa gagner par le charme.

« Mademoiselle, dit-il à Denise, mon acte de vente ne stipule pas ces réserves; mais je suis enchanté d'avoir une occasion de vous être agréable. »

Denise remercia le comte avec effusion; puis, le premier moment d'émotion passé, elle redevint femme du monde.

« Ne comptez-vous pas venir à Paris l'hiver prochain, madame? dit-elle à la comtesse.

— Oh! j'ai renoncé à Paris, et j'y suis bien forcée; le climat m'en est défendu.

— Nous n'avons vendu le Val-Sec, dit le comte, que parce que la santé de Mme de Védelle réclamait l'air du Midi.

— Mais c'est un peu sévère, la campagne à perpétuité, chère madame; vous irez à Marseille, au moins?

— Pas davantage; nous avons pris notre retraite, M. de Védelle et moi.

— Peut-être avez-vous raison de préférer La Pinède à Marseille, si Marseille ressemble à Toulon. Croiriez-vous, madame, que Toulon n'est pas du tout une ville?

— Comment cela?

— Il n'y a personne à voir; chez ma grand'tante, où je demeure, je n'ai encore vu que quelques marins se détachant sur un fond de douairières, et quelles douairières! d'avant la Révolution!

— Mais il me semble que ce sont les vraies, dit en souriant la comtesse.

— Sans doute, et vous pourriez ajouter aussi que ce sont les plus amusantes femmes du monde à regarder; quant à les écouter, c'est différent. J'en ai la migraine presque tous les soirs.

— Probablement, vous ne comptez pas, mademoiselle, subir longtemps une pareille société? demanda le comte.

— Hélas! monsieur le comte, j'ai encore cinq grands mois à passer à Toulon!

— Qui vous y contraint?

— Ma grand'tante est ma marraine; elle est parfaite pour moi, elle désire me garder près d'elle jusqu'à l'hiver...

— Et comme nous sommes héritière de la tante, ajouta finement M. Legrand, il ne faut pas la fâcher. »

Denise de La Pinède fit un geste de dédain suprême pour l'observation de son tuteur, et continua :

« J'ai deux heures agréables dans la journée : ce sont celles de ma promenade en mer, et encore mes premiers plans sont-ils trop souvent gâtés par la vue de l'affreuse casaque des galériens.

— Je vais vous montrer le bon côté de Toulon, dit la comtesse.

— C'est que vous habitez dans le voisinage, reprit Denise.

— Non.

— Alors, je ne vois pas....

— C'est que sa douce température améliorera encore votre belle voix; augmenter votre talent n'est plus possible. »

La causerie continua sur ce ton d'amabilité réciproque; on parla de toutes choses avec cette variété et cette frivolité gracieuse dont on ne possède l'art qu'à Paris.

Pendant cette conversation, Georges ne dit pas un mot.

Accoudé au dossier du fauteuil de sa mère, il semblait écouter avec intérêt ce qui se disait, et regardait Mlle de La Pinède d'un air à la fois ébloui et étonné, qui eût embarrassé toute autre personne que Denise; mais celle-ci était trop habituée à recueillir l'admiration pour avoir l'air de s'apercevoir de l'impression qu'elle produisait sur un jeune garçon timide, sans usage, et assez complétement charmé pour en être devenu muet.

Le comte de Védelle remarqua le trouble de son fils, et, voulant y mettre fin :

« Georges, dit-il, va dans le chartrier me chercher les pièces relatives aux acquisitions faites par M. de La Pinède depuis 1802. Je vais en avoir besoin tout à l'heure, pour arrêter définitivement mes comptes avec M. Legrand. »

De sa vie Georges n'avait résisté à un ordre de son père; il s'arracha à sa contemplation et sortit. Arrivé au second étage, il parut avoir oublié la commission dont il était chargé, car il passa devant la porte du chartrier et entra dans sa chambre. Pendant quelques minutes, il s'y promena à pas lents, puis il vint s'appuyer à sa fenêtre, parcourant d'un regard vague le magnifique paysage qu'elle encadrait, et y resta profondément absorbé.

Vers le milieu du jour, Jacques, qui s'était absenté après la visite des Lescalle, rentra au château. Le comte de Védelle le présenta avec empressement à Mlle de La Pinède.

« Mais ce jeune homme que j'ai vu ici il y a quelques instants n'est-il pas aussi un de messieurs vos fils ? demanda-t-elle.

— Oui, répondit le comte, c'est mon fils cadet; un grand enfant, une espèce de collégien sans usage, qui ne vaut pas la peine de vous être présenté... A propos, ajouta-t-il en s'adressant à Jacques, va donc voir ce qu'il fait au chartrier; je l'y ai envoyé chercher des actes, il est capable de ne pas savoir se débrouiller dans toutes ces paperasses.

— Georges n'est pas au chartrier, mon père, il est à sa

fenêtre, immobile comme une statue ; je l'ai appelé tout à l'heure en rentrant, et, au lieu de me répondre, il s'est retiré.

— Jacques, dit la comtesse à voix basse, va prévenir ton frère que Mlle de La Pinède et son tuteur veulent bien nous rester à dîner, et recommande-lui d'être exact. »

Jacques fit lestement la commission et s'empressa de redescendre. Comme son frère, il avait été frappé par les charmes de la belle visiteuse. Sa façon de témoigner son admiration se montra aussi empressée que celle de Georges était restée discrète. Denise sembla goûter davantage cette forme d'hommages, et tandis que le comte, la comtesse et M. Legrand, s'entretenaient du renouvellement des baux des fermiers de La Pinède, elle prêtait une oreille fort complaisante à la conversation enjouée du jeune homme. Jacques, ignorant le début mélancolique de la visite, s'efforça de faire sourire la belle Denise, et y parvint plusieurs fois sans trop de peine. Jacques savait que la gaieté est un excellent conducteur pour beaucoup de petits ballons d'essai, qui s'envoient volontiers de jeune homme à belle fille.

La gaieté, avec sa réputation d'être sans conséquences, rend des services incalculables aux amoureux ; aussi les habiles l'emploient-ils toujours au début. Le moyen de se formaliser de ce qui vous fait rire ? Les femmes habiles se servent aussi de la gaieté contre les agressions, et avec un égal succès ; mais les femmes ne sont habiles que lorsqu'elles sont expérimentées, et l'expérience ne leur vient qu'en éprouvant les dangers de la plaisanterie. *Ergo*, comme dirait un docteur, elles sont encore un preuve de l'efficacité du moyen.

Certains hommes cependant débutent avec gravité dès le premier jour. Cette méthode demande une valeur réelle ; l'habileté seule ne suffirait pas pour la faire triompher ; il faut plus : il faut une supériorité constatée. On voit aussi des niais adopter le sérieux tout d'abord ; ils réussissent d'ordinaire à se faire mettre à la porte.

Ajoutons, mais seulement pour mémoire, à ces catégories d'amoureux, ceux qui ont à exprimer une passion vraie. Ceux-là s'y prendront comme ils voudront; ils seront gais ou tristes, tendres ou passionnés, discrets ou entreprenants, ils réussiront toujours, à moins cependant qu'ils ne rencontrent sur leur route une de ces deux choses qui font une femme impossible : une autre passion, ou la peur de l'enfer.

Jacques appartenait à la première catégorie, celle des habiles; il avait pour principe, quand une femme lui plaisait, de toujours essayer en riant. Il disait qu'on ne peut gagner à la loterie sans y mettre, et que, pour avoir des chances, il faut prendre beaucoup de billets. Il agissait comme il disait, et prétendait ne pas avoir à se plaindre de sa méthode.

Au moment où il essayait de mettre ses principes en pratique près de Denise, Jacques avait pour auxiliaires d'assez grands avantages naturels : ses trente ans n'étaient pas encore sonnés; il se trouvait dans tout l'épanouissement de sa force et de sa beauté. Robuste, blond, grand, ayant des cheveux et des dents superbes, il avait tous les signes distinctifs de la race de sa famille (les Védelle appartenaient à une souche normande); il tenait de son père, comme Georges tenait de sa mère, créole de Cuba, à laquelle il avait pris son type de figure espagnole. Les deux races, en s'unissant par un mariage, au lieu de se confondre dans les enfants, s'étaient reproduites toutes deux en conservant leurs caractères particuliers.

Absolument parlant, Jacques était plus beau que Georges, et, comme il ne négligeait pas l'art de mettre en évidence tous ses avantages, art que Georges semblait complètement ignorer, il en résultait un contraste complet entre les deux frères, contraste où Jacques avait tout l'avantage.

Quand, l'heure du dîner venue, on passa dans la salle à manger, ce contraste apparut avec un redoublement de triomphe pour Jacques. Georges entra dans la salle à manger en habit, en gilet blanc, chaussé de bottes vernies et frisé dans les règles. Grâce à ces frais de toilette inusités, il était à peu près méconnaissable, et, malheureusement pour lui, considérablement enlaidi. Son habit, de l'année précédente, attestait trop qu'il avait grandi ; sa coiffure, œuvre de Vincent, n'était pas à l'air de son visage ; il avait ainsi une physionomie gauche, bizarre, presque ridicule, qui sauta tout d'abord aux yeux de Mlle de La Pinède, et la fit se retourner du côté de Jacques avec un redoublement de bonne grâce.

CHAPITRE IV.

La tante Médé.

Nous laisserons la famille de Védelle faire avec empressement les honneurs de La Pinède à la belle Denise, et nous suivrons le notaire, sa femme et sa fille, qui, en quittant le château, allèrent passer le reste de la journée dans une maison de campagne nommée *les Capucins*, propriété d'une tante de M. Lescalle.

Cette tante était une vieille fille portant le nom prétentieux de Mesdélices, qu'une abréviation familière du provençal faisait appeler dans le pays Misé Médé.

Mlle Lescalle avait été jeune pendant les années orageuses de la Révolution ; quand, sous l'Empire, l'ordre se fut refait dans les fortunes et dans les esprits, elle se trouva en possession d'un assez joli patrimoine en bonnes terres, et les partis ne lui manquèrent pas, quoiqu'elle commençât à se faire mûre. Le vieux baron de Croix-Fonds lui-même, fort ruiné par l'émigration, daigna solliciter la main de l'héritière ; il fut repoussé comme les autres. Mesdélices Lescalle, avec un tact fin assez rare, avait vite compris qu'à son âge elle ne pouvait être recherchée que pour son argent, et, ne voulant pas être l'appoint d'un marché, elle se résolut à rester fille.

Tourmentée cependant par ce besoin d'affection qui ne meurt jamais au cœur des femmes, elle s'attacha vivement à son neveu Toussaint Lescalle, dont elle se fit la protectrice infatigable.

A cette époque, le jeune Lescalle faisait son droit à Paris, et il s'adressait souvent à la bourse de la tante Médé pour le tirer des embarras où le plongeaient les conséquences de son goût excessif pour toute espèce de plaisirs. Au bout de cinq ans de séjour à Paris, le jeune Lescalle se trouva muni de diplômes en règle et fort dépourvu de moyens d'existence, étant réduit à ses seuls talents, dont il avait lui-même assez mauvaise opinion. En cet état de choses, il accepta avec empressement l'offre que lui fit la tante Médé de lui acheter une charge de notaire à La Ciotat.

Toussaint Lescalle se transforma alors complétement; il dépouilla l'étudiant pour revêtir le fonctionnaire, il se maria, et le libertin prodigue de l'École de droit devint un homme rangé, exact, positif, et d'humeur fort sévère pour quiconque se permettait de vivre comme il avait vécu.

Règle générale : un homme oublie toujours très-vite sa conduite passée, quand il lui serait gênant de s'en souvenir.

Le temps intervertit bien complétement les rôles; car il vint un moment où le notaire se révolta en voyant sa tante pencher à l'indulgence pour de jeunes gens peut-être beaucoup moins mauvais sujets qu'il ne l'avait été lui-même.

En 1819, la naissance de Rose mit dans la vie de Misé Médé le premier bonheur qu'elle eût encore ressenti. Quand elle prit dans ses bras le nouveau-né, ce petit être frêle et doux dont la faiblesse sollicite si éloquemment la protection et la tendresse, la vieille fille se sentit inondée d'une émotion indicible, et des fibres mystérieuses frémirent en elle sous la révélation d'un sentiment inconnu. La maternité s'éveillait dans ce cœur simple et profond, si bien fait pour être un cœur de mère.

L'enfant étroitement serré contre son sein, Mlle Lescalle courut trouver son neveu.

« Toussaint, lui dit-elle, si tu éprouves un peu de reconnaissance de mon affection pour toi, accorde-moi ce que je vais te demander.

— Parlez, ma tante, je n'ai rien à vous refuser.

— Donne-moi ta fille à élever.

— Quoi! ma tante, vous voulez?...

— L'emmener aux *Capucins* avec sa nourrice. Vous viendrez la voir, toi et ta femme, tant que vous voudrez; ne me refuse pas cela, je t'en prie, mon cher neveu.

— Mais, ma tante, il n'a jamais été question que vous prendriez la petite. Comment cette idée vous est-elle venue?

— En la voyant, en l'embrassant; je n'ai jamais compris avant aujourd'hui combien je pouvais aimer un enfant; je n'en avais pas vu de si petits. Cela m'a remué le cœur, j'ai eu comme une révélation; si cela m'était arrivé déjà, je n'aurais, je crois, pas résisté au désir d'être mère.

— Eh bien! pensa le notaire, il est fort heureux pour nous que la tante songe à cela trop tard. Ma foi, tante Médé, ajouta-t-il tout haut, je ne vois pas d'inconvénient à vous satisfaire, l'enfant sera certainement très-bien chez vous; pour ma part, je consens; entendez-vous avec ma femme. »

Mme Lescalle ne résista pas longtemps aux instances passionnées de la grand'tante, et Misé Médé triomphante emporta sa petite-nièce comme une proie. A dater de ce jour, son existence, jusque-là solitaire et monotone, fut remplie et égayée; elle aima la petite Rose d'une affection où se confondirent tous les instincts aimants de son cœur. Rose fut sa joie, son souci, sa pensée de tous les moments, et cette grande maison, qu'elle avait trouvée si souvent déserte et silencieuse, lui parut illuminée de rayons et remplie d'harmonie, dès qu'elle fut vivifiée par la présence de l'enfant adorée.

Cette maison de campagne de Misé Médé avait été autrefois l'ancien et célèbre couvent des *Capucins de La Ciotat;* placée sur une grève inclinée devant laquelle les vagues venaient incessamment se briser contre une ceinture de petits écueils à fleur d'eau, elle était dans une situation admirable, entourée de jardins dont les terrasses dominaient un horizon sans limites. Le lieu avait été bien choisi pour y bâtir un couvent : nulle part l'homme ne se sent si petit et ne sent Dieu si grand qu'en face de l'Océan immense et des cieux infinis.

C'est dans ce lieu, en présence des plus belles œuvres de la nature, couvée par la tendresse intelligente de sa grand-tante, que Rose passa les premières années de son enfance. Quand elle eut dix ans, son père décida de la mettre en pension.

La tante Médé pleura pendant huit jours, sans essayer de combattre la résolution de son neveu ; dans sa sainte humilité, elle se jugeait incapable de diriger l'éducation de Rose, et cependant elle n'eût jamais pu prononcer la première le mot *séparation*.

Comme tous les gens auxquels manque cette perception supérieure qu'on pourrait appeler le sens du cœur, M. Lescalle raisonna fort mal en ôtant sa fille à sa tante pour la confier à des religieuses de petite ville. Il eût mieux valu, pour la jeune fille, écouter les entretiens de Misé Médé, apprendre auprès d'elle ce peu de bonnes et sérieuses choses qu'elle pouvait lui enseigner, et développer son esprit librement au milieu de cette grande nature, que d'aller s'étioler entre les murs noirs et tristes du couvent de Saint-Benoît. Mais M. Lescalle ne raisonnait pas ainsi; il envoya donc sa fille lire les livres fades ou tronqués des bonnes religieuses, et gâter ses jolis doigts en tapant sur les touches jaunes d'un piano poitrinaire.

Il résulta de cette fausse appréciation de M. Lescalle que Rose, après six années de séjour à Saint-Benoît, revint dans sa famille avec une instruction très-superficielle, un affreux talent de pianiste tapageuse, une ignorance profonde du vrai en tout, et conséquemment une prodigieuse quantité d'idées fausses.

M. et Mme Lescalle furent néanmoins enchantés des talents de Rose, quand ils l'entendirent exécuter des morceaux de Herz tout d'une haleine et regardèrent la tête de Romulus et celle de Niobé dessinées par elle à la sanguine. La tante Médé fut moins enthousiaste : son jugement droit l'avertit tout de suite que Rose avait beaucoup perdu pendant ces six années; mais tout mécompte fut effacé pour elle devant la joie de voir sa chère petite-nièce rendue à sa tendresse de chaque jour.

Les circonstances les plus minimes prenaient, on le comprend, un intérêt énorme aux yeux de la bonne demoiselle, dès que Rose s'y trouvait mêlée. Aussi avait-elle fait promettre à son neveu de s'arrêter aux Capucins en revenant de La Pinède; elle voulait savoir comment Rose s'était tirée de cette première petite introduction dans le monde.

Misé Médé s'agita donc assez en attendant le retour de son neveu; contrairement à ses calmes habitudes, elle mit dix fois la tête à la fenêtre en une heure; son anxiété allant croissant, elle vint s'asseoir sur le banc de pierre placé devant son portail, et tricota avec une activité fébrile le gros bas de laine destiné à ses pauvres.

Au moment où elle nous apparaît, Misé Médé atteignait ses soixante et dix ans; c'était une femme grande, maigre et se tenant encore très-droite; elle avait le visage long, le nez mince, la bouche rentrée par l'absence de dents; ses traits indiquaient une certaine force de volonté, et auraient eu peut-être un peu de dureté, s'ils n'eussent été accompagnés par la douceur de deux grands yeux gris encore fort beaux.

Elle portait invariablement une espèce de costume tenant à la fois de la religieuse et de la paysanne, une robe ample et foncée, un bonnet à larges tuyaux et un fichu de linon empesé, très-bouffant sur l'estomac, qui n'avait jamais mieux mérité son nom de *fichu menteur*, dont on le baptisait au siècle dernier, qu'en couvrant cette maigre poitrine.

Quand le flamboyant chapeau de Mme Lescalle apparut à l'angle de la route, la vieille demoiselle se leva et alla au-devant de sa famille.

« Eh bien ! Virginie, dit-elle à sa nièce, êtes-vous contente de votre visite?

— Hum! fit Mme Lescalle, Mme de Védelle n'est guère aimable, quoique polie. Elle est empesée comme un rabat, cette femme-là.

— Et le comte ?

— Ma foi ! je ne l'ai pas vu; c'est tout au plus s'il nous a saluées.

— Ma chère, le comte avait à me parler de ses affaires, dit le notaire.

— C'est juste; nonobstant, il aurait bien pu nous *causer* quelques moments.

— Il vous a envoyé son fils.

— Ah! oui, et un charmant jeune homme, par exemple; figurez-vous, tante Médé, blond, grand, avec des moustaches et des boutons en émeraude à sa chemise; ah ! un joli garçon.

— C'est celui qu'on appelle....

— M. Jacques, dit Rose, en aidant la mémoire de son père.

— Ah! tu as retenu son nom, toi, fillette, dit la tante Médé en riant.

— Il regardait beaucoup Rose, ajouta à voix basse Mme Lescalle; il lui a même fait compliment de sa fraîcheur.

— Il y a bien de quoi, reprit la tante en embrassant une des joues veloutées de Rose.

— Ce qui vaut mieux que les compliments, ma tante, c'est

la certitude d'avoir à l'avenir la direction des affaires du comte; il est fatigué de s'en occuper et me charge de tout pour l'avenir. Cela me donnera sans cesse occasion d'aller à La Pinède; déjà j'y déjeune demain. Nous avons à causer d'un bail à dresser.

— Ah ! comme les Arnoux vont enrager en apprenant cela ! dit Mme Lescalle.

— Justement, il n'en faut pas parler, Virginie.

— Pourquoi cette défense, mon ami ?

— En ne disant rien, M⁰ Arnoux croira que je vais à La Pinède tout simplement et comme un intime; l'effet sera bien meilleur.

— Tu es donc toujours vaniteux, mon pauvre Toussaint ? dit Misé Médé.

— Ma tante, on vaut ce qu'on se fait valoir; j'ai appris cela à Paris. Pour une personne qui va aux preuves, il y en a cinq cents qui vous croient sur parole.

— Elle est bien humble, ta maxime, mon neveu. J'en sais une plus fière.

— Laquelle, ma tante ?

— Il vaut mieux être que paraître.

— Laissons les maximes et les proverbes, Misé Médé, et convenez de ceci : Si l'on me croit dans la ville en relations intimes avec le château, le relief en sera grand; si, au contraire, je me pose en notaire *factotum* du vieux comte de Védelle, je n'en tirerai pas beaucoup d'avantages. Laissez-moi mener ma petite barque, ma tante; elle ne va pas déjà tant mal : je suis influent aux élections; chacun me fait un doigt de cour; les Richer me flattent, les Croix Fonds me craignent; je ne sais même pas si ce vieux comte de Védelle n'a pas aussi quelque arrière-pensée de ce côté-là. J'ai pu le pressentir; l'avenir éclaircira tout cela; pour aujourd'hui, allons dîner, nous causerons à table. »

On entra aux Capucins; le dîner fut servi sur une grande terrasse plantée d'orangers, de laquelle on découvrait une immense étendue : à droite, les murailles crénelées, les portes massives de La Ciotat, dominées par les toits de la ville; au loin, un grand rocher de poudingue, appelé le *Bec-d'Aigle*, se profilant fièrement sur le ciel; à gauche, la ligne harmonieuse des collines, derrière lesquelles est creusée la rade de Toulon; en face, au premier plan, le pittoresque îlot de *l'Ile-Verte* et les horizons de la grande mer, que le soleil changeait en un lac d'or mouvant.

C'était juste le moment où Georges de Védelle, le front appuyé à sa fenêtre, regardait sans le voir ce magnifique spectacle.

« Vois donc, Rosette, comme la vue est belle sur ma terrasse. J'ai fait ôter les treillages qu'on avait mis autour, dans ton enfance, pour t'empêcher de tomber, petite, et maintenant rien ne gêne plus le regard.

— Oh! tante Médé, que c'est beau ! dit la jeune fille, après un moment d'admiration recueillie; je n'ai jamais vu le soleil comme cela à Saint-Benoît : les murs étaient trop hauts. »

La conversation sur les gens du château fit encore les frais de l'entretien. Au milieu des narrations un peu diffuses de Mme Lescalle, la tante Médé dit :

« Mais Virginie me parle toujours du même jeune homme; Mme de Védelle n'a-t-elle pas deux fils ?

— Oui, tante Médé, il y en a un autre, le cadet, dit Rose, un petit, pâle, bien singulier; il ne nous a pas dit quatre mots; il a l'air sauvage.

— Le cadet ne compte pas, reprit Mme Lescalle, c'est un drôle d'être, une espèce de maniaque. Entre nous, on le dit *fada* [1], et ça se voit bien.

— Qui dit cela ? demanda le notaire.

---

1. *Fada* est une expression usitée dans nos provinces méridionales. Ce mot a une signification impossible à rendre en français. *Fada* ne veut pas dire un idiot, mais seulement un être resté enfant au delà du terme de l'enfance.

— Qui? tout le monde : Gauthier, le *paire* (fermier) de La Pinède, Manoële, qui va là-bas en journée, et Marion la laitière.

— Qu'en savent-ils?

— Pas plus tard qu'hier, Marion m'a raconté qu'en allant au Beausset au milieu de la nuit avec son fils, ils ont vu une ombre marchant gravement au bord de la mer; ils ont eu d'abord grand'peur, mais en approchant ils ont reconnu le jeune M. de Védelle. Elle lui a alors parlé; il ne lui a pas répondu et s'est vite éloigné; il était sans chapeau, les cheveux au vent, et il l'a regardée avec un air effrayant.

— Quels commérages recueilles-tu là? dit le notaire.

— Comment! trouves-tu donc d'un homme raisonnable de courir comme cela les grèves à trois heures du matin, au lieu de dormir?

— C'est un enfantillage; il voulait faire peur aux femmes allant au marché avant le jour.

— Je pense comme toi là-dessus : c'était pour effrayer les filles; mais on ne doit plus faire de ces niches-là passé douze ans, si on n'est pas fada.

— Mais, fit la tante Médé, ce pauvre jeune homme a peut-être des agitations maladives, s'il est dans l'état que vous dites; les fadas ont les nerfs malades, beaucoup d'entre eux dorment très-difficilement. Que dit la comtesse de l'état de son fils?

— Elle n'en parle pas, elle a l'air d'en être honteuse; elle est devenue tout embarrassée quand il nous a si brusquement plantées là, Rose et moi.

— Et le comte?

— Le comte ne m'en a pas dit un mot, reprit le notaire; il ne paraît guère l'aimer.

— Pauvre jeune homme! qui l'aimera s'il vient à perdre sa mère? dit Misé Médé.

— Bah! ma tante, ne soupirez pas sur son sort, fit en riant M. Lescalle; son père est riche, il trouvera bien une femme qui s'en chargera. Quand on peut donner à un malade quinze mille livres de rente pour se faire soigner, les garde-malades de bonne volonté ne manquent pas.

— Ah ! mon père, un fada c'est bien pis qu'un malade, s'écria Rose.

— Je suis de l'avis de Rose, dit la tante Médé.

— Et sur quoi bases-tu cette grande antipathie? demanda M. Lescalle à sa fille.

— Sur ceci, cher père : un malade, d'abord, peut guérir. Puis, chez un malade, le corps seul est atteint; il peut vous être reconnaissant de vos soins, vous aimer : le fada a l'esprit malade; il ne comprend même pas ce qu'on fait pour lui.

— Oui, ce doit être affreux, continua la tante Médé, d'avoir près de soi un corps jeune et vigoureux dont l'âme est comme absente.

— Eh bien ! un tel mari n'est pas gênant, reprit le notaire; on le traite comme un grand enfant dont on a accepté la garde.

— Mais, papa, celui-là n'est pas un grand enfant sans volonté, comme vous le croyez bien; il a, au contraire, toutes sortes de manies bizarres, d'entêtements déraisonnables. Il prétend empêcher son père de cultiver ses terres, afin d'y voir pousser les buissons de câpriers, dont il aime les fleurs; il ne veut pas laisser couper une branche d'arbre qui entre chez lui par une fenêtre; il habite un grenier où, comme un maniaque qu'il est, il entasse mille choses baroques et inutiles; il ne veut pas s'habiller comme tout le monde, il porte des vestes comme Lieutaud, le garde-chasse, et des guêtres de peau comme le facteur. A le voir, on ne le prendrait pas pour le fils d'un comte, je vous assure.

— Ce que Rose te dit là est exact, reprit Mme Lescalle, et ajoute à cela qu'il n'a pas même l'air de comprendre quand on lui parle.

— Tout cela peut être vrai, ma chère amie; cependant ce

garçon-là trouvera une femme quand il voudra. C'est joli, vois-tu, d'être riche et de s'appeler la baronne de Védelle.

— Peux-tu dire de pareilles choses, Toussaint ? Épouser un fada ! C'est une pensée à faire horreur ! Songe donc, ajouta plus bas Mme Lescalle, une fois mariée, il faut être la femme de son mari, et.... Tiens, c'est révoltant ; j'aimerais cent fois mieux soigner toute ma vie un infirme que d'épouser un de ces fous tranquilles.

— Bon, bon, madame Lescalle, ne t'emporte pas ; on ne veut pas te le faire épouser. »

La conversation prit un autre tour. Après le dîner on quitta la tante Médé, et chacun revint à la ville assez préoccupé, le notaire songeant à tirer le meilleur parti possible de ses relations avec La Pinède, Mme Lescalle rêvant de faire venir une robe de Marseille pour sa prochaine visite au château, Rose se rappelant involontairement le beau visage de Jacques ; et, repassant dans son esprit chacune des paroles qu'il lui avait adressées, elle le comparait à Artémon Richer de Montlouis, le lion de La Ciotat, et le trouvait plus élégant et plus aimable. « Il va retourner à Paris ! » pensait-elle avec un soupir.

CHAPITRE V.

Denise.

Depuis sa première visite, Mlle de La Pinède revint souvent voir la famille de Védelle ; les façons gracieuses de la comtesse lui plaisaient, et les empressements significatifs des deux frères ne lui déplaisaient pas.

Denise de La Pinède était un de ces types de femme charmants, dangereux et rares, qui se produisent sous l'influence combinée de certains hasards où la nature et l'éducation concourent à un même but.

Tout enfant, elle avait été placée par son père dans un des meilleurs pensionnats de Paris. Riche, jolie, intelligente, Denise flatta tout de suite l'amour-propre de sa maîtresse de pension. Suivie avec soin dans ses études, elle fit au bout de peu de temps le plus grand honneur à ses professeurs ; alors elle fut, comme on dit en termes de classe, *poussée*, et devint une sorte de *réclame* vivante de l'institution. Les examens publics, les distributions de prix, les concerts donnés aux parents des élèves, devinrent autant d'occasions de triomphe pour la jeune Provençale.

Le comte de La Pinède, qui seul eût pu s'opposer à cette façon de diriger sa fille, était trop absorbé dans son chagrin pour se rendre compte des dangers de cette émulation mondaine et excessive ; il ne voyait pas se développer chez Denise le redoutable bourgeon de la vanité, et, n'entendant que des éloges sur elle, il croyait tout pour le mieux.

Chaque année, à l'époque des vacances, Denise passait quelques semaines chez son père ; mais ces courts rapprochements, à de longs intervalles, ne suffisaient pas pour éclairer le comte. D'ailleurs, Denise, habituée aux manières faciles et affectueuses de ses compagnes et de ses maîtresses, était contrainte devant le visage triste et sévère de M. de La Pinède, et ne s'abandonnait avec lui à aucune expansion.

Parfois, en rencontrant le regard de son père fixé sur elle avec une ineffable expression de tendresse ; en voyant ses yeux fatigués par la douleur s'emplir lentement de larmes tandis qu'elle chantait ou riait, elle sentait quelque chose tressaillir dans son cœur, et se jetait tout émue dans ses bras. Lui, alors, baisait son front et ses cheveux en lui disant pour éloge suprême : « Tu ressembles à ta mère ! »

Ces moments d'effusion étaient rares ; la gaieté et l'insouciance de la pensionnaire refoulaient les épanchements du comte Honoré, et il restait enfermé dans son calme froid et résigné.

Quand Denise eut dix-sept ans, son père la reprit chez lui. Ce fut un chagrin pour elle; elle se plaisait à la pension et y fût restée volontiers jusqu'à son mariage avec son cousin Jules de Mallarme, auquel elle se savait destinée.

Le comte de La Pinède, atteint d'une grave affection chronique, avait dès longtemps cherché à assurer le sort de Denise; son union avec M. de Mallarme semblait devoir offrir toutes les conditions du bonheur. A quinze ans, Denise fut fiancée à son cousin; elle accepta volontiers la perspective d'épouser cet élégant officier, couvert d'or, qui lui envoyait de si beaux bouquets et lui écrivait des billets parfumés en l'appelant : « Ma jolie cousine. » Les fiançailles se firent ainsi sous les meilleurs auspices; puis Jules de Mallarme partit pour rejoindre son escadre dans les mers du Levant, en attendant que la jolie cousine eût les dix-huit années qui en devaient faire sa femme.

En reprenant sa fille près de lui, le comte Honoré alla demeurer dans la maison de son ami Legrand, homme fort honorable, marié à une femme charmante et père de deux jeunes filles dont l'intimité devait être précieuse à Denise, qui retrouvait en elles deux compagnes de pension. Cet arrangement permit au comte de continuer de mener la vie solitaire qu'il affectionnait, sans priver sa fille des plaisirs et des distractions de son âge.

M. Legrand, possesseur d'une fortune considérable, recevait beaucoup; sa maison se citait parmi les plus fréquentées de Paris. Denise retrouva chez lui, sur une plus grande échelle, ses succès d'amour-propre de la pension; le monde l'accueillit, l'admira, la vanta, et, grâce à son admirable talent de musicienne, elle fut, dès le premier hiver, la lionne de tous les salons. Elle était dans l'ivresse de ses triomphes, quand le pauvre comte Honoré mourut, trop tôt pour avoir vu s'accomplir le mariage de sa fille avec Jules de Mallarme.

Denise éprouva une sincère douleur de la mort de son père; cet homme grave et doux dont la tendresse pleine d'abnégation avait préféré la solitude à la crainte d'assombrir sa jeunesse par le spectacle de ses chagrins, lui apparut dans toute sa suprême bonté. Chose désolante à dire, et bien fréquemment vraie, elle le pleura plus après sa mort qu'elle ne l'avait aimé durant sa vie. Dans le premier moment, elle crut ne pouvoir jamais se consoler; peut-être entrait-il bien une pointe de remords dans l'âpreté de ses regrets. Elle comprit son deuil avec une austérité qui lui fit honneur aux yeux du monde; elle s'enferma, ne reçut plus personne, et écrivit à son cousin Jules, dont les instances voulaient presser l'époque de leur union, qu'elle était résolue à ne pas se marier avant la fin de son année de deuil, ne voulant pas mêler les joies d'un mariage aux crêpes de la mort.

Le temps apporta de notables modifications à cette humeur désespérée, et, quand nous avons retrouvé Denise à La Pinède, chez la comtesse de Védelle, ses vêtements noirs la couvraient encore; mais plus d'un gai rayon avait déjà traversé son âme.

A dix-neuf ans, Denise pouvait passer pour une personne parfaite, selon le monde : elle joignait à une beauté incontestable une intelligence vive, des manières nobles et gracieuses, et une habitude des usages de la société, rare chez une aussi jeune fille. Elle paraissait supérieure même aux femmes les plus heureusement douées, grâce à un tact naturel exquis. Ce discernement merveilleux de l'opportunité en toutes choses la servait peut-être plus encore que tous ses autres avantages.

Avec toutes les qualités qui séduisent, elle n'avait que les défauts qu'on excuse. Éprise du brillant et de la fantaisie, elle se fût gardée de professer certaines hardiesses d'opinions et de goût dont on sait mauvais gré à une femme. Son cœur, bon et léger — deux façons d'être qui ne s'excluent pas — ne semblait pas devoir s'aventurer dans les régions dangereuses de l'enthousiasme et de la passion.

Par une loi de logique morale, son intelligence déployait en superficie ce qui lui manquait en profondeur ; ainsi, la pension a'vait fait pour elle précisément le contraire de ce que le couvent venait de produire sur Rose.

Sans cesse excitée par la culture, Denise, semblable à un de ces beaux arbustes de serre, dépensait en fleurs toute sa séve. Rose, pareille à une plante venue à l'ombre, manquant d'air, de soins et de soleil, avait végété sans se développer.

Telle qu'elle était, avec son élégance suprême et tous les charmes de son esprit, Denise devait séduire, à des degrés différents, tous les hôtes de La Pinède. Mme de Védelle rechercha cette société gaie et variée, dont les grâces venaient heureusement rompre le calme un peu monotone de la vie de famille. Le vieux comte, flatté des égards dont elle l'entourait, la reçut avec plaisir. Jacques, la trouvant ravissante, se sentit vite le cœur assez fort égratigné, et se mit à lui faire la cour à tout hasard, suivant son système. Un seul fut sérieusement troublé dans sa paix : ce fut Georges de Védelle.

Lorsque Mlle de La Pinède venait voir la comtesse, Georges accourait aussitôt sans que personne l'eût prévenu, et comme averti par une mystérieuse révélation. Il arrivait de l'air hâté d'un homme qui attend un événement heureux ; parfois il adressait à Denise des paroles embarrassées ; mais, d'ordinaire, il se mettait dans quelque coin d'où il pût la regarder à son aise, et il passait ainsi des heures entières dans une contemplation muette à laquelle Denise semblait ne prêter aucune attention.

Comme Mme Lescalle, Denise avait entendu dire beaucoup de choses sur le compte de Georges, qui l'engagèrent à mettre une grande réserve dans ses rapports avec lui. Comprenant qu'il y avait une plaie secrète et douloureuse dans la famille à propos de ce jeune homme, elle voulut, par un sentiment délicat, faire semblant de tout ignorer ; elle évitait donc toutes les occasions où Georges eût pu montrer quelque chose de cette infirmité morale dont elle le savait atteint. Par une sorte de convention tacite, on ne parlait devant elle ni de

Georges ni à Georges. Celui-ci, sans s'apercevoir de ce qu'on pensait autour de lui, continuait à vivre comme avant, silencieux, doux, taciturne, bizarre dans certains moments, sauvage toujours, et tenant le moins de place possible dans la maison.

Quant à Jacques, Denise lui accordait plus d'attention : elle avait trop vu le monde pour ne pas comprendre le but de ses pensées ; sans les encourager positivement, elle les entretenait ; certaines femmes aiment infiniment respirer l'encens qui s'échappe d'un cœur jeune et brûlant. Denise trouva cette réminiscence de Paris fort agréable à rencontrer au fond d'une province où elle comptait s'ennuyer mortellement.

Cependant Jacques en vint peu à peu à se formuler des espérances positives, et par conséquent son esprit aborda les projets sérieux. Denise n'était pas une fille qu'on dût songer à séduire ; elle restait un très-beau parti à épouser. En quelques semaines, Jacques sentit son éloignement pour le mariage disparaître graduellement, et commença à ébaucher des rêves de bonheur dans le cadre étroit de la vie conjugale.

Si le comte avait connaissance de l'amour de son fils pour Denise, il ne semblait pas le désapprouver, car il faisait fréquemment l'éloge de la jeune fille, et ne rappelait pas à Jacques le projet de voyage à Paris, qui paraissait tout à fait abandonné.

Un jour, Denise s'était montrée plus séduisante que jamais ; elle avait remué tous les cœurs en chantant avec une expression admirable la divine romance du *Saule*.

Le comte vit Jacques très-impressionné, et jugea le moment venu de rompre le silence.

Le père et le fils restèrent seuls sur la terrasse, quand Denise remonta en voiture avec sa nourrice, pour retourner à Toulon. Jacques suivait du regard le tourbillon de poussière soulevé par les roues de la calèche, et, pour la première fois de sa vie, son œil était rêveur.

« Jacques, lui dit son père en posant sa main sur son épaule, à quoi penses-tu?

— Moi, mon père? fit le jeune homme en tressaillant, je ne sais....

— Je le sais, moi; veux-tu que je te le dise?

— Vous le savez?

— Tu penses à la belle fille qui vient de nous quitter.

— C'est vrai, répondit Jacques.

— Et tu l'aimes?

— C'est encore vrai, mon père.

— Eh bien! mon fils, que veux-tu faire?

— La demander en mariage, mon père, si vous le permettez.

— C'est un bon parti, dit le comte, et une charmante fille.

— Qui cela? demanda la comtesse en survenant.

— Denise de La Pinède.

— Sans doute; et qui veut l'épouser?

— Jacques.

— Jacques! vraiment! s'écria la comtesse.

— Il en est amoureux. N'avez-vous pas vu cela?

— Et à quoi l'aurais-je vu? » reprit naïvement la comtesse.

Mme de Védelle, mariée par convenances de famille à un homme plus âgé qu'elle de vingt-cinq ans, n'avait connu de sa vie un amour autre que l'amour de Dieu.

« Jacques, dit la comtesse, tu veux épouser Denise; as-tu bien réfléchi?

— Oui, ma mère!

— Lui crois-tu toutes les qualités qui rendent un homme heureux?

— Je l'aime, ma mère!

— Tu me réponds comme un roman, mon enfant; tu l'aimes! cela ne suffit pas.

— Ma mère, elle est aussi noble que nous, et elle a cinq cent mille francs de fortune; cela n'est pas un roman.

— Oui, mais elle est bien jolie, Denise.

— Allez-vous trouver que la mariée serait trop belle? demanda Jacques en riant.

— Ta mère a raison, dit le comte; la grande beauté de Denise peut n'être pas un élément de bonheur.

— Elle est très-mondaine, ajouta la comtesse.

— Elle aime les louanges, les hommages; c'est son droit, elle est ravissante.

— Allons, dit le comte, tu n'es déjà plus, mon cher Jacques, dans l'état d'esprit où on raisonne juste; le mieux est de te laisser faire; tu as vingt-neuf ans; épouse Mlle de La Pinède, si c'est ton goût.

— Merci, mon père; et vous, ma mère?

— Si je te conseillais, moi, maternellement et consciencieusement, de renoncer à cet amour, que ferais-tu, Jacques? »

Jacques garda le silence.

« Épouse-la donc, ajouta la comtesse avec un soupir, et que Dieu te fasse heureux! »

Jacques embrassa sa mère comme lorsqu'il avait huit ans; il se jeta ensuite au cou de son père, puis, entrant précipitamment dans la maison, il cria :

« Vincent, mon cheval, à l'instant!

— Où vas-tu? lui demanda le comte.

— A Toulon, mon père.

— Quoi! dès aujourd'hui?

— Pourquoi retarder mon bonheur? D'ailleurs le jour est bien choisi : Denise quitte demain le deuil; elle verra que j'ai gardé le secret de mon amour jusqu'au jour où, sans froisser ses susceptibilités, je peux lui demander d'être ma femme.

— Va, » dit le comte.

Une heure après, Jacques galopait sur la route de Toulon.

Le lendemain, de grand matin, il rentra dans l'avenue d'oliviers, couvert de poussière comme un courrier de cabinet. Il avait l'air bouleversé.

« Qu'arrive-t-il, Jacques? demanda la comtesse en venant au-devant de lui.

— Ce que nous n'avions pas prévu, ma mère.
— Quoi donc, grand Dieu?
— Elle me refuse.
— Est-ce possible? Te refuser, toi! répéta-t-elle d'un accent où se peignait la déception de l'orgueil maternel.
— Elle me refuse positivement.
— Et le motif?
— Elle est fiancée à un cousin, un baron de Mallarme.
— Elle l'aime?
— Il a un million! dit amèrement Jacques.
— Elle était fiancée, et nous l'avait caché!...
— Tenez, ma mère, reprit Jacques en retrouvant son sang-froid, n'en parlons plus; c'est une coquette! Décidément, je pars pour Paris dans quinze jours. »

CHAPITRE VI.

Sollicitudes.

Plusieurs jours se passèrent, il ne fut plus question de Denise au château. Jacques digérait mal sa disgrâce, et la dissimulait en s'occupant activement des préparatifs de son départ; le comte et la comtesse, pour ménager le chagrin de leur fils, évitaient de parler de la fière héritière; Georges, qu'on n'avait mis au courant de rien, continuait à rester enfermé dans son silence habituel.

Un matin, comme il prenait son fusil et se préparait à partir pour la chasse, il se croisa dans le vestibule avec son frère. Jacques s'arrêta. Il fut frappé de l'air accablé de son frère et de sa pâleur.

« Es-tu malade, Georges? lui demanda-t-il.
— Non, frère; pourquoi me fais-tu cette question?

— Je te trouve mauvais visage.

— Je vais bien, reprit Georges, je vais très-bien.

— Je ne trouve pas cela. Depuis quelques jours, tu as beaucoup changé. Il faut te soigner.

— Je vais à la chasse ; cela est bon pour ce que j'ai.

— Tu as donc quelque chose ? »

Georges allait répondre, il parut hésiter ; puis il s'éloigna en murmurant comme en se parlant à lui-même :

« Depuis douze jours ! »

Ces quelques mots retentirent au cœur de Jacques, et y trouvèrent un écho douloureux. Douze jours s'étaient écoulés depuis son voyage à Toulon ! Jacques regarda partir son frère, et sa physionomie se couvrit d'un voile de tristesse inquiète. Il sortit à son tour, et, pendant plus d'une heure, il resta à se promener à pas lents dans l'avenue ; enfin, il sembla prendre une résolution décisive, et, rentrant au château, il se dirigea vers le cabinet de travail de son père. Quand il entra, le comte de Védelle écrivait ; il ne leva pas les yeux.

« Qu'est-ce ? dit-il.

— Mon père, répondit Jacques, voulez-vous bien m'accorder un moment d'entretien ? j'ai des choses sérieuses à vous dire. »

Au ton grave dont son fils parlait, M. de Védelle s'interrompit. Il ôta ses lunettes, les posa entre les feuilles d'un in-folio ouvert près de lui, et, se tournant à demi :

« Des choses sérieuses, Jacques ! et à propos de quoi ?

— A propos de Georges, mon père.

— Toujours Georges ! murmura le vieillard d'un air ennuyé. Eh bien, voyons !

— L'état de Georges s'aggrave, mon père ; de jour en jour il devient plus morose, plus sauvage ; il passe des nuits entières hors du château ; il erre dans la campagne comme une âme en peine. »

M. de Védelle fit un mouvement qui voulait dire : « Pourquoi ne m'a-t-on pas prévenu ? »

Jacques comprit et continua :

« Je ne vous en ai pas parlé, je craignais de vous affliger ; et puis, pensant cet état sans cause et sans remède, je croyais sage de ne pas contrarier ses manies, assez innocentes, du reste. Mais il se passe en lui quelque chose d'inquiétant, il faut le reconnaître : il change à vue d'œil, il ne mange pas ; de silencieux et doux il est devenu sombre et irritable ; plusieurs fois je l'ai surpris dans une rêverie assez profonde pour l'empêcher de s'apercevoir de ma présence. »

Le vieux comte interrompit son fils.

« Je sais que ton frère ne va pas bien, mon ami ; rien n'a échappé aux regards de ta mère, elle s'en inquiète et s'en désole ; mais que pouvons-nous faire? Tout n'a-t-il pas été tenté pour le sortir de sa torpeur? Le mieux est encore, je le crois, de le laisser livré à lui-même, car il s'aigrit si l'on s'occupe de sa santé.

— Mon père, l'aggravation de l'état de Georges a une cause.

— Et tu la connais?

— Oui.

— Dis vite, mon ami, dis vite !

— Georges est amoureux !

— Amoureux! fit le comte de Védelle de l'air d'un homme frappé par la plus inattendue des révélations. Grand Dieu ! Georges amoureux ! est-ce possible?...

— Il a vingt ans, mon père.

— Tu as raison, je n'y ai pas songé ; je songe si peu à l'avenir de ce pauvre garçon, qui n'en doit point avoir ! J'avais presque oublié son âge.

— Chez toute créature, mon père, il vient un moment où la nature s'éveille, quel que soit, du reste, l'état de l'âme.

— C'est très-vrai ; après cela, tu lui fais bien de l'honneur en baptisant ce qu'il peut éprouver du nom d'amour. A qui en veut-il? A quelque laitière ou quelque chevrière dont il a fait rencontre dans la montagne? Je comprends maintenant son humeur vagabonde ; et toi, Jacques, tu as pénétré le secret, tu connais la fillette : qui est-ce?

— Il ne s'agit pas d'une fillette, mon père.

— Aurait-il songé à quelque jeune fille de la ville? J'aimerais mieux cela. On pourrait peut-être le marier, et ce serait une bonne chose.

— Ce n'est pas une fille du pays qui lui a plu, c'est Mlle de La Pinède.

— Denise! quelle histoire me contes-tu là?

— Ce n'est pas une histoire; il en est amoureux, mille indices me le prouvent, j'en suis sûr.

— Alors, c'est un malheur; on ne peut pas la lui faire épouser, celle-là!

— Je crois bien, dit Jacques en jetant de côté dans une glace un coup d'œil sur son beau visage; une femme qui m'a refusé!... Cependant, continua-t-il, il faut s'occuper de ce pauvre Georges.

— Tu prends cela trop au sérieux, mon ami. Ton frère est amoureux, soit. Il l'est de Mlle Denise, c'est possible ; cela tient à ce qu'elle est la seule femme qu'il ait vue souvent. Il serait amoureux de toute autre dans les mêmes conditions. Il faut lui chercher un dérivatif, et, quand nous le lui aurons trouvé, tu le verras oublier sa première préférence. Un mariage vaudrait encore mieux ; ce serait fait une fois pour toutes, et puis cela ne nous exposerait pas aux épouvantes de ta mère; le dérivatif va la scandaliser; il faudra y réfléchir. Tu ne vois pas dans le pays quelque fille pouvant faire son affaire?

— Je ne connais personne, moi, dans ce canton, dit Jacques; mais je pense à une chose, n'attendez-vous pas M⁺ Lescalle, ce matin?

— Oui, il a un bail à me faire signer.

— Profitez de sa visite pour prendre des renseignements sur les filles à marier du voisinage.

— Ton idée est bonne; personne n'est mieux placé que Lescalle pour diriger ma recherche. »

Un moment après, Mᵉ Lescalle fut annoncé par Vincent. Jacques se retira.

Le comte et le notaire demeurèrent seuls.

CHAPITRE VII.

Diplomatie paternelle.

La physionomie de Mᵉ Lescalle décelait une vive satisfaction; malgré ses efforts pour prendre l'air indifférent, sa jubilation intérieure éclairait son visage; depuis la veille, il se frottait les mains toutes les cinq minutes, sous l'influence des pensées les plus agréables. Voici ce qui expliquait sa joie :

La veille, M. Richer de Montlouis le père s'était présenté chez lui en tenue officielle, habit noir, cravate blanche et figure solennelle, et, après quelques courtoisies préliminaires, il lui avait dit :

« Monsieur Lescalle, j'ai l'honneur de vous demander la main de Mlle Rose, votre fille, pour mon fils Artémon. »

Le notaire s'attendait bien un peu à cette demande; néanmoins il joua la surprise.

« Qui me vaut, demanda-t-il, cet honneur de la part de la première famille du pays?

— Le meilleur motif en pareil cas : Artémon n'a pu voir votre charmante fille sans qu'elle fît une grande impression sur son cœur, et vous combleriez ses vœux en la lui accordant.

— Rose est bien jeune, monsieur de Montlouis.

— Ce défaut-là se corrige tous les jours.

— La dot vous paraîtra peut-être bien minime.
— Vous lui donnez?
— Quarante mille francs.
— On m'avait parlé de soixante mille. »

C'était vrai; mais le notaire, en voyant arriver la demande si positive, avait voulu exploiter la situation.

« Quarante mille, monsieur de Montlouis, répéta-t-il, et encore en me gênant beaucoup.

— Vous pourrez réfléchir avant de fixer votre chiffre définitif, mon cher monsieur Lescalle. Au reste, je ne vous demande pas une réponse catégorique aujourd'hui même; vous devez désirer consulter Mme Lescalle, c'est tout naturel; seulement, permettez-moi de croire les choses bien avancées, si vous nous êtes favorable.

— En pouvez-vous douter?

— Eh! eh! fit M. Richer de Montlouis, c'est que vous ne nous êtes pas toujours favorable, mon cher monsieur Lescalle.

— Qu'entendez-vous par là?

— Voyons, jouons cartes sur table. Nous allons avoir une élection; mon frère se présente, vous le savez, et vous avez promis votre appui à M. Césaire de Croix-Fonds.

— Nous y voilà, pensa le notaire; c'est l'élection qui fait le mariage, en grande partie du moins.... C'est-à-dire, reprit-il tout haut, que j'ai promis à M. de Croix-Fonds de l'aider à devenir éligible en lui trouvant une terre à acheter dans le pays.

— C'était nous créer un concurrent de plus; vous avez été sur le point de lui faire avoir La Pinède pour un morceau de pain.

— Service de voisin et de notaire, ne touchant en rien à la situation de monsieur votre frère.

— Ce n'est pas mon avis. Quoi qu'il en soit, si vous donnez suite à ma demande d'aujourd'hui, vos dispositions en faveur de ce nouveau candidat en seront, je pense, modifiées.

— Je ne suis nullement engagé envers lui.

— Alors je puis sérieusement vous demander vos voix pour l'oncle de mon fils. Aux élections prochaines, il ne sera pas nécessaire de les solliciter pour votre gendre.

— Quoi, votre fils songe?...

— Artémon ne pense encore à rien de ce genre; mais puisque, après avoir déclamé contre le mariage pendant dix ans, le voilà arrivé à composition, il fera de même pour embrasser une carrière; le ménage et les emplois le rangeront complétement, j'en suis sûr.

— Il en a un peu besoin, peut-être.

— Sans doute, sans doute, et cela se fera; il a eu quelques années orageuses : ce n'est pas un mal; il a jeté ses gourmes, comme on dit. Vous avez été comme lui, ajouta M. Richer de Montlouis en riant, et il sera, comme vous, le meilleur des maris. »

Le notaire rit aussi, quoiqu'il goûtât modérément les allusions à son passé; le raisonnement de M. de Montlouis ne lui permettait plus aucune observation; il parut convaincu.

M. Richer prit congé du notaire, et, sur le pas de la porte, les deux hommes se serrèrent la main avec la plus complète cordialité.

Dès qu'il fut seul, M. Lescalle entra chez sa femme.

« Virginie, cria-t-il en entrant, nous allons marier Rose !

— A Artémon Richer? fit Mme Lescalle.

— Tu le sais ?

— J'ai vu le père entrer à l'étude, et je me suis doutée de quelque chose ; cela devait finir par là.

— Ils sont très-inquiets pour leur élection, ils ont grand besoin de moi; cela a bien pu faire brusquer les choses. Du reste, je vais leur faire un peu payer mes services.

— Comment cela?

— En ne donnant à Rose que quarante mille francs.

— C'est bien assez. Rose, d'ailleurs, est assez jolie pour qu'on ne regarde pas à son argent.

— Tout cela est bel et bon ; mais les beaux yeux n'auraient pas remplacé les bons écus auprès du père Richer, sans cette circonstance des voix dont je dispose.

— Ajoute qu'Artémon est très-amoureux de ta fille, cela se voit bien.

— Tant mieux ! Et elle, la petite, l'a-t-elle vu ?

— Je ne sais trop, je la surveillais de près ; le jeune homme n'est pas scrupuleux, dit-on, et je ne voulais pas laisser s'engager une amourette.

— Tu as bien fait ; maintenant, tu peux parler à Rose. Crois-tu qu'elle sera contente ?

— Elle serait bien difficile, dit Mme Lescalle, qui rendait intérieurement une éclatante justice aux avantages physiques et à la robuste jeunesse d'Artémon Richer. Tiens, Toussaint, ajouta-t-elle, voici Rose qui revient de chez Misé Médé ; laisse-nous, je vais lui parler : devant toi, ce serait trop solennel.

— D'accord, » dit M. Lescalle, et il sortit.

Un moment après Rose entra chez sa mère. Elle était jolie comme une figure de Greuze ; elle portait un grand chapeau de paille, auquel elle venait d'ajouter une couronne de fleurs des champs ; de ses bras nus, ronds et veloutés, elle retenait un pan de sa robe de jaconas rose, ce qui l'aidait à soutenir une immense botte de fleurs, butin embaumé ravi au jardin *des Capucins*. Avec ses cheveux blonds en désordre, ses belles couleurs encore animées par la course, et cette moisson de fleurs, Rose semblait la plus charmante allégorie du printemps qu'un peintre pût rêver. Elle courut à sa mère, essoufflée et joyeuse, et lui dit en l'embrassant :

« Voyez donc, maman, les belles fleurs ! J'ai dépouillé le jardin de tante Médé.

— C'est superbe, répondit distraitement Mme Lescalle ; mais il ne s'agit pas de cela, Rose. Sais-tu ce qui se passe ?

— Quoi donc, maman ?

— On te demande en mariage.

— Moi!... vraiment! et qui cela? demanda la jeune fille, un peu émue de ces graves paroles.

— Tu ne t'en doutes pas?

— Non, maman, fit-elle en ouvrant ses grands yeux bleus et limpides comme le ciel.

— Eh bien! c'est Artémon Richer de Montlouis. »

Rose reçut un coup au cœur; car, au nom d'Artémon, elle laissa tomber ses deux bras le long de son corps, et toutes ses fleurs glissèrent à ses pieds, sans qu'elle s'en aperçût.

« Vous avez dit que j'étais encore trop jeune pour me marier, n'est-ce pas, maman? dit-elle d'une voix étouffée.

— C'est ton père qui a répondu.

— Est-ce donc tout à fait sérieux? reprit-elle avec un accent de plus en plus altéré.

— C'est aussi sérieux que possible.

— Mais, maman, hier vous me disiez beaucoup trop jeune pour songer au mariage.

— On dit toujours cela d'une fille quand aucun bon parti ne s'est encore présenté; ensuite, on ne manque pas à plaisir un beau mariage pour une question d'âge. Tu serais bien dégoûtée si tu n'étais pas aux anges par cette demande; Artémon Richer! le meilleur parti et le plus beau garçon du pays!... »

Rose se tut; elle connaissait la prédilection de sa mère pour le bel Artémon, elle sentit que sa résistance ne serait pas comprise de ce côté; elle parut réfléchir et laissa sa mère la féliciter longuement de son bonheur. Une visite vint la soustraire à l'embarras de répondre à ce panégyrique de sa destinée. En entendant monter les deux dames qui venaient voir Mme Lescalle, elle quitta précipitamment le salon, et, jetant dans un coin son chapeau couvert de fleurs, elle entra dans le cabinet de son père.

M. Lescalle, assis devant son bureau, la tête dans ses mains, achevait de supputer les avantages que lui assurait une alliance avec la famille Richer de Montlouis.

« Cher père, dit Rose, d'une voix qu'elle voulait rendre grave et qui resta tremblante, maman vient de m'apprendre...

— Ah! ta mère t'a parlé, fillette. Hein! cela sert d'être jolie!

— Ainsi, M. Artémon?...

— Sera ton mari dans trois semaines.

— Quoi, sitôt? mais, mon père, je le connais à peine.

— Je le connais, moi, et c'est l'important; vous, mes enfants, vous aurez tout le temps de faire connaissance après le mariage; d'ailleurs, tu l'as vu, tu le trouves beau garçon, n'est-ce pas? cela suffit quant à présent; lui, s'il t'épouse, c'est que tu lui plais, apparemment.

— Il pourrait m'épouser pour obéir à son père.

— Oh! nenni, Rosette, il y a mieux; un homme de trente ans n'est pas comme une jeune fille de seize.

— Oh! oui!... fit Rose avec un accent qui contenait un reproche.

— Au reste, continua le notaire, je ne voudrais pas te sacrifier, et si Artémon n'était pas jeune, beau, riche et bien apparenté, s'il n'avait pas enfin toutes les conditions qui doivent te plaire, je n'aurais pas donné mon assentiment à ce mariage; mais tout se trouve là réuni, et tu rencontres tout dans cet établissement. Eh bien! tu n'es donc pas enchantée? Tu ne me remercies seulement pas; tu me fais là une figure tout effarée, comme s'il ne t'arrivait pas un bonheur inespéré.

— Je suis surprise, mon père, et je.... vraiment je me demande si je dors ou si je suis éveillée.... Moi, me marier.... et si vite! je n'avais encore jamais songé à cela.

— Cela vaut mieux que d'y songer dix ans, comme les demoiselles Arnoux, et de finir par coiffer sainte Catherine. Je conçois ton étonnement, ma fillette, et je suis sûr de le voir se changer en joie à la première visite d'Artémon.

— Oh! mon père, je ne crois pas cela, » s'écria Rose.

Et en disant ces mots, des larmes qu'elle cherchait à retenir depuis un moment inondèrent son visage.

« Qu'est-ce à dire? fit M. Lescalle d'un ton sévère. Allons-nous faire des simagrées, rebuter le meilleur parti du pays? Je le vois, nous avons rêvé au couvent de quelque prince des contes de fées, et nous voulons l'attendre. »

Rose ne put supporter cette ironie; tout ce qu'elle avait résolu de dire se troubla et s'évanouit dans son cerveau; elle se sentit en face d'une résolution arrêtée, et son courage ne put subir cette épreuve. Elle s'enfuit du cabinet de son père, et alla s'enfermer dans sa chambre, sans même écouter M. Lescalle, qui lui criait :

« Laisse-moi faire, je sais ce qui peut assurer ton bonheur. »

Comme on le pense bien, l'émotion de Rose ne détourna pas un instant le notaire de son projet; il continua à le caresser, comme si rien n'avait eu lieu entre sa fille et lui, et ce fut l'esprit plein des idées les plus agréables que le lendemain il se rendait à La Pinède.

Quiconque l'eût rencontré, marchant à petits pas, les mains derrière le dos, humant la brise du matin avec béatitude, saluant les passants, souriant aux enfants, appelant les chiens d'un air de connaissance, eût dit : « Voilà un homme heureux! » D'où venait donc cet épanouissement joyeux sur le visage de cet homme?

Il avait une unique enfant, belle et naïve, pleine de cette grâce indicible qui naît chez les jeunes filles avec la quinzième année et s'envole avec la vingtième; il avait près de lui, sous ses yeux, à toute heure, cet être charmant, oiseau par la gaieté, lis par la pureté, et son bonheur venait de la pensée qu'il allait s'en défaire avantageusement!...

Cet homme était-il un monstre ou une exception pour cela? Pas du tout. Il sentait comme un nombre énorme de pères. Dans la plupart des familles, une jeune fille est considérée comme un embarras; marier une fille à dix-huit ans, c'est faire une bonne affaire, la marier à seize ans, c'est en faire une meilleure. La voir malheureuse chez son mari est un embarras bien moins grand que de la voir heureuse chez soi, sans mari !... Ainsi va la famille !...

Donc, pour le motif qu'on connaît, M. Lescalle avait sa plus riante physionomie en abordant le comte. Celui-ci le remarqua.

« Vous avez l'air tout réjoui ce matin, monsieur Lescalle, lui dit-il en le faisant asseoir.

— Eh ! eh ! fit le notaire avec un petit rire important, je suis en effet assez content, monsieur le comte ; les affaires ne vont pas mal cette année.

— Votre clientèle est fort étendue, m'a-t-on dit ?

— Elle s'accroît de jour en jour, et j'ai des clients dans tous les coins du département.

— J'en suis enchanté, car je vous souhaite toute la prospérité possible ; et puis vous allez pouvoir me donner quelques renseignements dont j'ai besoin.

— Je suis tout à vos ordres, monsieur le comte ; de quoi s'agit-il ?

— D'une chose assez délicate et qui demande le secret.

— Un notaire est un second confesseur.

— Je le crois et vais m'ouvrir à vous. J'ai deux fils, vous le savez.

— Je le sais ; cependant je ne connais guère que M. Jacques, un charmant jeune homme sous tous les rapports.

— Vous pourriez ajouter un avocat de talent ; il a déjà eu des succès au Palais, et le barreau de Marseille fait en ce moment des efforts pour le décider à rester en ce pays. Jacques a de l'avenir, il songe à la vie politique ; celui-là ne m'inquiète pas. Son frère, c'est différent.

— M. Georges, je crois ?

— Oui.

— Il est encore fort jeune.

— Il a vingt ans passés. Ah ! fit le comte après un silence, je dois me décider à vous donner des détails sur ce malheureux enfant; car, sans explications, vous ne pourriez comprendre mes résolutions à son égard.

— Je vous écoute, monsieur le comte.

— Georges a près de dix ans de moins que son frère; ma femme avait toujours désiré un second enfant, et la naissance tardive de ce fils nous remplit tous deux de joie. Son enfance n'eut rien de remarquable; il était délicat de santé, doux de caractère, ce qui amena sa mère à le gâter. Pour le soustraire à cette influence fâcheuse, je le mis au collége très-jeune; il s'y montra travailleur, et ses progrès furent rapides.

— M. Georges! fit le notaire avec stupéfaction.

— Attendez donc, reprit M. de Védelle, vous allez tout savoir. Georges avait douze ans lorsque Mme de Védelle dut aller recueillir l'héritage de son père à Cuba; je pris un congé et je l'accompagnai. Notre absence devait durer quinze mois; un procès engagé contre le gouvernement espagnol la fit durer cinq ans. Pendant tout ce temps, les lettres de France nous entretenaient souvent des succès de mon plus jeune fils, il était cité comme un élève distingué; à dix-sept ans il avait fini ses classes : je le destinais à l'École polytechnique, et le voyais près d'y arriver; nous calculions avec bonheur, sa mère et moi, que l'époque de notre retour en France coïnciderait avec celle des examens; nous assistions d'avance à son triomphe. En débarquant à Brest, une lettre nous frappa d'un coup affreux! Georges, épuisé par ses efforts, par ses travaux, était tombé atteint d'une fièvre cérébrale. Nous nous jetâmes dans une chaise de poste; quarante heures après nous étions au chevet de notre fils. Il n'avait plus aucune connaissance; nous semblions être arrivés pour recevoir son dernier soupir. Deux habiles médecins appelés près de lui disaient ne pouvoir plus compter que sur un miracle. Ce médecin suprême, qui s'appelle la jeunesse, fit le miracle. Les portes de ce sépulcre à moitié entr'ouvert se refermèrent, mais la mort, furieuse d'avoir laissé échapper cette belle proie, s'en vengea cruellement.

— Il resta.... » dit M. Lescalle.

Il n'acheva pas; il allait dire idiot.

« Il resta, reprit le comte, dans une atonie désolante, dans un engourdissement moral invincible. On appela d'abord cela une convalescence difficile; puis, le temps n'apportant aucune amélioration à cet état, on dut s'avouer que c'était quelque chose de pire. On nous conseilla pour lui la campagne, les exercices violents; nous partîmes pour ma terre du Val-Sec, en Lorraine, et je ramenai chez moi un être morose et maladif à la place d'un beau et intelligent jeune homme. Que vous dirai-je, monsieur Lescalle? c'est une triste histoire, sans incidents, et simple comme un malheur sans remède. La vie au grand air, l'équitation ramenèrent en partie les forces physiques de mon fils; la torpeur morale subsista, il témoigna un absolu dégoût pour tout travail, se mit à mener une vie errante qu'il a continuée ici, se fit silencieux, bizarre, sauvage, et tellement indifférent à tout, que mes remontrances n'ont jamais rien pu gagner sur ses manies. Tout est donc fini; son cerveau a éprouvé des ravages irréparables, il faut le subir tel qu'il est.

— N'avez-vous pas consulté des médecins?

— Plusieurs, dans les premiers temps, et des plus célèbres.

— Eh bien?

— Tous m'ont conseillé de laisser faire au temps; c'était se déclarer impuissants : en effet, l'art est bien insuffisant quand c'est l'âme qui est malade. Oh! c'est une chose affreuse, ajouta le comte avec un accent plein de découragement, d'avoir le spectacle de cette déchéance d'une intelligence! J'avais rêvé pour cet enfant un avenir, il est fermé sans retour; mes projets, mes espérances, tout est détruit! Je reste en présence de cette déception vivante! »

Pour être complétement sincère, M. de Védelle aurait pu

ajouter qu'il faisait payer assez cher au pauvre Georges les soucis dont il était la cause; son amertume contre lui allait parfois jusqu'à l'injustice, et ses sentiments s'exprimaient trop souvent par des paroles acerbes ou violentes auxquelles Georges ne répondait jamais, mais dont peut-être il souffrait.

Le notaire avait écouté le comte avec beaucoup d'attention et s'efforçait de deviner où il en voulait venir.

« Cette situation est en effet très-pénible, dit-il pour rompre un silence qui se prolongeait.

— Pénible, douloureuse, insupportable ! fit le comte, et ajoutez qu'elle se complique encore en ce moment d'un embarras de la nature la plus délicate.

— Vraiment! quel embarras?

— Pour plusieurs raisons, il est devenu nécessaire de marier Georges, et c'est à ce sujet que j'attends de vous un service.

— Lequel?

— Celui de m'indiquer les personnes sur lesquelles je pourrais jeter les yeux.

— C'est facile, je connais tout le monde à dix lieues aux environs; il faudrait seulement, monsieur le comte, me dire quelles sont vos exigences.

— Oh ! je n'en ai pas en grand nombre.

— Tenez-vous à la noblesse?

— Pas absolument; il donnera son nom à sa femme.

— A la fortune?

— Je m'en passerais à la rigueur. Je lui assure quinze mille livres de rente, et pourvu que la fille ait trente ou quarante mille francs, ce qui n'est pas une dot....

— Pardon, dans ce pays-ci cela passe pour une dot assez gentille.

— Enfin, je verrais.

— Quant à la famille?

— Honorable, et rien de plus; pas de marchands, cependant.

— L'âge?

— Oh! peu importe; cherchez entre quinze et quarante; il nous faut une femme, voilà tout, et pas trop laide, pour qu'il ne la prenne pas en grippe.

— Voyons donc, dit le notaire en consultant sa mémoire: qu'avons-nous à marier? Mlle Vexaint. Ah! elle a une mauvaise santé.

— Cela ne vaudrait rien.

— Mlle Laurisse. Elle est bien jolie celle-là; mais elle est fière et fêtée parce qu'elle a cent mille francs.

— Elle refuserait.

— Mlle du Lac, noble et jeune.

— Eh bien?

— C'est qu'elle est bossue.

— N'en parlons pas.

— Voudriez-vous de la fille du maître de poste?

— C'est trop descendre.

— Ma foi, je ne vois plus personne. Ah! si fait, Mlle Courtois.

— Qui est-ce?

— La nièce de M. le curé; seulement, elle a quarante ans.

— Est-elle encore belle?

— Elle ne l'a jamais été; au contraire, même.

— Passons, alors; nommez-m'en d'autres.

— Cela devient fort difficile, monsieur le comte.

— Croyez-vous? Voyons, cherchez. Si vous aviez quelqu'un de bien convenable, j'ajouterais dix mille francs pour la corbeille. »

Le notaire prit sa tête dans ses mains.

« Ah! s'écria-t-il tout à coup, j'y songe!

— Quoi donc?

— Ma fille!

— Votre fille, Mlle Rose?

— Oui.

— Je la croyais destinée à un jeune homme de La Ciotat.

— Artémon Richer. Il a été question de quelque chose comme cela ; mais je donnerais la préférence à l'honneur de votre alliance. Malheureusement, il y a une difficulté, monsieur le comte, même si ma fille vous paraît un parti convenable.

— Très-convenable, et la difficulté ne viendrait pas de moi.

— C'est que, reprit le notaire en hésitant, comme un homme qui a un aveu pénible à faire, c'est que.... Rose n'a pas de dot.

— N'est-ce que cela? Vous pouvez la doter à mes yeux sans lui donner un sou.

— Et en quoi faisant?

— En faisant nommer mon fils Jacques député ; cela se peut-il?

— Bon ! pensa M⁰ Lescalle ; ils sont décidément tous possédés du démon de la candidature.

— Votre élection a lieu dans deux mois, continua le comte ; vous avez deux concurrents ; pensez-vous qu'un troisième, qui arriverait bien appuyé et sachant parler à une assemblée électorale, aurait des chances?

— Peut-être bien, fit le notaire. Je ne sais trop comment je pourrais vous servir, moi, monsieur le comte, car j'ai des engagements pris, et je ne sais si....

— Il n'y a pas de scrupule à avoir ici ; le succès de mon fils devient une affaire de famille pour vous, monsieur Lescalle.

— Vous avez raison, monsieur le comte ; advienne que pourra, je suis votre homme. Quel âge a M. Jacques?

— Il aura trente ans dans quelques jours ; le faire arriver à la chambre cette année, c'est lui faire gagner deux ans : c'est immense.

— Je comprends ; comptez sur moi, ma fille et mon influence sont à vous. Je ne veux pas risquer, pour des scrupules, de faire manquer à Rose un si beau mariage. »

Les deux hommes se serrèrent la main.

« Permettez, fit Mᵉ Lescalle après une pause ; il n'est pas méchant, votre jeune homme ?

— Oh! certes non, il est parfaitement inoffensif; il pourra peut-être ennuyer sa femme, à coup sûr il ne la maltraitera jamais.

— C'est que je ne voudrais, pour rien au monde, exposer ma fille à être malheureuse. »

Cette tardive protestation d'amour paternel ferma l'entretien. Le comte et le notaire descendirent ensemble l'escalier, appuyés l'un sur l'autre, comme de vieux amis, et excitèrent ainsi l'étonnement de Vincent, peu habitué à voir son maître amical avec des visiteurs subalternes. M. de Védelle, tout en reprenant la conversation, atteignit avec Mᵉ Lescalle la grille du château; ils échangèrent là encore quelques paroles; les dernières furent celles-ci :

« Il ne m'a jamais résisté. »

Le comte parlait de Georges.

« Elle n'imaginerait pas de me désobéir. »

Le notaire désignait Rose.

CHAPITRE VIII.

Rupture.

Au moment même où M. Lescalle quittait La Ciotat pour se rendre à La Pinède, Rose et sa mère sortaient de chez elles pour aller à la messe. C'était un dimanche et un des plus beaux jours de cette année 1835, où le printemps fut si doux et si fleuri. Les pluies exceptionnelles de la fin de l'hiver firent une fois aux Provençaux un printemps vert comme en Normandie, et embaumé comme en Espagne. La Ciotat jouissait de cette fête de la nature; l'église montrait avec orgueil l'autel de la Vierge enseveli sous les lilas et les orangers, de telle sorte que le parfum de l'encens était dominé par le parfum des fleurs.

La messe finie, toute la population se répandit sur *la Tasse*, charmante promenade en terrasse dominant la mer. Un grand nombre de jolies filles en jupons courts, et de beaux garçons coiffés du bonnet rouge des pêcheurs, se promenaient par troupes de sept ou huit, échangeant à chaque rencontre des poignées de mains et des éclats de rire.

Au milieu de la foule du peuple, animée, joyeuse et bariolée, on voyait marcher plus posément quelques-uns des habitants considérables du pays. C'était d'abord M. le baron de Croix-fonds et sa famille, M⁰ Arnoux et ses deux filles, très-strictement empesées dans leurs robes de percale, M. Richer de Montlouis donnant le bras à sa femme, et enfin Mme Lescalle et sa fille, accompagnées de M. Artémon Richer.

A La Ciotat, comme dans toutes les petites villes, les moindres faits ont une grande importance ; tout est matière à commentaires et à conjectures; les actions les plus insignifiantes pour l'habitant de Paris sont là remarquées et interprétées de cent façons. Ce ne fut donc pas sans un vif étonnement que les notabilités de La Ciotat virent Mme Lescalle se promener en la compagnie de M. Artémon Richer.

Un mot sur Artémon.

C'était un garçon de cinq pieds six pouces, taillé en force, brun, barbu et coloré; il avait les traits lourds et réguliers tout à la fois, la physionomie effrontée, vulgaire et ouverte. Cet Antinoüs de faubourg riait sans cesse, et montrait alors trente-deux dents irréprochables. Il s'habillait avec richesse et mauvais goût, mettant des diamants à sa chemise et ne portant pas de gants.

En Espagne, il eût été classé parmi les *majos*; à l'armée, compté parmi les *loustics*; à Paris, relégué dans la foule des *lions* d'estaminet. A La Ciotat, où il représentait un type unique, c'était une sorte de tyranneau tapageur, bavard, cynique, brutal, insolent et tout-puissant. Riche, beau, brave, allié aux meilleures familles du département, on ne pouvait prendre sur lui aucun avantage. Il fallait le supporter tel qu'il était, riant de tout et de tous, ne se gênant pour personne au monde, fumant au nez des femmes, lutinant les fillettes en pleine rue, saupoudrant ses discours d'interjections bannies du dictionnaire. Malgré tout cela, ou peut-être un peu à cause de tout cela, Artémon passait pour irrésistible. Ses ravages dans les cœurs n'avaient été, au reste, que trop prouvés à plusieurs familles, qui digéraient leur malheur en silence; les unes calmées par l'argent du père Richer, les autres terrifiées par les duels du fils.

Après quelques années passées à Paris sous le spécieux prétexte de faire son droit, Artémon était revenu à La Ciotat, laissant une trentaine de mille francs de dettes derrière lui, qui avaient sans doute aidé au retour de l'enfant prodigue. Le père Richer paya les créanciers, à la condition qu'Artémon ne retournerait pas à Paris. Ce fut alors que La Ciotat devint le théâtre de ses exploits. Le père Richer rit longtemps des tapages, des querelles et des scandales causés par son héritier, puis il s'en inquiéta et tenta vainement plusieurs fois de le marier. Les choses en étaient là, quand le retour de Rose à la ville vint réveiller les espérances du père Richer. La fille du notaire, avec sa beauté, sa petite dot et l'influence de son père, devenait un parti possible; en outre, Artémon témoignait pour elle des sentiments fort exceptionnels chez lui. Depuis le premier jour où il avait vu Rose, il s'était senti un goût très-vif pour elle. D'abord, ce ne fut qu'un désir de pacha; puis, la froideur de la jeune fille aidant, cela devint une sorte de volonté fixe et opiniâtre; l'amour-propre se mit de la partie, et Artémon finit par consentir à épouser Rose plutôt que de risquer de la voir lui échapper.

Le père Richer, on le sait, avait habilement exploité cette situation, et ce qui se passait sur *la Tasse* au jour dont nous parlons devenait la constatation publique des projets des deux familles. La ville entière observait nos personnages ; l'attitude de Mme Lescalle équivalait à une première publication de bans ; elle mettait une dignité officielle dans sa manière de recevoir les félicitations encore indirectes qu'on lui adressait, et souriait avec une ironie protectrice chaque fois qu'elle se croisait en se promenant avec une des familles dont le fier Artémon avait repoussé l'alliance.

Rose, enviée de toutes les jeunes filles ; Rose, destinée à devenir la femme légitime et respectée de ce terrible vainqueur, dont plus d'une se sentait en secret la maîtresse délaissée ; Rose, l'héroïne du jour, n'avait pas l'air de partager la satisfaction de sa mère : elle se laissait mener passivement à travers la promenade, sans répondre par la moindre parole à l'artillerie de compliments excessifs et sincères que lui adressait Artémon Richer.

Tout à coup Mme Lescalle fut brusquement interrompue au milieu d'une phrase ; elle se sentit saisir par le bras, et vit apparaître le visage rouge et mécontent de M. Lescalle au-dessus de l'épaule de sa fille.

« Eh bien ! qu'est-ce, monsieur Lescalle ? dit-elle ; tu nous arrives comme une trombe !

— Ma chère, répondit le notaire d'un ton bourru qui ne lui était pas habituel, je viens de vous chercher chez vous, où vous devriez être depuis que la messe est finie ; rentrons à la maison, je vous prie. Allons, prenez mon bras. »

Et comme Mme Lescalle, interdite, ne semblait pas disposée à obéir, il la sépara assez rudement d'Artémon, et, passant le bras de sa fille sous le sien, il allait s'éloigner, lorsque le jeune homme, revenu de sa surprise, lui dit moitié riant, moitié raillant :

« Holà ! maître Lescalle, êtes-vous aveugle quand vous revenez de La Pinède ? Ces dames se promenaient avec moi, ne le voyez-vous pas ?

— Je le voyais fort bien, monsieur Artémon.

— Alors, pour quel motif me les enlever ainsi ? Vous êtes

bien heureux que je vous regarde déjà avec des yeux soumis, ajouta-t-il en se tournant vers Rose.

— Qu'à cela ne tienne, monsieur, reprit vivement le notaire ; laissez là vos scrupules, et dites-moi comment vous prétendriez m'empêcher d'emmener ma femme et ma fille, si je ne juge pas convenable de les voir se promener en ce moment ? »

Artémon se mordit les lèvres pour contenir un torrent de propos violents, soufflés par la colère qui le gagnait.

« Votre conduite est inexplicable, monsieur, » fit-il avec assez de calme.

A ce moment, M. Richer de Montlouis s'approcha du groupe, et, s'adressant au notaire :

« Monsieur Lescalle, est-ce une rupture que vous venez chercher, le lendemain du jour où j'ai presque reçu votre parole ?

— C'est ce qu'il vous plaira, monsieur, » répliqua le notaire en saluant profondément M. Richer. Et il s'éloigna d'un pas rapide, entraînant sa femme et sa fille.

CHAPITRE IX.

Autorité.

Mme Lescalle tombait des nues. En dix-huit années de ménage, elle n'avait pas vu son mari se livrer à un accès d'humeur aussi farouche et aussi intempestive. Un instant elle le crut fou. Elle voyait une brouille imminente avec la famille Richer, et toutes ses espérances détruites sous le vent de cette colère maritale. La conduite du notaire lui semblait inexplicable, inouïe, et plus elle y songeait, plus son chagrin et sa surprise allaient croissant.

Pendant le trajet de la Tasse à la rue *Droite* (ainsi nommée par un faux orgueil, car elle est aussi tortueuse qu'une rue arabe), où demeurait la famille, personne ne prononça un mot. Une fois à la maison, M. Lescalle, encore rouge, essoufflé et ému, vint se placer en face du divan où les deux femmes s'étaient assises, tout interdites. La mère et la fille attendaient ses paroles avec une égale anxiété ; mais il resta quelques minutes silencieux, comme cherchant par où il allait entamer l'entretien.

La hardiesse de Mme Lescalle revint devant cet embarras de son mari ; elle commença l'attaque de sa voix la plus aigre.

« Allez-vous enfin nous expliquer la cause de votre incartade, monsieur Lescalle ? Nous direz-vous pourquoi vous venez de rompre avec la seule famille où Rose pouvait faire un beau mariage ? »

La bombe qui gonflait M. Lescalle creva en une phrase sous l'interpellation de sa femme.

« Rose a un mari, répondit-il avec une emphase joyeuse ; Rose a un mari qui vaut tous les Richer du monde. M. le comte de Védelle vient de me la demander pour son fils.

— M. Jacques ! s'écria la jeune fille en se levant toute tremblante d'émotion.

— Non ; M. Georges, reprit le notaire. Cela ne fait rien ; il est aussi riche que son frère : son père lui fait quinze mille francs de rente en le mariant.

— Comment ! M. Georges ? *le fada ?* demanda Mme Lescalle, partagée entre une satisfaction inespérée et un sentiment d'inquiétude maternelle.

— *Fada !* ne dites donc pas cette sottise, Virginie ; le jeune de Védelle est un garçon très-gentil, doux comme un agneau ; Rose en fera ce qu'elle voudra. »

Rose, en entendant prononcer le nom de Georges, devint blanche comme sa collerette, et se laissa retomber sur son siége sans pouvoir prononcer un mot.

M. Lescalle n'admettait pas la pensée d'une objection à un

pareil mariage; il s'attendait à une explosion de joie des deux femmes. En voyant sa fille si accablée il s'approcha d'elle, et, lui donnant une petite tape sur la joue :

« Eh Rose! dit-il, toi qui ne te souciais guère du fils Richer, te voilà fière, j'espère, de pouvoir bientôt être nommée : Madame la baronne! »

Rose resta froide et immobile comme une statue; elle se croyait oppressée par un cauchemar affreux. Le premier saisissement passé, elle fondit en larmes, et, se jetant d'une façon désespérée au cou de son père, elle lui dit d'une voix entrecoupée de sanglots :

« Oh! cher père, vous n'avez pas consenti à cet affreux mariage, n'est-ce pas? Non, cela est impossible! M. de Védelle, vous le savez bien, est à peu près imbécile. Que deviendrai-je, grand Dieu! avec un pareil homme? Vous ne voulez pas mon malheur. Vous ne saviez pas que cela me mettrait au désespoir. Rien n'est encore tout à fait arrêté. Vous retirerez votre promesse; car vous êtes bon, vous aimez bien votre petite Rose. Ah! père chéri, au nom de Dieu! répondez-moi, rassurez-moi, promettez de retirer votre parole. Oh! vous ne me dites pas un mot! Je suis bien malheureuse!... »

M. Lescalle, troublé et embarrassé, tenait sa fille toute palpitante entre ses bras, et, au lieu de lui répondre, il l'embrassait sur les cheveux.

Enfin, retrouvant la parole :

« Là, là, mon enfant, calme-toi, dit-il. Allons, Rose, allons, un peu de raison, ma fille; je t'aime bien, oui, je veux ton bonheur. Ne pleure donc pas comme cela, petite. »

Mme Lescalle, attendrie de la douleur de sa fille, tira son mari par le bras et lui dit à voix basse :

« Toussaint, n'aurais-tu pas mieux aimé la voir heureuse avec Artémon Richer?

— Ah! maman, fit Rose en relevant sa tête baignée de larmes, je n'aurais pas été heureuse non plus avec M. Arté-

mon! Je voudrais seulement obtenir de mon père de ne pas
me marier ; laissez-moi près de vous deux, toute ma vie; je
ne désire rien autre. »

Ces paroles donnèrent beau jeu à M. Lescalle.

« Bah! bah! sornettes de jeunes filles! elles en disent toutes
autant, si on leur propose un mari différent de celui qu'elles
ont rêvé. Tu le vois, Virginie, il faut en venir à user de son
autorité ; elle ne veut pas plus de l'un que de l'autre ; hier
matin, elle est venue me trouver à l'étude, pour me supplier
de changer mes projets ; il s'agissait alors d'Artémon.

— S'il fallait absolument choisir, reprit Rose, j'aimerais
encore mieux épouser M. Artémon, mon père.

— Il n'est plus temps, ma fille, de revenir là-dessus; si je
n'avais hier constaté ta répugnance pour cette union, j'y aurais peut-être regardé à deux fois avant de m'engager avec
le comte de Védelle. Oui, j'aurais pu sacrifier beaucoup à ton
inclination ; mais comme tu n'en as aucune, c'est à moi de
choisir pour toi. Artémon était un bon parti, tu n'en voulais
pas. Je t'en offre un meilleur, il faut le prendre.

— Hélas! fit Rose, quelle nécessité si pressante y a-t-il
donc à me marier?

— Oh! quant à cela, ma chère enfant, dit Mme Lescalle,
si tu ne te mariais pas après ce qui vient de se passer, tu
serais sûre de ne te marier jamais.

— Je n'y tiens pas.

— C'est bon ; mais tu ne diras pas toujours cela.

— Comprends donc, reprit le père, qu'à notre rupture avec
Artémon il faut répondre par un coup d'éclat.

— Au fait, tu l'as drôlement traité, ce pauvre Artémon, dit
Mme Lescalle.

— Que veux-tu? tout cela s'est fait je ne sais comment. Je
cherchais un prétexte pour rompre avec les Richer; j'avais
roulé cinquante expédients dans ma tête en revenant du château au pas de course, quand je vous ai vues vous promener
publiquement avec Artémon, et faire une chose qui équiva-

lait à des billets de faire-part. Ma foi! mon mécontentement a été assez violent pour me faire donner un coup de poing dans les vitres, et briser tout à la fois. Je n'en suis pas fâché. Après cette scène, les Richer comprendront, j'espère, qu'ils ne doivent plus compter sur moi aux élections.

— Comment! tu vas aussi leur retirer ton concours par là? Tu les as donc pris tout à coup en horreur?

— Que tu es niaise! Tu n'as donc pas encore compris?

— Quoi?

— Jacques de Védelle se met sur les rangs; je retire mes voix à Luce Richer, et Rose aura un beau-frère député.

— Oui, comme j'aurais eu un oncle député en devenant Mme Richer, dit Rose amèrement; dans les deux cas, je ne suis que l'appoint d'un contrat! »

Sa voix mourut dans un sanglot; elle cacha sa tête dans un coussin du divan, et se mit à pleurer à fendre l'âme.

M. Lescalle aimait sa fille; pourtant il n'éprouva pas la moindre pitié en présence de sa douleur. Dans ses idées, une femme ne pouvait jamais être à plaindre lorsqu'elle contractait une union lui assurant de la fortune et une bonne position sociale; il s'était formé cette opinion sans doute en voyant presque toujours joyeuses de signer leur contrat les jeunes filles faisant de riches mariages. Il résolut donc de laisser passer cet orage de pleurs sans insister.

Il sortit du salon en disant bas à sa femme :

« Elle eût pleuré de même si on l'eût mariée à Artémon; calme-la, parle-lui, cela te regarde. »

La mère et la fille, restées seules, gardèrent longtemps le silence; Rose abîmée dans son chagrin, Mme Lescalle cherchant à se rendre compte du parti qu'elle avait à prendre.

Mme Lescalle, avec ce tact maternel toujours éveillé chez les femmes, comprenait mieux que son mari les répugnances de sa fille. Cependant un grand fait dominait tout à ses yeux.

Rose ne pouvant plus épouser Artémon, et refusant le jeune Georges, risquerait de ne plus se marier. Cette supposition, si blessante à son amour-propre, était fort probable : elle voyait à La Ciotat plusieurs filles bien nées et jolies, qui, faute de partis convenables, étaient devenues vieilles filles ; l'idée d'éviter à Rose un pareil sort lui eût fait accepter toutes les extrémités.

D'autre part, ce mariage paraissait résolu dans l'esprit de M. Lescalle, et l'honnête femme du notaire n'abordait pas facilement le projet d'une résistance ouverte aux volontés maritales.

Comme beaucoup de femmes de la bourgeoisie, Mme Lescalle était à la fois chez elle tyran et esclave. Elle administrait despotiquement, sans supporter le moindre empiétement, le petit empire de son intérieur, et se montrait néanmoins fort soumise à son mari dans tout ce qui touchait les questions graves, les affaires, comme disait M. Lescalle.

Cette même femme, qui eût vaillamment soutenu six mois de querelles pour maintenir son jour de lessive, qui eût rompu en visière à son mari pour garder ou changer une cuisinière, n'envisageait pas sans effroi la nécessité d'une lutte, alors qu'il s'agissait de l'avenir de sa fille.

Dans une semblable nature, la réflexion ne pouvait conseiller que la soumission : c'est ce qui arriva. Rose ne pouvant pénétrer la pensée de sa mère, et se voyant seule avec elle, se jeta à son cou, et employa les plus tendres supplications pour la déterminer à s'opposer à ce nouveau mariage.

Elle trouva ces accents émouvants que la première explosion de la douleur produit dans un jeune cœur ; elle eut de l'éloquence, cette fille timide ; elle eut de l'énergie, cette enfant craintive ; elle trouva des mots déchirants en peignant son malheur irrémédiable, sa vie attristée, sa jeunesse sacrifiée ; elle eut un élan sublime, quand, se jetant éperdue sur le sein de sa mère, elle lui dit :

« Ah ! maman, prenez garde ; il y a une sorte de crime à faire que le premier éveil de mon cœur soit un sentiment d'aversion ! Quoi ! je suis condamnée à n'aimer jamais ! On me lie à un être repoussant, puisqu'il est insensible. On me dépossède même de l'espérance. En restant fille, je l'aurais gardée, au moins. »

Mme Lescalle tressaillit ; ces mots lui révélaient les mystères de cette âme innocente, qui, sans comprendre encore l'amour, l'avait déjà rêvé. Une vague inquiétude sur les dangers de l'avenir lui traversa l'esprit comme une lueur : un instant sa pensée sonda l'abîme où allait tomber cette douce créature qui la suppliait ; elle vit cette existence si chère déshéritée de toute joie intime, ou livrée aux dangereux hasards du désordre. Cette impression dura peu ; l'épouse surmonta vite la mère ; l'aveugle calcul bourgeois domina l'émotion clairvoyante ; Mme Lescalle redevint femme de notaire ; elle s'approcha de sa fille, l'embrassa, et, tout en lui adressant de ces paroles câlines et affectueuses qui sont comme le pansement des grandes douleurs morales, elle se mit à la consoler à sa manière.

« Écoute donc, Rosette, lui dit-elle, il ne faut pas tout voir au pire, mignonne ; ce mariage, dont tu t'épouvantes, a bien aussi ses avantages ; tu entres dans une famille noble et bien placée, la comtesse est fort bonne, tu t'entendras bien avec elle, M. Jacques est très-aimable....

— Ah ! M. Jacques, » s'écria Rose, et ses larmes redoublèrent.

Mme Lescalle ne comprit pas et reprit :

« Tu auras bien des satisfactions dont il ne faut pas faire fi. Ce mariage va tout simplement faire de toi la première dame du pays. Quinze mille livres de rente ! Tu auras une voiture et quatre domestiques ; tu pourras recevoir tout le monde, même le préfet, lorsqu'il sera en tournée. Si tu vas à Marseille ou à Toulon, de temps en temps, tu seras invitée au bal de la préfecture. Tu pourras être très-élégante, faire venir tes modes de Paris. Avec un mari comme est M. Georges, tu tiendras les cordons de la bourse, ce qui est bien à considérer, je t'en réponds. Ce garçon-là ne te contrariera en rien ; on le dit fort doux, fort inoffensif ; tu seras chez toi reine et maîtresse, et c'est bien quelque chose, va, car on a bien à en passer avec les hommes. »

Mme Lescalle continua sur ce ton, s'étendant longuement sur ces dernières considérations, qui avaient pour elle toute la valeur d'un bien dont elle s'était toujours sentie privée.

Ces belles peintures de luxe, de réceptions, de parures, laissaient Rose indifférente et glacée. Repliée sur elle-même, elle ne voulait plus répondre à sa mère; elle la sentait trop loin d'elle.

Quoique très-innocente et très-ignorante à la fois, Rose possédait ce profond instinct de l'amour, qui se révèle tout seul aux âmes aimantes; comme toutes les jeunes filles, elle avait fait ce beau rêve d'un mari qu'on aime et dont on est aimée; elle n'y renonçait pas sans de bien amers regrets. Les façons cavalières et communes d'Artémon Richer lui déplaisaient, mais elle s'épouvantait encore davantage à l'idée de vivre près de cet être incomplet et bizarre, qu'on appelait Georges de Védelle. Cependant l'idée de désobéir n'aborda pas son esprit.

Rose était une de ces simples filles élevées dans le respect absolu des volontés paternelles, qui ne croient pas la résistance possible de fille à père.

Il y a des provinces éloignées où cette manière de voir est générale. Est-ce un bien? est-ce un mal? Y a-t-il des situations qui créent à l'enfant le droit à la révolte? Grandes questions qu'il n'appartient pas à un simple conteur de résoudre.

Le salon de La Pinède fut à son tour témoin d'agitations qui n'étaient pas sans analogie avec ce qui se passait chez le notaire.

« Ma chère Claire, avait dit le comte à sa femme, j'ai à vous annoncer une bonne nouvelle.

— Vraiment ! dites vite.

— Jacques sera fort probablement député dès la prochaine élection.

— Député ! de ce canton ?

— Oui.

— Et par quel miracle?

— Quelque chose de très-simple; je vous expliquerai cela. O mon Jacques! quelle joie de le voir sortir de l'ombre et parler à son pays! Comme il sera brave et beau à la tribune!

— Vous ne songez qu'à Jacques, mon ami, dit la comtesse; nous devrions aussi nous occuper de son frère. Comment vit-il, le pauvre être? Toujours seul, délaissé ici comme un étranger; votre système d'absolue indépendance, votre volonté de le laisser livré à lui-même auront, je le crains, de mauvais résultats.

— Voulez-vous pas que j'en fasse un député? répondit le comte un peu sèchement.

— Hélas! je n'y pense pas; mais je m'aperçois que sa santé s'altère de nouveau, et je ne sais que faire, car il se fâche si je lui en parle.

— Laissez-le tranquille; j'ai aussi mes projets sur lui; le voici qui rentre, nous en recauserons plus tard. »

On passa dans la salle à manger, où les deux jeunes gens se trouvaient déjà.

« Comme Georges est pâle! dit tout bas la comtesse à son mari; regardez-le donc.

— Je sais ce qu'il a, j'en connais le remède. »

La comtesse leva sur son mari un regard étonné; lui trouvant l'air tranquille et satisfait, elle murmura:

« Dieu veuille que vous disiez vrai! »

Georges était en effet plus pâle et plus sombre que jamais. Son père, au contraire, montrait une belle humeur tout à fait exceptionnelle.

« Que devient donc notre charmante Denise? dit le comte. On ne l'a pas vue depuis longtemps, il me semble. »

En entendant le nom de Denise, Georges rougit; et, comme si la remarque de son père lui avait été adressée, il répondit d'une voix lente, et sans lever les yeux:

« Depuis bientôt deux semaines, mon père.

— Ah! tu as fait attention à cela, toi Georges? reprit le comte, après avoir jeté à Jacques un regard qui disait : Tu ne t'es pas trompé. C'est tout simple du reste, continua-t-il, la jeunesse aime la jeunesse, la société des jeunes filles plaît aux jeunes garçons ; allons, je le vois avec plaisir, tu n'es pas aussi sauvage que tu en as l'air. Pourquoi alors te sauves-tu comme un loup-garou s'il nous arrive des visites? Toutes les fois que Mmes Lescalle sont venues ici, tu t'en es allé en les apercevant. Cependant Mlle Rose est fort jolie !

— Certes, dit Jacques, ce sont bien les seize ans les plus éblouissants que j'aie vus ! Jamais fille n'a eu mieux son âge écrit sur toute sa personne : fraîche, veloutée, mignonne, potelée, blonde comme les épis, une vraie rose de mai qui charme et attire l'œil au milieu de toutes ces Provençales brunes et maigres.

— Bravo, Jacques, reprit le comte en riant, tu t'y connais ; tu viens de toucher là un pastel fort ressemblant. Et toi, Georges, comment trouves-tu Rose Lescalle? »

Georges parut interdit d'être mêlé à la conversation, hors de laquelle on le laissait toujours.

« Je ne sais pas, mon père, dit-il, je n'ai jamais regardé cette demoiselle.

— Eh bien! fais attention à elle à l'avenir. »

Georges, tout étonné, regarda son père.

« Oui, reprit le comte, je serais bien aise d'avoir ton avis sur elle.

— Je ne suis pas bon juge, fit-il d'un ton maussade ; les demoiselles comme la petite Lescalle ne me plaisent point et je ne leur plais pas; elles rient de moi, m'appellent sauvage, et cela m'ennuie. D'ailleurs, ajouta-t-il après un silence, qu'est-ce que cela me fait, la beauté de Rose Lescalle ? »

Le comte et Jacques se regardèrent de nouveau ; la comtesse, fort intriguée de ces airs d'intelligence entre le père et le fils, cherchait en vain à découvrir leur signification.

La comtesse de Védelle faisait partie de ce petit nombre de femmes qui ont traversé la vie en restant ignorantes de l'amour.

Élevée dans les principes d'une dévotion exaltée, en outre, sans cesse préoccupée des soins d'une santé toujours frêle, sa jeunesse s'était écoulée dans la paix et la retraite. Son mari, beaucoup plus âgé qu'elle et d'un caractère froid et austère, ne pouvait lui inspirer qu'une amitié tranquille. Toutes ces conditions réunies, l'éducation, le tempérament, la position, avaient fait d'elle la plus chaste et la moins instruite des femmes. Le calme accomplissement du devoir lui semblait être la fonction normale de toute créature intelligente. Si on lui eût dit que son existence et ses idées étaient fort exceptionnelles, on l'eût profondément étonnée.

Parfois les livres l'avaient entretenue de ces passions dont le souffle bouleverse les destinées et transforme les âmes; elle regardait alors leurs récits comme des rêves de l'imagination; Saint-Preux, Werther, René lui représentaient des types aussi impossibles que don Quichotte ou Roland; ils étaient exagérés dans un autre sens, voilà tout. Elle s'était défini l'amour : une chose utile aux péripéties de romans ou aux dénoûments d'opéras-comiques.

De pareilles opinions rendaient, on le comprend, la comtesse fort peu clairvoyante; le trouble de Georges lui avait complétement échappé; l'idée que l'amour le causait ne lui fût jamais venue. Pendant ce dîner, elle sentait vaguement une énigme autour d'elle, et se promettait bien d'en demander le mot à son mari.

Le soir même, le comte la satisfit pleinement; il la mit au courant de ses projets pour ses deux fils.

« Georges marié, Jacques député, et cela d'un seul coup, vous le voyez, ma chère amie, dit le comte en terminant ses explications, c'est résoudre avec bonheur le problème de l'existence de chacun de nos enfants. A l'un, la vie brillante et active qui convient à ses talents; à l'autre, une union obscure et bourgeoise, où son humiliante inutilité se dissimulera dans son bien-être matériel. »

Mme de Védelle écouta son mari avec une profonde attention, et s'émerveilla de la perspicacité de ses observations et de la sagesse de ses conclusions.

« J'approuve vos projets de tout mon cœur, mon ami, lui répondit-elle; seulement, je pense que dans le cas où ils affligeraient le pauvre Georges, quoique formés pour son bonheur, vous ne feriez point usage de votre autorité pour le contraindre.

— Je n'ai ni les moyens ni l'intention de le contraindre positivement, chère Claire ; mon autorité sur lui en pareille matière est toute morale, et celle-là je dois l'employer. Un enfant tel que Georges a essentiellement besoin d'une direction active; livré à lui-même, il serait incapable de se conduire : il faut donc le diriger. »

La comtesse approuva de nouveau.

Le lendemain de cet entretien, Georges fut appelé dans le cabinet de son père. Le comte fixa sur lui son regard clair et ferme, et mettant une certaine solennité dans son accent :

« Mon fils, lui dit-il, à la rigueur, nous serions en droit, votre mère et moi, de ne point ajouter d'explications à la manifestation de notre volonté; cependant je veux bien vous faire connaître les différentes considérations qui ont motivé à votre égard une détermination importante.

— Laquelle, mon père? fit le jeune homme de son ton doux et indifférent.

— Nous avons résolu de vous marier.

— Vraiment! et avec qui? s'écria cette fois Georges avec une voix où tremblait l'anxiété.

— Ne m'interrompez pas; écoutez-moi, vous me répondrez ensuite. »

Georges fit un signe d'assentiment, s'accouda sur le haut du bureau devant lequel était assis son père, laissa tomber sa tête sur sa main et se tint immobile, les yeux baissés dans l'attitude de l'attention. Le comte, le voyant si paisible, reprit le fil de ses idées et se mit à expliquer à Georges son plan de mariage avec Rose Lescalle; quoique convaincu qu'il s'adressait à un auditeur incapable de le bien comprendre, il n'omit aucun détail. Lorsqu'il parla de la candidature de Jacques, un sourire vague et insouciant, comme celui d'un enfant, se dessina sur les lèvres de Georges; évidemment il ne comprenait pas.

« Ces considérations de famille n'auraient pas pu me déterminer, dit en terminant M. de Védelle, si cette combinaison, en servant l'avenir de votre frère, ne devait en même temps assurer votre bonheur. »

Georges releva la tête, son regard s'anima :

« Mon père, dit-il....

— Vous m'aviez promis de ne pas m'interrompre, reprit le comte; je n'ai pas fini. J'ai pénétré, mon enfant, ce qui se passe en vous; votre mère, votre frère, ont, comme moi, deviné vos préoccupations.

— Vous savez, dit Georges en balbutiant, vous savez....

— Que votre cœur a accueilli un rêve impossible, un amour insensé, sans but, sans espoir, car Mlle de La Pinède a refusé la main de Jacques, de votre frère, dont la position est faite, dont la réputation est déjà brillante. Sans même parler de votre âge, il n'y a là rien à espérer, quand bien même, en vous réformant, vous cesseriez d'être bizarre et indolent comme vous l'êtes. La fortune de Jacques a paru insuffisante à la belle Denise; vous êtes donc, sous tous les rapports, aussi loin d'elle que possible. Il faut laisser de côté cette insigne folie, épouser Mlle Rose, et dans quelque temps vous aurez oublié vous-même ce rêve de vos vingt ans trop solitaires. »

Le comte de Védelle aurait pu continuer longtemps ses exhortations : car, depuis le moment où il avait prononcé le nom de Denise, Georges était dans un trouble inexprimable; il avait rougi, pâli, regardé son père d'un air égaré, et enfin paraissait être tombé dans une sorte de stupeur glacée, qui ne laissait arriver les paroles de son père à son oreille que comme un bruit vain et sans signification.

Lorsque M. de Védelle se tut, Georges se dirigea à pas lents vers la porte, sans prononcer un mot.

« Eh bien, Georges, parlez maintenant! » fit le comte de sa voix froide et résolue.

Georges s'arrêta, sembla chercher péniblement à rassembler ses idées, ouvrit la bouche et murmura quelques phrases inintelligibles.

« Eh bien? » répéta le comte.

Georges s'avança vers lui, posa sur son bras sa main froide et lourde comme celle d'une statue, et dit :

« Demain, mon père, demain, je vous parlerai.

— Pourquoi pas tout de suite, mon fils ?

— Non, demain, » répéta Georges.

Et il sortit.

« Pauvre garçon, pensa le comte, il a besoin d'une journée pour préparer ce qu'il veut me dire.... Soit : laissons-la-lui. »

CHAPITRE X.

Consentement.

Ce que fit Georges pendant toute cette journée, personne ne le sut au château.

Le soir, comme il n'avait pas paru au dîner, le vieux Vincent, inquiet de son absence, alla gratter à sa porte, et ne reçut pas de réponse; il frappa alors; même silence : la porte était fermée et solide; il redescendit tout triste.

« M. Georges est enfermé chez lui et ne veut pas ouvrir, alla-t-il répondre à son maître.

— Laissez-le, Vincent, répondit le comte ; M. Georges a besoin d'être seul ; respectez aujourd'hui sa fantaisie. »

Le lendemain de ce jour, de grand matin, de petits pâtres, allant porter des fromages de chèvre au Beausset, rencontrèrent tout à coup Georges près de Céreste, à plus de deux lieues de La Pinède. Il revenait par le chemin de traverse qui conduit à Toulon, les vêtements en désordre et couverts de poussière, le visage d'une pâleur de spectre, les yeux brillant d'un feu étrange ; il s'éloigna d'un pas rapide. Les deux enfants crurent avoir vu une apparition.

Ils échangèrent à voix basse et en patois quelques paroles.

« Dis donc, Jean-Baptiste, as-tu vu cet homme ? demanda le plus petit.

— Ça n'est pas un homme, répondit gravement l'aîné.

— Ah ! j'ai cru reconnaître le jeune M. de La Pinède.

— Oui, c'est un *fada*, qu'on dit à La Ciotat, et *aqueli gen son tutti emmasquas* (et ces gens-là sont tous ensorcelés) : la nuit du *disat* (samedi), ils vont au sabbat. Les *fadas*, vois-tu, ce sont des gens qui ont l'air tout tranquille et sauvage, tout ça pour cacher leur malice, qui est terrible. Il y en a qui font venir les médecins pour eux, et tous les médecins du monde n'y feraient rien. C'est un prêtre, et un fameux encore, qu'il leur faudrait pour leur faire sortir le démon du corps.

— Tu es sûr ? dit le petit en commençant à trembler légèrement ; et le jeune monsieur en est un ?

— Thérezon me l'a assuré, même qu'elle l'a déjà rencontré plusieurs fois.

— C'est peut-être bien vrai, car d'où qui revient à cette heure ? et qui court comme poursuivi par le diable !

— Il s'en revient du côté des gorges d'Ollioules ; c'est par là, dans des cavernes, qu'ils tiennent leur assemblée de malédiction.

— N'y passons pas, Jean-Baptiste, justement qu'il ne fait pas encore grand jour !

« — T'es bête, reprit Jean-Baptiste d'un air important; nous n'aurons garde, c'est pas notre chemin. »

Georges avait croisé les deux enfants sans les voir. Il pouvait être six heures du matin quand il arriva à La Pinède. Personne n'était encore debout ; il put monter dans sa chambre sans être vu.

Il ne parut pas encore au déjeuner, et le comte, désirant lui laisser une entière liberté d'action, ne fit aucune remarque et ne l'envoya pas chercher. En son absence, on causa longuement du projet qui préoccupait toute la famille. Jacques l'avait accepté avec ardeur. Un peu humilié du refus de Denise, il brûlait du désir de devenir député, pour faire parler de lui, acquérir de la renommée et tenter de donner des regrets à cette belle dédaigneuse. Le futur député, ébloui sans doute par ses rêves d'avenir, voyait de très-bonne foi un événement heureux pour Georges dans son union avec la fille du notaire. Mme de Védelle éprouvait des scrupules au spectacle de l'autorité paternelle employée à marier presque malgré lui ce doux et timide jeune homme, dépourvu de la force et de la liberté d'esprit nécessaires pour résister. Elle sentait instinctivement dans tout cela un abus de puissance, et sa conscience droite en était froissée. A mesure que les heures s'écoulaient, un secret effroi s'emparait d'elle en se préparant à être témoin des efforts de cette pauvre âme pour essayer de désarmer la volonté absolue qui décidait de son sort.

Le comte lui-même n'était pas fort tranquille ; malgré sa force de parti pris, il craignait un peu, au fond, ce qui allait se passer. Le silence et la retraite gardés par Georges depuis la veille semblaient présager une résistance. Cette manière de se recueillir pouvait la faire craindre désespérée ; et alors que faire? Tout pouvait encore manquer !

A une heure, Georges parut sur le seuil du salon, où sa famille était réunie. Un frémissement secret passa dans l'âme de ces trois personnes. Jacques cacha son impatience, le père son inquiétude, la mère son émotion.

Un moment, ceux qui avaient pour eux le droit, la force, l'intelligence, toutes les autorités, toutes les supériorités, restèrent embarrassés et anxieux devant cet enfant sans esprit, compté d'ordinaire pour si peu dans la maison. Peut-être avaient-ils aperçu le visage auguste de la justice se levant derrière cette tête pâle, et leur demandant compte de ce qu'ils allaient faire!

« Mon père, dit Georges à M. de Védelle après s'être incliné devant lui, je suis tout prêt à épouser la femme que vous m'avez choisie. »

Ce peu de mots épuisèrent sans doute la somme de résolution rassemblée par le pauvre enfant; car, après les avoir prononcées, il se laissa tomber sur une causeuse à côté de sa mère, et cacha sa tête dans ses mains.

M. de Védelle respira; il se sentait soulagé d'un grand poids : sans lutte, sans déploiement d'autorité, ses plus chers projets se trouvaient assurés.

« C'est bien, mon cher enfant, répondit-il; je n'attendais pas moins de ta déférence et de ton respect pour toutes nos volontés. »

Jacques eut un vif éclair de satisfaction; il alla serrer la main de son frère par un mouvement spontané.

Mme de Védelle se sentit le cœur oppressé devant cette soumission si entière.

Elle pressentit quelque douleur profonde et cachée sous cette obéissance passive; elle crut son fils violenté et trop craintif pour se plaindre. Elle laissa M. de Védelle s'éloigner avec Jacques, et, s'approchant de Georges, elle lui dit :

« Parles-tu sincèrement, mon Georges? n'as-tu réellement aucune répugnance à ce mariage avec Mlle Lescalle? »

Georges garda le silence.

« Si cela était, continua la comtesse, si cette union te déplaisait trop, il faudrait le dire, mon enfant; nous ne voulons pas le bonheur de ton frère au détriment du tien. Voyons, Georges, réponds-moi : n'est-ce pas par crainte excessive de ton père que tu consens à prendre cette jeune fille pour femme ?

— Non, ma mère, ce n'est pas par crainte, » dit enfin Georges. Puis il ajouta après un moment : « C'est par une autre cause.

— Tu me rassures, mon bon fils ; ton attitude m'avait inquiétée. Ainsi tu n'as pas d'éloignement pour Rose Lescalle. Quoique tu la connaisses peu, tu as pu voir qu'elle est charmante ; on la dit douce comme un ange : comment ne te plairait-elle pas ?

— Elle ne me plaît, ni ne me déplaît, ma mère ; je l'épouse parce que vous le voulez tous. Autant vaut vous satisfaire tout de suite, autant vaut vous céder ; celle-là ou une autre, qu'est-ce que cela me fait ?

— Je ne te croyais pas à ce point indifférent sur une pareille matière, Georges ; y as-tu jamais réfléchi ? Je le sais, les préférences trop vives n'assurent pas le bonheur en ménage ; cependant le mariage est chose grave, et il ne faut pas éprouver de répulsion pour la personne qui devient la compagne de toute notre vie. Je te le répète ; réfléchis à ce que tu vas faire ; n'agis pas, dans une circonstance si importante, avec ton insouciance habituelle. Tâche, mon ami, de fixer ton attention sur mes paroles ; voyons, tu as quelque chose sur le cœur, tu as l'air accablé ; aie confiance en ta mère, mon enfant, parle-moi avec abandon.

— Je n'ai pas de répulsion particulière pour cette jeune fille, ma mère, voilà tout ce que je puis vous dire. Vous avez tous l'idée arrêtée de me marier ; si je refusais aujourd'hui, ce serait à recommencer dans quelque temps, à propos d'une autre.... J'obéis tout de suite.... au moins on ne m'en parlera plus.... Vraiment, voilà déjà bien longtemps qu'on me tourmente avec ce mariage. Oh ! j'ai la tête bien fatiguée ! C'est tuant de discuter comme cela.... Je vous dis que tout cela m'est égal.... Ai-je jamais rien refusé à mon père ?... Il veut me voir marié, je prends la première femme venue. Que veut-on de plus ? »

Toutes ces paroles avaient été prononcées avec effort, d'une voix brisée ; on eût dit les échos affaiblis et inégaux d'une pensée en désordre. Mme de Védelle regardait son fils avec inquiétude ; cette soumission, alliée à cette indifférence et à cet épuisement physique, lui semblaient de nouveaux et douloureux symptômes.

Elle sortit du salon, laissant Georges toujours absorbé, et rejoignit son mari et Jacques au jardin.

« Eh bien, chère mère, lui dit celui-ci en l'embrassant, vous le voyez, cela va tout seul ; il est très-docile, notre sauvage ; soyez-en sûre, il est content au fond.

— Tu te trompes, mon ami ; il est fort triste, je devrais dire fort malade ; sa pauvre tête ne raisonne plus du tout ; il affirme nous obéir sans regrets, et son attitude dément cette assurance. Du reste, tu t'es mépris, il ne tenait pas même à Mlle de La Pinède ; il n'a pas prononcé son nom, n'a pas fait allusion à elle ; sa fatale inertie le possède plus que jamais, et elle a pris un caractère sombre dont je suis effrayée.

— Vous vous effrayez à tort, ma chère amie, dit le comte ; dans l'état où il est, le mariage lui sera salutaire ; la présence et les soins d'une femme rendront sa vie plus animée, et l'arracheront à ses rêvasseries malsaines.

— Il ne m'a pas encore paru si atteint qu'aujourd'hui.

— Ma chère mère, reprit Jacques, vous ne voulez pas voir les choses comme elles sont. Le difficile en ce moment pour lui est de se résigner à adorer la blonde Cérès Lescalle, après avoir rêvé deux mois de la brune Proserpine de Toulon. Question de transition et d'habitude ! Ne vous inquiétez pas de lui ; la petite est charmante, et il ne tardera pas à s'en apercevoir, tout innocent qu'il est. Donc, rien n'est au pire, et je réponds de le voir changé et joyeux au bout de quinze jours de mariage.

— Dieu t'entende, Jacques ! » dit Mme de Védelle en soupirant.

CHAPITRE XI.

Anxiétés.

Dans cette sorte de tourmente morale où Rose se sentait emportée, elle se tourna naturellement vers le phare d'où lui venait toute lumière; elle chercha le cœur clairvoyant et tendre de sa vieille tante Médé.

Le soir même du jour où s'était passée la scène que nous avons rapportée, tandis que son père et sa mère la croyaient enfermée dans sa chambre, Rose se glissa par une porte de derrière, s'engagea dans une ruelle conduisant aux anciens remparts de La Ciotat, et parvenue là, tremblant d'être reconnue, cachant son visage comme une coupable, hâtant le pas comme une fugitive, elle prit le chemin menant *aux Capucins*. Arrivée devant la voûte sombre qui formait une sorte de porche à l'entrée de l'ancien couvent, elle souleva d'une main convulsive un gros loquet de fer, et, traversant rapidement le vestibule, elle se précipita dans une grande salle basse, où elle voyait briller de la lumière et entendait le bruit d'un rouet.

« Hélas, Jésus! vous m'avez fait peur, madamiselle! dit la vieille servante de misé Médé en voyant entrer la jeune fille si brusquement.

— Marion, où est ma tante? demanda Rose.

— Ah! dame, elle doit être loin à cette heure, si la *Blanquette* a bien marché (Blanquette était la jument chargée de traîner la carriole de Mlle Lescalle).

— Comment! ma tante est sortie! et en voiture?

— Sortie! vous pourriez dire partie.

— Grand Dieu! partie! pourquoi? s'écria Rose, frappée par cette nouvelle imprévue.

— Voilà la chose, dit Marion : misé Médé a reçu ce matin de Manosque une lettre de son vieux cousin Vincent Lescalle, le curé de Saint-Blaise ; le cher homme se sentait fort mal et lui demandait de le venir voir une dernière fois. Misé n'a fait ni une ni deux, elle a jeté six chemises et deux ou trois casaquins dans une malle, a fait atteler Blanquette, et est partie pour Marseille comme une flèche, au grand trot.

— Sans nous prévenir ! murmura Rose.

— Ah ! ça, non ; car elle a pris le temps d'écrire un mot à M. Lescalle ; même que le v'là ; elle m'avait dit de le porter ; mais j'ai pensé qu'un petit retard n'y ferait rien, et je comptais le donner à Casimir, le voiturier, quand il va passer ; mais puisque vous êtes ici, madamiselle, le voici. »

Et elle tendit une lettre à Rose.

Rose prit la lettre et la retourna dans ses doigts machinalement.

« Faut pas vous tourmenter de cette lettre, madamiselle ; il y a tout juste dedans ce que je viens de vous dire ; vous en savez aussi long comme si vous l'aviez lue.

— Quel malheur ! fit Rose se parlant à elle-même.

— De quoi ? de la maladie du bon curé ? Songez donc qu'il a tantôt quatre-vingts ans, le cher homme ; c'est dur à porter, et nous ne sommes pas éternels !

— Heureusement ! » fit encore Rose, débordée par son amertume intérieure.

A cette étrange exclamation, Marion leva les yeux et remarqua l'air bouleversé de la jeune fille. Vingt questions se pressèrent à la fois sur ses lèvres. Par malheur pour la curiosité de la vieille servante, le bruit de la voiture de Casimir retentit en ce moment sur la route, et le voiturier entra, comme il le faisait chaque soir, afin de prendre les commissions de misé Médé pour la ville.

« Casimir, avez-vous une place à me donner ? lui demanda Rose ; ma tante est absente, et j'aurais peur, seule à cette heure, pour traverser la grève.

— J'ai toujours de la place pour les parents de misé Médé, fit le gros garçon d'un air déférent. Venez, mademoiselle.

— Je vais monter dans le cabriolet, près de vous, Casimir, dit Rose en sortant; je ne veux pas me trouver avec des personnes de la ville, et je vous prie de ne pas dire que vous m'avez ramenée des *Capucins* ce soir. »

Casimir regarda avec un peu d'étonnement cette jeune fille qui faisait ainsi des courses, seule, le soir, à l'insu de ses parents, et une pensée où le nom d'Artémon Richer s'associa à celui de Rose traversa son cerveau positif. Toutefois, il n'en dit rien, et eut de plus la discrétion de ne faire part qu'à quelques intimes du service rendu par lui à la fille du notaire.

La prudence de Rose l'avait fort bien conseillée, quand elle refusa de monter dans l'intérieur de la voiture de Casimir; elle s'y fût trouvée en la compagnie du baron de Croix-Fonds, qui se rendait précisément chez M. Lescalle sous le coup d'une résolution grave.

L'insuccès de plusieurs démarches tentées depuis deux mois avait singulièrement diminué la fougue orgueilleuse et aristocratique du vieux gentilhomme; les appuis lui manquant de toutes parts pour la réalisation de son projet, M. Césaire de Croix-Fonds, comme l'avait prédit le notaire, risquait fort de ne pas devenir député. Le baron s'était cependant décidé à substituer sur la tête de son fils sa propre terre de Croix-Fonds; cela faisait M. Césaire éligible : mais il parut démontré aux yeux du baron que l'appui du notaire continuait à être indispensable pour gagner la faveur des électeurs. Toutes réflexions pénibles faites, il s'était décidé à prendre en considération sérieuse la proposition, hasardée par M. Lescalle sous une forme assez claire, d'une alliance entre les deux familles. Ses incertitudes reçurent un dernier coup de fouet par la conversation de deux honnêtes citadins, ses compagnons de route, qui lui racontèrent la scène étrange dont *la Tasse* avait été témoin.

Donc, pendant que Rose rentrait furtivement dans sa chambre, après s'être fait descendre par Casimir à l'entrée de la ville, le baron de Croix-Fonds se présentait majestueusement à la porte principale de la maison Lescalle.

Sa visite seule, à cette heure, indiquait une chose importante ; le notaire devina sur-le-champ ce qui lui amenait son vieux client, car en l'entendant annoncer, il jeta à sa femme un regard de triomphe.

« Et de trois, fit-il en riant ; décidément, nous sommes en veine de prétendants ! »

Mme Lescalle ne comprit pas, et l'entrée du baron l'empêcha de faire une question.

Après un quart d'heure de phrases insignifiantes à l'aide desquelles les deux hommes s'observaient, le baron vit qu'il fallait s'exécuter, le notaire ne semblant plus disposé à faire la moitié du chemin.

« Je suis en partie venu, dit-il négligemment, pour renouer notre dernière conversation.

— Je n'y vois plus sujet, monsieur le baron ; La Pinède est vendue, et....

— Il n'a pas seulement été question de La Pinède, mon cher Lescalle.

— Mettez-moi un peu sur la voie, fit le notaire, décidé à son tour à ne pas comprendre.

— Voyons, vous m'avez offert cinquante mille francs, et j'ai cru entrevoir là-dessous une arrière-pensée de mariage.

— Vous aviez très-bien entrevu, monsieur le baron.

— Je puis donc aujourd'hui venir reprendre avec vous ce projet. Tenez, je vais tout droit au but ; ce projet, après y avoir mûrement réfléchi, je suis disposé à l'accepter. Causons-en donc.

— Malheureusement, il est trop tard, monsieur le baron, fit le notaire avec une fausse componction.

— Que voulez-vous dire ?

— J'ai disposé de mon argent et de ma fille.

— Ainsi, Mlle Rose....

— Épouse dans peu de jours le fils du comte de Védelle ; vous seul l'ignorez encore. »

S'abaisser à une fille de notaire et être refusé ! Le coup était violent : le baron ne le reçut pas sans sourciller.

« Allons, ces Védelle m'auront porté malheur, » répondit-il d'un ton contraint.

Et il sortit, blessé au plus sensible de son âme, à l'orgueil.

« Je ne rêvais rien de mieux que ce qui m'arrive, dit le notaire à sa femme en lui racontant ce qui s'était passé, deux mois avant, à La Pinède.

— Tu t'es peut-être beaucoup pressé avec M. de Védelle, répondit Mme Lescalle, encore sous l'impression du désespoir de sa fille ; le jeune Césaire de Croix-Fonds est très-bien ; Rose l'eût accepté plus volontiers que ce bêtat de Georges de Védelle (elle n'osait plus dire *fada*).

— Laisse donc, Virginie ; les choses valent beaucoup mieux ainsi. Il aurait fallu prêter cinquante mille francs à ce vieux renard de baron ; l'autre, au contraire, a une fortune liquide, il prend Rose sans dot. Je te dis que c'est une affaire superbe, et ta fille nous remerciera quand elle aura abandonné les billevesées de la pensionnaire pour les réflexions de la femme sérieuse. »

Rose en était encore tellement à ses billevesées de pensionnaire, comme disait son père, qu'elle entretenait encore au fond de son cœur l'espoir de voir manquer son mariage. L'autorité de sa tante Médé seule pouvait agir sur la décision de M. Lescalle ; aussi Rose n'eut-elle plus qu'une pensée, celle d'informer au plus vite sa tante de ce qui se passait. Elle lui écrivit une longue lettre en réclamant son appui et sa présence pour l'aider à se soustraire au sort qu'elle redoutait. La lettre partie, elle fut plus tranquille et ne parut pas entretenir des projets contraires à la volonté de son père.

Celui-ci, cependant, déployait une activité infatigable pour hâter l'exécution de ses projets. Il mena les choses si lestement, qu'une semaine après les conventions arrêtées entre les deux familles, M. le curé de La Ciotat annonça solennellement au prône le mariage de M. le baron Georges de Védelle avec Mlle Rose Lescalle.

Les assistants en croyaient à peine leurs oreilles : l'éclatante rupture des Lescalle et des Richer, l'annonce de ce mariage rapide et inespéré, c'était plus étrange et plus accidenté qu'il ne le fallait pour défrayer toutes les conversations de La Ciotat pendant longtemps.

Il se forma tout de suite un parti Richer, où l'on accusait tout haut M. Lescalle de sacrifier Rose à l'ambition d'une alliance; on ajoutait que la jeune fille, éprise pour Artémon Richer d'une inclination très-vive, cédait à la force en épousant ce petit imbécile de M. de Védelle, etc., etc. Le thème prêtait aux broderies, et l'attitude de Rose était, en effet, celle d'un jeune cœur immolé à des intérêts matériels.

Le bel Artémon, intérieurement très-convaincu de la fausseté de ces bruits, les accréditait de tout son pouvoir ; ils sauvaient sa réputation d'homme irrésistible et pansaient ainsi la blessure faite à son amour-propre. De plus, la perte de Rose étant certaine pour lui, il trouvait quelque compensation à la voir liée à un homme aussi peu redoutable que Georges ; cela lui permettait de former pour l'avenir les plans d'une revanche assez belle. La situation, envisagée ainsi, avait un côté piquant fort capable de l'aider à se consoler.

Ces arrière-pensées l'engagèrent donc à jouer la dignité réservée, au lieu de se livrer à des démonstrations violentes plus en harmonie avec ses habitudes ; trop d'éclat donné à sa déconvenue eût rendu pour l'avenir impossibles des relations avec Mme Georges de Védelle, et ses projets en fussent devenus impraticables. Quant à la famille Richer, qui ne voyait à l'horizon aucune fiche de consolation, elle déblatérait violemment et aigrement. Son parti se fortifia encore de l'appui des Croix-Fonds, qui vengeaient leur mécompte secret en condamnant l'injure publique faite aux Richer. Il ne fallait rien moins qu'une circonstance aussi importante pour que La

Ciotat eût le spectacle de l'alliance des sacs d'écus des uns avec les parchemins des autres. Cette réunion momentanée des deux camps rendit très-forte l'hostilité déclarée au notaire. M. Lescalle le comprit et en fut fort gêné. Il n'aimait pas la lutte; ses dispositions à la fois ambitieuses et paisibles le portaient à souhaiter de triompher sans tapage. Tout le bruit fait autour de ce mariage commençait à l'inquiéter; il redoutait, en outre, de voir ces tempêtes de salon se répandre de façon à émouvoir ses clients électeurs. Il savait très-bien que les gens de la campagne ou de petite bourgeoisie ne se mêlent pas d'ordinaire aux agitations des sphères supérieures, mais deviennent susceptibles de prendre fait et cause pour un parti, si une querelle fait assez de vacarme pour arriver à eux.

La conjoncture était pressante. M. Lescalle résolut de brusquer la conclusion du mariage à tout prix. L'événement accompli, les discussions perdraient de leur force en devenant inutiles. Dans cette pensée, il hâta toutes les démarches et tous les préparatifs indispensables, s'appuyant, aux yeux de la famille de Védelle, sur la nécessité d'aller faire, le plus tôt possible, une petite tournée chez ses électeurs, afin de désigner le beau-frère de sa fille à leurs suffrages. Lorsque tout fut prêt, et seulement alors, il se décida à écrire à la tante Médé de presser son retour.

Redoutant de voir la tendresse de sa tante fournir un auxiliaire aux répugnances de Rose, M. Lescalle s'était bien gardé d'apprendre à misé Médé toute la vérité sur le mariage de sa fille. Dans ses lettres, il désignait son futur gendre en l'appelant le fils du comte de Védelle. La bonne demoiselle ne doutait pas qu'il ne fût question de Jacques. La lettre désolée de Rose avait été prudemment supprimée par le notaire, qui, se méfiant de quelque épanchement avec la tante Médé, faisait bonne garde autour de sa fille. Ce silence de Rose contribua encore à entretenir misé Médé dans son erreur. « Elle est étourdie par son bonheur, pensait-elle, et les charmantes préoccupations de la corbeille et du trousseau prennent tout son temps ; elle oublie un peu la vieille tante au milieu de tout cela ; mais c'est bien naturel ! »

Tout concourut donc à l'accomplissement des vœux du notaire, tout, jusqu'à une circonstance qui le servit au delà de ses espérances.

M. le maire de La Ciotat entra un matin chez lui.

« Mon cher Lescalle, lui dit-il, n'est-ce pas jeudi prochain que nous devons marier votre fille ?

— Oui, cher monsieur, jeudi, à dix heures du matin.

— Je viens vous prier de remettre cela à deux ou trois jours plus tard.

— Vous avez un motif ?

— Des plus sérieux ; le préfet me fait appeler ; je dois passer deux jours près de lui ; mais, soyez tranquille, je serai de retour samedi soir.

— Cela nous rejette à lundi.

— Oui. »

Ceci ne faisait pas le compte de M. Lescalle. Attendre au lundi, c'était exposer misé Médé à voir pleurer Rose pendant quatre jours, lui qui avait pris tant de soins pour empêcher la tante d'arriver avant le jour même de la célébration du mariage, c'est-à-dire alors que tout se trouverait trop avancé pour pouvoir rien empêcher.... Tout à coup, M. Lescalle eut un trait de lumière.

« Quand partez-vous ? demanda-t-il au maire.

— Mercredi soir.

— Si nous avancions notre cérémonie au lieu de la reculer, cela vous gênerait-il ?

— Nullement.

— Vous pourriez faire le mariage mercredi matin ?

— Parfaitement.

— Eh bien ! c'est entendu. Alors, à mercredi. J'aime mieux cela ; je cours prévenir M. de Védelle.

— N'attendez-vous pas Mlle Médé ?

« — Elle arrivera avant mercredi, probablement ; dans tous les cas, nous laisserons au jeudi la célébration religieuse, et, comme c'est la plus importante aux yeux de ma tante, il lui suffira d'y assister. »

Ce jour changé, c'était l'assurance que la tante Médé arriverait trop tard. Le notaire considérait cela comme une bonne fortune.

La bonne demoiselle, cependant, ignorante des arrière-pensées de son neveu, fut fort étonnée d'être prévenue si tard. On lui laissait à peine le temps d'arriver. Elle embrassa son vieux parent, qu'elle voyait convalescent depuis quelques jours, partit à la hâte, le cœur léger comme à quinze ans, tout épanouie par la pensée d'embrasser Rose heureuse, et ce fut en se livrant aux plus joyeuses illusions qu'elle fit la route de Manosque à Marseille.

CHAPITRE XII.

Mariage.

Le mariage civil a des formes si sèches, il paraît si aisé de mettre son nom au bas de la feuille d'un registre, et de répondre un mot à un monsieur habillé de noir, qui vous a lu quelques phrases en style de notaire, qu'on accomplit cette cérémonie sans aucune émotion. La seule partie valable, aux yeux de la loi, de ce grand acte appelé le mariage, est une formalité, rien de plus. Oh ! si l'on réfléchissait quand on est jeune ! si l'on songeait à l'implacable signification de cette parole dite si facilement, à l'importance de ce nom écrit sur ce livre ! Combien d'esprits égarés ou trop dociles, combien de cœurs surpris ou contraints s'arrêteraient saisis d'effroi devant ces actes si simples en apparence !... Comprend-on à quel point peut devenir effrayant ce mot : *indissolubilité*, écrit dans cette loi au nom de laquelle on unit irrévocablement deux destinées? Non. La plupart des jeunes époux n'y ont pas pensé. La jeunesse apporte en toutes choses cette insouciance qui est chez elle une des formes de l'espérance; elle agit sans souci de l'avenir, et, si la forme même de ses actions ne la frappe pas, elle ne se rend pas compte de leur valeur.

Dans le mariage, la célébration religieuse seule émeut et laisse des souvenirs; qui se souvient de la salle de la mairie où il a été marié? qui a oublié l'autel où il a été béni par un prêtre?

Quelles que fussent les douleurs ou les agitations ayant occupé l'âme de Rose et de Georges pendant ces dernières semaines, ils ne firent aucune observation quand le jour de leur union leur fut annoncé, on devrait dire signifié par leur famille. Par des motifs différents, ces enfants étaient trop timides pour essayer une résistance, surtout au dernier moment.

Les forces de Rose s'étaient usées en attendant sa tante Médé de jour en jour. Ce silence absolu, cette absence se prolongeant sans explication, tout cela lui paraissait fatalement mystérieux.

La veille du jour fixé pour le mariage, M. Lescalle fit appeler sa fille.

« Tiens, Rose, lui dit-il, une lettre de ta tante! »

Rose poussa un cri de joie, prit la lettre, et s'enfuit dans sa chambre, sans remarquer un sourire de satisfaction errant sur les lèvres de son père.

La lettre de la tante Médé contenait seulement quelques lignes. La voici :

« Manosque, dimanche.

« Ma Rosette bien-aimée,

« Ton mariage avec M. de Védelle comble un de mes désirs secrets, et je ne saurais assez remercier la Providence d'avoir exaucé mes prières pour toi. Je serai à La Ciotat jeudi matin ; tu peux compter sur moi, ma chère petite; ta vieille tante ne laissera point passer un jour aussi solennel sans venir assister à ton bonheur, et ajouter ses vœux ardents aux bénédictions du ciel.

« Je t'embrasse de toute ma tendresse. A bientôt.

« Ta tante,
« Médé Lescalle. »

Ce fut le coup de grâce aux espérances de Rose; cette lettre si calme et si définitive lui enlevait son dernier appui. Quoi ! la tante Médé elle-même souriait à ce sacrifice! tout était fini ! Rose se courba docile et désespérée sous la volonté du sort.

Le mercredi 31 mai, la voiture du comte de Védelle, conduite par un cocher en grande livrée, entra dans La Ciotat, et fit mettre sur le pas de leurs portes toutes les paisibles bourgeoises de la petite ville. La calèche s'arrêta devant la grille de la mairie; toute la famille de Védelle en descendit. Jacques parut le premier, paré, gracieux, souriant, avec la physionomie d'un amoureux touchant au bonheur; Georges, pâle, grave et sans aucun reste de cette agitation fiévreuse à laquelle il semblait en proie depuis longtemps; par une soumission sans réserve ou une détermination raisonnée, il avait su se faire une tenue simple et convenable. Il étonna tout le monde quand il entra dans la grande salle de la mairie : ceux qui ne le connaissaient pas se l'étaient figuré tout autre; ses parents eux-mêmes n'attendaient pas tant de lui.

La famille Lescalle arriva peu après; Mme Lescalle regarda les assistants sans dissimuler son triomphe; le notaire s'imposait à grand'peine un air majestueux; malgré ses yeux rouges, Rose faisait assez bonne contenance.

Le maire entra.

Il se plaça derrière la longue table recouverte de drap vert, qui meuble, avec quelques bancs de bois et deux fauteuils de paille, la salle de la mairie de La Ciotat. Et là, l'écharpe légale flottant autour de son corps maigre, le large visage de plâtre du roi Louis-Philippe surmontant sa physionomie fine et bienveillante, il procéda à la cérémonie.

Tout le monde resta silencieux et recueilli ; chaque membre des deux familles se sentait une part de responsabilité dans ce qui s'accomplissait, et en éprouvait un certain malaise moral. Georges et Rose étaient probablement à la fois les plus tristes et les plus tranquilles. Ils obéissaient, et cette obéissance, en meurtrissant leur cœur, allégeait leur conscience.

En moins d'un quart d'heure, tout fut accompli, et l'*irrévocable* commença à peser de tout son poids sur ces deux jeunes têtes, courbées sous des volontés étrangères.

On passa le reste de cette journée à La Pinède ; tout le monde s'y montra assez gêné de son rôle, hors Jacques, tout enchanté d'une conclusion dont il profitait sans avoir de reproches à se faire. Sa bonne humeur, assombrie quelques jours par le refus de Denise, reparut avec ses nouvelles espérances, et ses saillies aidèrent chacun à dissimuler sous un sourire son embarras personnel. L'enjouement seyait à la physionomie ouverte de Jacques, et le montrait tout à son avantage ; quand Jacques était sérieux, son esprit et une partie de sa beauté disparaissaient. Le silence morose de Georges parut encore plus sombre auprès de la gaieté de son frère ; Rose ne fut pas la dernière à s'en apercevoir ; en voyant ce contraste entre les deux frères, une pensée d'envie et de regret vint lui traverser l'âme.

« Vous êtes bien gai, monsieur Jacques ! dit-elle à son beau-frère avec un accent où perçait un reproche.

— J'ai sujet d'être content le premier jour où j'ai le droit de vous appeler ma sœur, » répondit Jacques.

Rose jeta un regard du côté de Georges, qui marchait devant eux avec sa mère.

« Ce regard-là veut dire, continua Jacques, que mon frère devrait avoir l'air encore plus heureux que moi. »

Rose soupira.

« Hein ! me suis-je trompé ? Ne vous inquiétez pas de lui ;

ces différences d'humeur tiennent à nos caractères : Georges est un peu farouche, mais vous l'apprivoiserez, j'en suis sûr. Qui ne s'adoucirait avec vous ?

— C'est votre opinion ? demanda Rose.

— Oui, et il me semble que, si j'étais à la place de Georges, rien ne me coûterait pour vous plaire. »

C'était un compliment banal ; la naïveté de Rose y vit autre chose.

« Si vous pensez ainsi, fit-elle un peu émue, pourquoi alors ?... »

Elle s'arrêta ; sa pensée avait été assez loin pour l'effrayer : il était trop tard pour rien laisser deviner à Jacques.

« Qu'alliez-vous me dire ? demanda le jeune homme.

— Pourquoi alors, reprit Rose après réflexion, ne donneriez-vous pas quelques conseils à votre frère ?

— Deux choses s'y opposent, l'humeur de mon frère et mon prochain départ.

— Votre départ ! s'écria Rose.

— Ne vais-je pas, grâce à vous, être nommé député ?

— C'était bien la peine.... murmura Rose.

— La peine de quoi ? » demanda Jacques sans malice.

Rose ne put pas répondre. Mme Lescalle s'avança rapidement entre les deux jeunes gens.

« Que dites-vous là, mes enfants ? » fit-elle bruyamment.

L'éclat de voix de sa mère rappela Rose aux réalités qu'elle avait été sur le point d'oublier.

« Madame, dit Jacques, je me félicitais d'être un peu entré dans votre famille.

— Bien peu, répondit avec intention Mme Lescalle, et vous n'aurez pas souvent l'occasion de vous en apercevoir, monsieur Jacques, puisque vous êtes destiné à vivre à Paris.... Rose, fit-elle en changeant de ton, voilà ton mari qui te cherche là-bas. »

Et, prenant le bras de sa fille, elle l'entraîna vers Georges.

« Voyons, causez donc un peu, » dit Mme Lescalle aux

nouveaux époux en les plaçant côte à côte comme deux pensionnaires en promenade.

Tandis que les deux enfants échangeaient quelques paroles embarrassées, Mme Lescalle prit à part Mme de Védelle.

« Que ferons-nous demain de ce jeune couple? demanda-t-elle à la comtesse.

— Ils ont un appartement préparé au château; ils demeureront à La Pinède; n'est-ce pas convenu?

— C'était mon avis d'abord, mais j'en ai changé.

— Pourquoi cela?

— Vous voulez la vérité?

— Sans doute.

— Eh bien! votre fils Jacques est trop charmant, son voisinage fait tort à l'autre.

— Dans quel sens me dites-vous cela?

— Mon Dieu, madame la comtesse, il faut oser dire les choses comme elles sont : la situation est dangereuse.

— Je ne vous comprends pas, madame. Dangereuse pour qui?

— Pour notre fils et pour Rose surtout. Quelques mots dits par elle tout à l'heure viennent de m'éclairer.

— De vous éclairer? répétait la comtesse tout étonnée.

— Oui; si nous n'y prenons garde, Rose sera amoureuse de son beau-frère avant un mois.

— Ciel! s'écria la comtesse.

— Ne vous épouvantez pas, rien n'est grave encore; ma fille ne se rend probablement pas elle-même compte de ses sentiments; le malheur peut être prévenu.

— Comment?

— En isolant sur-le-champ le jeune ménage.

— Par quel moyen?

— J'ai dans la montagne un petit pavillon appelé Belbousquet. C'est assez gentil et fort isolé. Mon avis est d'y installer nos enfants dès demain.

— Je ne m'y oppose pas, quoique le danger que vous rêvez me paraisse....

— Je ne rêve rien, soyez-en sûre, je prévois; j'en ai assez observé. Il ne faut pas ajouter au chagrin que Rose ressent en prenant un mari sans inclination, la douleur d'éprouver de l'amour pour un autre.

— Le devoir, la religion, dit la comtesse, me paraissent pouvoir suffire à garantir votre fille d'aussi monstrueuses idées; cependant, madame, comme votre proposition n'a, à mes yeux, aucun inconvénient, je l'accepte.

— Et vous avez bien raison! Envoyons-les passer leur lune de miel à Belbousquet, et, si vous m'en croyez, ne les laissons revenir ici qu'après le départ de M. Jacques. »

Rose répondait d'une façon si languissante aux quelques paroles de Georges, qu'il fut obligé de s'apercevoir de son abattement.

« Vous êtes triste, mademoiselle Rose, lui dit-il.

— En effet, répondit Rose, je regrette beaucoup l'absence de ma tante Médé. J'aurais bien désiré qu'elle arrivât avant aujourd'hui.

— Vous l'aimez donc bien, cette tante?

— Oh! c'est la personne que j'aime le mieux au monde.... après mon père et ma mère, » se hâta-t-elle d'ajouter.

Georges ne parut pas faire attention à l'aveu contenu dans ces paroles, et M. Lescalle, qui venait à ce moment même prévenir sa fille que l'heure du départ avait sonné, la sauva de l'embarras de continuer la conversation.

CHAPITRE XIII.

Résignation.

Le lendemain de ce jour, vers huit heures du matin, la petite carriole de misé Médé, traînée par la pauvre Blanquette presque morte de fatigue, s'arrêta devant les Capucins. La vieille demoiselle prit à peine le temps de remettre Blanquette aux mains de Marion, déposa chez elle son petit bagage, et se dirigea vers La Ciotat d'un pas démentant par son agilité ses soixante-dix années.

En passant sur la place de l'Église, elle vit deux jeunes garçons chargés de rameaux fleuris entrer par la petite porte, tandis que d'autres répandaient du sable fin devant le portail.

« C'est pour le mariage de Rose, n'est-ce pas, mes enfants? dit-elle.

— Oui, misé Médé.

— Ah! c'est un beau jour pour moi; priez Dieu, mes bons amis, pour que rien n'en trouble la joie.

— Soyez tranquille, misé, nous prierons bien à la messe; tout le monde ici souhaite le bonheur de misé Rose; elle est si bonne! on la croirait votre fille! »

Misé Médé fit aux enfants un geste affectueux, et entra rapidement dans la rue Droite. En deux minutes, elle fut à la maison de son neveu.

Les servantes de Mme Lescalle, empressées de tout préparer pour la solennité du jour, paraissaient activement occupées; toutes les fenêtres et toutes les portes du logis étaient ouvertes. Les meubles du salon, débarrassés de leurs housses pour la première fois depuis plusieurs années, montraient au soleil, sous le vestibule, leurs couleurs fraîches et leurs étoffes usées.

« Thérézon, dit misé Médé à la vieille gouvernante qui faisait office de majordome au milieu des autres servantes, ma nièce est là-haut, n'est-ce pas?

— Pour ça non, misé, répondit Thérézon, madame est partie il y a beau jour beau temps, comme qui dirait à cinq heures ce matin.

— Et où est-elle allée, un jour comme celui-ci?

— A Belbousquet, où il paraît que misé Rose va aller demeurer avec son mari. Madame y a fait porter des meubles, hier au soir, et est allée ce matin avec du linge et un tas d'affaires. Ce que je ne comprends pas, du reste, c'est que madame s'y est prise si tard pour faire tous ces arrangements-là.

— Les jeunes gens ne demeureront donc pas à La Pinède?

— Paraît que non, misé.

— C'est bien. Où est Rose?

— Elle n'a pas descendu ce matin, la pauvre chère petite; faut qu'elle dorme encore.

— Je vais voir, » dit misé Médé; et, enjambant hardiment une pile de coussins et une barricade de tabourets qui lui barraient le passage, la vieille demoiselle s'élança dans l'escalier.

Rose dormait encore; elle serait donc la première à l'embrasser, et pourrait lui annoncer elle-même qu'elle était exacte! Cette pensée la remplissait d'une vive satisfaction.

Rose habitait une petite chambre contiguë à celle de sa mère, et communiquant en même temps avec une vaste pièce servant à Mme Lescalle de fruitier, et à son mari de chartrier. L'une y déposait ses poires, ses coings et ses raisins d'hiver; l'autre y mettait les vieux dossiers de son étude. Cette pièce, toujours fermée, participait ce jour-là à l'émotion du logis; elle était grande ouverte, et un gai rayon de soleil venait jeter un regard curieux sur les archives du garde-manger et celles de l'étude, rangées, avec un ordre égal et le même luxe d'étiquettes, sur des planches parallèles.

Misé Médé traversa rapidement cette chambre et ouvrit doucement la porte de la chambre de Rose.

Une surprise douloureuse et profonde la cloua immobile sur le seuil : ce qui s'offrait à sa vue était en effet bien différent de ce qu'elle s'attendait à voir.

La chambre de Rose, d'ordinaire si rangée et si chastement parée, présentait l'aspect d'un désordre inusité. Les pièces d'un magnifique trousseau couvraient les meubles et se répandaient par terre ; les dentelles, les rubans, les broderies précieuses, étaient disséminés de tous côtés, dans une confusion inexprimable.

On voyait, dans un tiroir ouvert de la grande commode où Rose serrait ses vêtements, toute sa modeste garde-robe de jeune fille, réunie et pliée avec soin : les chemises de toile un peu grosse, les robes écourtées du couvent, les petites guimpes de mousseline unie. Près de ce chétif trousseau, quelques livres à la couverture usée, des cahiers de musique salis et cornés à toutes les feuilles, puis quelques-uns de ces menus objets sans valeur, rendus précieux seulement par un souvenir : une petite ménagère en velours toute fanée, faite par la main inhabile d'une compagne préférée, les nœuds de rubans bleus qui attachaient la dernière couronne gagnée au couvent, une image de la Vierge couronnée d'un nimbe d'or, enfermée dans un reliquaire d'ivoire.

Au fond de la chambre, le petit lit blanc de Rose disparaissait sous deux cachemires et plusieurs robes en pièces déployées ; on pouvait voir cependant que le lit n'avait pas été froissé. Rose ne s'était pas couchée !

Quand misé Médé l'aperçut, elle dormait, mais de quel sommeil ! elle était à moitié à genoux et à moitié assise sur la marche d'un prie-Dieu de bois noir placé au pied de son lit ; une de ses mains pendait le long de son corps et tenait son petit chapelet d'agate ; son autre bras, d'abord posé sur le pupitre du meuble, avait peu à peu glissé, puis cherché un appui instinctivement, et, ayant rencontré une chaise chargée de broderies et de dentelles, il s'y était appuyé; la tête de Rose, fléchissant sous le poids du sommeil, s'était posée sur son bras; ses longs cheveux blonds, à moitié dénoués, pendaient jusqu'à terre en couvrant une partie de son visage et du peignoir blanc dont elle était vêtue. Elle dormait dans cette position gênante, et comme un enfant que le sommeil a surpris au milieu de quelque vive peine; un sanglot court et étouffé soulevait de temps en temps sa poitrine; sa pose était accablée et charmante à la fois, et le cœur se serrait au spectacle de cette éblouissante jeunesse courbée sous cette écrasante douleur.

D'un coup d'œil, misé Médé vit tout cela : le trousseau dispersé, un mouchoir trempé de larmes sur le prie-Dieu, ce sommeil qui semblait avoir gagné Rose au milieu de son chagrin. Elle vit tout, mais elle ne comprit pas.

Elle s'avança vers la jeune fille, et, la soulevant doucement, elle essaya de la porter sur son lit. Ce mouvement éveilla Rose; elle ouvrit avec difficulté ses grands yeux gonflés par les pleurs, et, reconnaissant sa tante, elle poussa un cri en se jetant sur son sein par un mouvement tendre et désespéré.

« Qu'as-tu, Rosette? qu'as-tu, ma fille? dit la bonne demoiselle; comment te trouves-tu en cet état?

— Ah! ma tante! ma tante! répétait Rose, suffoquée par ses larmes.

— Explique-toi, Rose, que se passe-t-il? Ciel! ton mariage serait-il manqué?...

— C'est bien pire, ma tante. Il est fait!

— Comment, fait?

— Oui, tout est fini depuis hier!

— Je ne te comprends pas, mon enfant; je viens de passer devant l'église : on la parait pour la cérémonie.

— Ah! oui.... l'église.... la cérémonie.... c'est vrai, c'est pour aujourd'hui ; mais à la mairie, cela a été fait hier. Ah ! ma bonne tante, pourquoi n'êtes-vous pas venue plus tôt ? Je vous priais tant dans ma lettre !

— Quelle lettre ? Tu m'as écrit, Rosette ? Je n'ai rien reçu. Que me disais-tu ?

— Tout, ma tante, et je vous appelais à mon aide, et je vous invoquais. Maintenant tout est fini, il est trop tard ! Ah ! Seigneur, Seigneur ! que je suis malheureuse ! »

Et elle se remit à sangloter à fendre l'âme.

Misé Médé comprenait de moins en moins ; son esprit ébauchait à la fois mille suppositions dont aucune ne lui paraissait vraisemblable.

« Pleurais-tu donc comme cela hier ? demanda-t-elle.

— Non, hier j'ai trouvé une espèce de courage dans mon amour-propre ; je n'ai pas voulu rendre les étrangers témoins de ma douleur ; d'ailleurs maman m'avait prévenue qu'elle serait interprétée en faveur de M. Artémon, que je ne regrette certainement pas. Alors je me suis dominée, et j'ai pu paraître calme. Tout mon chagrin m'est revenu seulement le soir en me retrouvant ici. J'ai passé une partie de la nuit à ranger toutes mes petites affaires de jeune fille. Je voulais leur dire adieu avant d'entrer dans une nouvelle existence. Je les ai regardées les unes après les autres, et à mesure tous mes souvenirs s'éveillaient en moi ; je comparais ma vie passée à ma vie future, et je me suis prise à regretter ce temps du couvent où je faisais de si beaux projets. Hélas ! il y a deux mois à peine, je regardais encore l'avenir d'un œil si confiant !

— Et pourquoi te méfies-tu à ce point de l'avenir, ma Rose ?

— Ah ! bonne tante ! je n'ai plus de projets à faire ; maintenant ma vie est à jamais fixée. Tenez, c'est à cette idée-là que les larmes m'ont gagnée. Alors, j'ai pleuré bien longtemps, dans une sorte d'accablement inexprimable ; il me semblait que mes deux yeux étaient devenus deux fontaines, d'où ma vie s'écoulait peu à peu. C'est singulier, bonne tante, que l'on puisse tant pleurer !

— Pauvre petite ! dit Mlle Médé ; on ne pleure ainsi qu'à ton âge, quand le cœur a encore toutes ses larmes. Plus tard, on souffre autant et l'on pleure moins.

— Enfin, ma tante, reprit Rose, j'ai eu la bonne pensée de prier Dieu ; je l'ai prié ardemment, et il m'a prise en pitié, puisqu'il m'a envoyé le sommeil. Tout à l'heure, en vous voyant, j'ai cru un moment que mon mariage était un mauvais rêve. Mais mon malheur me revient tout entier avec le souvenir, et je sens bien que tout est irrévocable. Rien, non, rien ne peut plus me consoler maintenant ! »

Mlle Médé avait laissé sa petite-nièce exhaler toutes ses plaintes, espérant toujours trouver un éclaircissement dans ses paroles. Rose se tut, sans lui avoir montré autre chose que le véritable désespoir causé par son mariage.

« Hélas ! ma pauvre petite, dit misé Médé, quelle déception tu me causes ! J'avais cru que tu aimais M. de Védelle.

— Ah ! ma tante ! je le déteste.

— Mon Dieu, mon enfant, qu'a-t-il donc fait pour s'attirer ton aversion ?

— Tout en lui me déplaît et me repousse ; il m'inspire même une sorte de crainte vague.

— Est-il possible ? et tu parlais de lui avec tant d'éloges le premier jour où tu le vis à La Pinède !

— Moi, ma tante ! jamais. Au contraire, chaque fois que je l'ai vu, son air sauvage et sombre m'a toujours effrayée.

— Comment, sauvage ! ta mère le disait si aimable, M. Jacques !

— Ah ! chère tante, cria Rose, vous ne savez donc rien ? C'est M. Georges qui est mon mari, l'autre, le.... *fada,* » ajouta-t-elle avec mépris et colère.

Mlle Médé resta atterrée.

Les manœuvres jésuitiques de M. Lescalle avaient complétement réussi; l'idée de voir épouser à Rose Georges de Védelle, cet enfant morose et inintelligent dont chacun parlait avec un sourire de pitié, n'était pas entrée un instant dans l'esprit de la bonne demoiselle. La première stupeur passée, cette révélation souleva en elle un accès de colère violente. Elle se leva et fit quelques pas vers la porte : elle voulait aller trouver son neveu et donner un libre cours à son indignation en flétrissant ce monstrueux abus d'autorité dont Rose était devenue victime.

Cet élan ne fut qu'un éclair; misé Médé se vit devant l'irréparable, et cette pensée l'aida à se contenir. Sa tendresse surmonta sa colère; elle regarda Rose, pleurant encore en silence, et sentit qu'avant tout il fallait tenter quelque chose sur ce cœur désespéré.

Elle revint vers sa petite-nièce, la prit sur ses genoux, comme elle faisait quand Rose était petite, et, baisant de temps en temps ce doux visage pâli par les larmes, elle lui parla d'un accent ému et affectueux.

« Écoute, ma Rose, je suis frappée comme toi du coup qui t'a atteinte; je souffre de ta douleur, et je déplore ce qui a été fait.

— Ah! j'en étais sûre, vous m'aimez, vous, ma bonne tante, dit Rose amèrement.

— N'accuse pas tes parents, mon enfant; ils ont cru bien faire, seulement ils comprennent le bonheur autrement que toi et moi; là a été tout le malheur. Maintenant ce malheur est accompli; écoute donc, chère petite, les paroles que m'inspire ma profonde tendresse pour toi. Ne te laisse pas aller ainsi à l'abattement, Rose; il faut accepter ton sort avec une résignation courageuse, et voir s'il dépend de toi d'améliorer cette situation qui d'abord t'épouvante. Te voilà une femme selon la loi, il faut en devenir une par l'âme et par la raison. Au lieu de tourner vers le passé un regard inutile et attristé, songe à cet avenir qui s'ouvre devant toi. Nul n'est jamais profondément malheureux, vois-tu, s'il lui reste dans la vie des devoirs et des affections. Tout cela, je le sais, paraît bien froid à ton cœur de seize ans ; tu avais rêvé le bonheur, tu t'en vois déshéritée tout à coup, et tu te crois atteinte par une fatalité exceptionnelle. Hélas ! mon enfant, ce qui t'arrive aujourd'hui est le destin commun des âmes tendres ; tu es frappée un peu plus tôt que d'autres, voilà tout. Combien de femmes ont vu, comme toi, se lever le jour où s'évanouissent les plus chères espérances ! combien ont dit : « C'est fini ! » qui se sont ensuite résignées et ont vécu de longues années, avec *ce malheur* dont elles devaient mourir ! Ton malheur, à toi, n'est pas sans compensations.

— Allez-vous, ma tante, me parler, comme ma mère, de ma voiture et de mes toilettes ? fit Rose amèrement, en froissant avec mépris les dentelles de son peignoir.

— Non, mon enfant, les choses dont je veux te parler sont plus dignes de te soutenir. Je veux te faire envisager tes devoirs. Tu as une tâche à partir de ce jour, chère fille. Bien jeune, Dieu t'a choisie pour supporter une sérieuse responsabilité ; il a plu à sa volonté toute-puissante que l'ordre ordinaire de la vie fût pour toi interverti. Au lieu de devenir la femme d'un homme intelligent et fort dans lequel tu aurais trouvé un soutien et un guide, tu te trouves liée à un enfant faible d'esprit et de corps, dont tu devras diriger la vie. Par là, ta mission de femme prend quelque chose de sacré : tu deviens, toi, jeune âme à peine formée, la protectrice, le conseil, l'amie d'un être incomplet et souffrant ; tu remplaces auprès de lui sa mère, dont il aurait eu besoin toute sa vie. C'est à toi à lui faire connaître la douceur d'aimer, à remplacer les dédains qu'il a connus par la sollicitude, la pitié par la tendresse. Qui sait ? l'amour fait parfois des miracles ! Peut-être es-tu réservée à éveiller en lui des sentiments qui seront ta récompense. Dans tous les cas, panser une âme est une mission haute et méritante entre toutes, et tu recevras du ciel ces grâces infinies réservées à ceux qui se dévouent. Crois-moi, ma Rose bien-aimée, le cœur qui se sacrifie au devoir éprouve par moments d'intimes délices bien supérieures aux jouissances égoïstes. »

Voyant Rose attentive, Mlle Médé espéra ; son amour pour sa petite-nièce trouva l'éloquence la plus touchante; elle versa peu à peu sur sa blessure le baume de sa parole affectueuse et convaincue. Loin de faire valoir aux yeux de Rose les insuffisantes compensations de la vanité, elle l'entretint longtemps de ses pénibles devoirs futurs. Elle éveilla ainsi en elle cette exaltation sainte dont sont susceptibles les natures tendres et naïves.

Au bout de deux heures d'entretien avec sa tante, Rose n'était plus la même. Quand Mme Lescalle entra chez sa fille pour procéder à sa toilette, elle la trouva paisible, sereine et n'ayant plus ses airs plaintifs des jours précédents.

« Eh bien ! petite, dit-elle gaiement, te voilà toute gentille; c'est affaire à M. le maire pour changer l'humeur des jeunes filles romanesques.

— Non, ma chère maman, répondit Rose, c'est affaire à tante Médé; elle m'a dit depuis ce matin des choses qui m'ont donné du calme et du courage.

— Ah ! c'est vrai, ma tante Médé, vous voilà de retour! Et moi qui ne vous avais pas aperçue! Excusez-moi. Je suis tout ahurie ; j'arrive de Belbousquet, je me suis levée à l'aube : il fallait que tout fût prêt pour ce soir, vous comprenez.

— Non, je ne comprends pas, dit misé Médé.

— Ne savez-vous pas que les nouveaux époux vont aller habiter Belbousquet?

— Pourquoi les éloigner ainsi de leur famille?

— Oh! ça, c'était fort urgent, fit Mme Lescalle à voix basse; je vous l'expliquerai. Dieu ! s'écria-t-elle ensuite d'un ton épouvanté, j'ai oublié de la vaisselle! il n'y a presque rien là-bas; pauvres enfants, comment vont-ils faire?...

— Je vais en envoyer, répondit misé Médé, et tout ce dont la maison peut manquer.

—Vous êtes bien bonne, ma tante; j'ai en effet dû oublier d'autres objets; un jour comme celui-ci, il est bien permis d'avoir la tête un peu troublée.

— Je crains, ma chère Virginie, que tout le monde ici n'ait eu la tête étrangement troublée depuis mon départ, dit d'un air grave misé Médé, profitant d'un moment où Rose était aux mains de Thérézon à l'autre bout de la chambre. On n'a pas pris conseil de moi pour agir; ce qui est fait est irrémédiable; les reproches seraient donc superflus; mais, ajouta-t-elle, tandis que deux larmes lentes descendaient sur ses joues flétries, nous aurons une lourde tâche, vous et moi, ma nièce, pour faire supporter son sort à cette chère créature. Vous avez bien légèrement disposé d'une si charmante fille; Rose était plus tendre que vaine, et il valait bien mieux la donner à un brave garçon roturier et amoureux, qu'à votre baron malingre et hargneux! »

Mme Lescalle écouta en silence les reproches contenus de la tante Médé; elle n'y pouvait répondre; elle ne trouva rien de mieux à faire que de rompre la conversation.

Elle regarda la pendule, et s'écria avec une feinte surprise:

« Ciel! comme il est tard! nous avons bien peu de temps à nous. N'allez-vous pas songer à vous habiller, ma tante?

— Oh! ma toilette sera vite faite; ne vous inquiétez pas de cela, ma nièce. A quelle heure part-on pour l'église?

— A onze heures.

— C'est bien, je serai prête. »

La vieille tante embrassa Rose, lui adressa un regard plein d'amour et d'exhortations, et sortit.

Elle refit, d'un pas lourd et mal assuré, cette course au bord de la mer que, le matin même, elle avait accomplie d'une façon si leste et si rapide; le poids de son âge s'était doublé du poids de sa douleur, et elle eut besoin de toute sa force d'âme, de toute sa résignation de chrétienne, pour ne pas s'en laisser accabler.

A onze heures, tout le monde se trouva réuni dans le salon du notaire. On partit pour l'église.

Tout se passa fort simplement. La foule, attirée par l'espoir d'un incident quelconque, en fut pour sa déconvenue; elle ne put rien remarquer autre que la pâleur du marié. La jeune épouse eut une attitude assurée, qui étonna de la part d'une fille mariée contre son gré. Les Richer, envoyés là en observateurs, firent une maigre moisson; on s'attendait à plus d'émotion; les prévisions de quelques-uns allaient jusqu'à l'évanouissement. Toutes ces charmantes espérances furent déjouées. Le bel Artémon, en écoutant le récit de ce qu'il se plaisait à nommer l'*exécution*, éprouva un certain dépit.

« Allons, dit-il, cette petite est une jolie poupée, rien de plus; elle est en ce moment sous l'impression des cachemires et des bracelets de la corbeille; des fanfreluches ont suffi à la consoler. Nous verrons ce que cela durera! »

Ce profond jugement exprimé, Artémon pirouetta sur ses talons, se rendit à l'estaminet de la Marine, et, tout en prenant part à une poule, forma dans son esprit les projets les plus contraires à la tranquillité des nouveaux époux.

CHAPITRE XIV.

La lune de miel.

Georges et Rose avaient été informés qu'aussitôt après leur mariage ils iraient habiter Belbousquet. Cette détermination, prise par les deux familles, ne rencontra de leur part aucune opposition. Georges, passif comme toujours, en reçut l'avis avec son indifférence habituelle; Rose y vit la possibilité d'éviter pour quelque temps les regards curieux des amies de sa mère, et cet espoir lui fit accueillir assez volontiers la proposition.

Tout le monde parut donc encore une fois d'accord. La physionomie sévère de Mlle Médé intimidait bien un peu Mme Lescalle; l'air triste de la comtesse gênait bien un peu M. de Védelle : néanmoins ils firent grande contenance. Il y eut un seul moment d'embarras général : ce fut lorsque, après la cérémonie, et sur le seuil même de l'église, on mit le jeune couple en voiture. Quand cette voiture s'ébranla, les emportant ensemble, tous deux seuls, silencieux, timides, étrangers l'un à l'autre, et pourtant unis pour jamais, les différentes anxiétés de ces âmes complices parurent sur les visages.

La tante Médé, succombant à son émotion, avait été emmenée presque évanouie dans la sacristie, après les derniers mots du prêtre; elle ne put constater cette ombre du remords qui obscurcit tous les fronts à l'achèvement du sacrifice.

Tout était consommé.

Georges et Rose arrivèrent à la brune à Belbousquet.

Belbousquet, destiné à être témoin de cette étrange lune de miel, semblait être un lieu admirablement choisi pour isoler de jeunes époux dans leur bonheur. Originairement cette petite habitation n'était qu'un rendez-vous de chasse, baptisé jovialement par M. Lescalle de la qualification de vide-bouteilles. A l'époque des fredaines du notaire, alors qu'il venait seulement à La Ciotat pour passer le temps de ses vacances d'étudiant, les échos de Belbousquet avaient entendu plus d'un propos égrillard, et répété les refrains bachiques de ses compagnons de chasse; en se rangeant, c'est-à-dire en se mariant, M. Lescalle changea le pavillon de chasseur en maison de campagne; il songeait à y venir passer la belle saison. Mme Lescalle en décida autrement. Elle ne voulut jamais habiter cette bicoque, dont la situation, éloignée de la ville, l'eût condamnée à la solitude. Chaque année elle venait à Belbousquet surveiller les récoltes de vin et d'olives, et ne manquait pas d'appeler ce séjour d'une semaine sa corvée.

Comme beaucoup de femmes incurablement envahies par l'atmosphère étroite des petites villes, Mme Lescalle détestait la campagne ; on pourrait dire qu'elle détestait la nature. Elle possédait à La Ciotat un jardin assez grand, où elle n'entrait jamais. Ce jardin était devenu le parc d'une douzaine de poules, favorites de la vieille Thérézon, et les servantes y étendaient leur linge sans contrôle. Mme Lescalle, qui arborait orgueilleusement la prétention modeste d'excellente ménagère, se promenait peu ; elle prenait assez d'exercice en harcelant son monde du matin au soir, et en montant et descendant pour ce faire, trente fois par jour, l'escalier qui séparait sa cuisine de son salon.

Tous les dimanches, cependant, elle allait faire un tour sur la Tasse, non pour jouir du magnifique horizon de la pleine mer, mais pour rencontrer ce qu'elle se plaisait à appeler du monde, c'est-à-dire vingt à trente visages connus, et autant de toilettes généralement aussi connues. Là, on s'abordait, on échangeait quelques phrases vides, et puis on s'entretenait de l'événement de la semaine.

Il faut avoir soi-même habité une petite ville et observé les effets de microscope que produit ce séjour sur les infiniment petits incidents de la vie, pour se faire une idée de ces conversations de bourgeois oisifs. Quitte à être accusé de paradoxe, on peut soutenir que les petites villes, malgré leur placidité apparente, voient souvent des existences plus agitées que Paris lui-même. A Paris, l'agitation de la vie est le plus souvent superficielle ; on va, on vient, on cause, on agit, on juge, on s'enthousiasme, on blâme, et tout cela, les trois quarts du temps, est affaire de distraction et de locomotion ; au fond, on est très-peu ému, et les actions ne touchent en rien au vif des passions. En province, c'est différent : tout s'amplifie, tout se dramatise ; ces esprits qui battent dans le vide ont besoin d'émotion ; les incidents deviennent événements; les bavardages prennent des proportions historiques: le dernier dîner du curé a été manqué; le ménage C. se dérange, la femme a dansé trois fois avec le fils K.; la fille du pharmacien a un manchon, d'où peut-il venir? Une chatte blanche a fait trois chats noirs; un Parisien est arrivé, qui l'amène? etc. J'ai connu deux familles qui sont aujourd'hui à peu près dans les termes où l'on nous représente les Montaigu et les Capulet de Vérone, par le fait du manque d'éducation d'un jeune chien. Ce malheureux animal eut successivement la sottise de déchirer un volant brodé, et l'inconvenance de prendre un salon bien ciré pour une cour de service; il reçut un coup de pincettes, eut la patte gauche cassée, et voilà la guerre allumée!... Elle durera plus que le siége de Troie.

Cette façon de prendre toutes choses au sérieux, et même au tragique, est, du reste, très-favorable à la pureté des mœurs et au rétrécissement des cerveaux.

Revenons à Belbousquet.

Belbousquet devait son nom à sa situation adossée à un petit bois de chênes-liége, d'aliziers, de platanes, petit bois très-haut, très-vert, presque frais, doté de toute sa beauté par la présence d'une jolie source claire qui jaillissait d'un rocher au sommet de la colline, et faisait naître sur sa course les fleurs, les herbes et les buissons fleuris, au lieu des houx poudreux et des pins rabougris qui couronnent d'ordinaire les collines de la Provence. La maison était fort petite, à toit plat, couverte de tuiles arrondies; ses fenêtres sans persiennes se défendaient du soleil par de grandes bannes de toile blanche; celles du rez-de-chaussée s'ouvraient sur une large terrasse, soutenue par des piliers en maçonnerie, autour desquels grimpait, dans une joyeuse liberté, une vigne magnifique. Ces toits rouges, ces bannes blanches, et cette vigne festonnant sa façade, lui donnaient l'air riant d'une petite villa italienne.

Pendant longtemps Belbousquet n'eut d'autre habitant

qu'un vieux jardinier fort habile, qui, s'y voyant toujours seul, avait fini par s'y croire chez lui. Cette conviction eut pour conséquence de l'engager à s'occuper des embellissements du jardin avec plus de zèle qu'il ne l'eût fait dans le simple but de plaire à ses maîtres. Grâce à la collaboration de la source, il était parvenu à entourer tout le jardin de ces allées ombreuses et bien couvertes, nommées *taises* en Provence; charmants bosquets destinés à séduire les oiseaux imprudents, et où d'ordinaire l'impitoyable chasseur provençal tend ses plus larges filets. Les chantres ailés de Belbousquet ne devaient rien redouter de pareil, les *taises* plantées par le vieux Simon leur offraient des retraites paisibles et sûres; aussi y faisaient-ils entendre, au printemps, les plus charmants et les plus bruyants concerts, et c'était vraiment dommage que tant d'harmonies primitives n'eussent d'autre auditoire que le père Simon.

Un jour, Mme Lescalle eut la pensée que les herbages de la colline de Belbousquet nourriraient facilement quelques chèvres, dont le lait et les fromages seraient un assez bon profit pour sa maison; elle acheta sur-le-champ six chèvres, les envoya à Belbousquet, et fit dire au père Simon qu'il eût à les faire prospérer le mieux possible. Ce n'était pas le compte du bonhomme; il jeta les hauts cris et ennuya si bien sa maîtresse par ses lamentations, qu'elle lui alloua une somme de quatre francs par mois, à la charge par lui de trouver une chevrière pour le troupeau. La chose ne fut pas facilement arrangée; les gages ne parurent pas tentants, même à La Ciotat.

Pendant plusieurs semaines, le père Simon dut s'occuper lui-même des maudites chèvres, et il le fit à si grands renforts de coups de pied, que les pauvres bêtes n'eussent pas tardé à n'avoir plus besoin de personne, si un matin une femme de Céreste ne fût venue présenter à Belbousquet la chevrière tant désirée. La chevrière, entrant dans ses treize ans, se nommait Benoîte, et n'avait de sa vie fait autre chose que de garder des chèvres. Le père Simon la prit les yeux fermés.

La petite Benoîte était à la fois aussi vive, aussi farouche et aussi simple que ses chèvres. Enfant de la nature et de la solitude, élevée dans la montagne au milieu d'un troupeau, Benoîte ne comprenait, ne connaissait, n'aimait que la montagne et les chèvres. Singulière créature, du reste, qui passait volontiers la nuit dans quelque grotte sur un lit de feuilles sèches, et n'eût pour rien au monde traversé seule la ville de La Ciotat.

Le vieux solitaire de Belbousquet et la petite sauvage de Céreste faisaient très-bon ménage, moyennant qu'ils n'échangeaient pas dix paroles par semaine. Quand le père Simon, homme fort matineux, se levait pour aller visiter ses plants et ses plates-bandes, Benoîte était déjà partie avec ses bêtes. Et quand tous deux avaient fini leur journée, ils allaient, avec l'empressement de la fatigue, retrouver, l'un sa petite chambre ornée de chapelets d'oignons, l'autre son grenier encombré d'herbes sèches.

Ce personnel rustique parut insuffisant pour le service des jeunes époux; Mme Lescalle l'augmenta de l'active Thérézon, qui, ayant vu naître Rose, crut devoir lui donner cette preuve de dévouement de l'accompagner dans ce désert de Belbousquet.

Le cadre de cette seconde partie de notre histoire indiqué, et nos personnages secondaires esquissés, venons retrouver Georges et Rose.

Quinze jours se sont écoulés depuis leur union, et les deux jeunes gens vivent comme s'ils eussent été étrangers l'un à l'autre : Georges, n'ayant rien changé à ses habitudes de longues courses et de chasse; Rose, retirée dans sa chambre, ou bien se tenant dans le salon, une broderie à la main, plutôt encore pour se faire une contenance que pour conjurer l'ennui. Elle est trop triste pour s'ennuyer. Les repas les réunissent, mais ils sont courts et silencieux; dans les premiers jours, Rose tenta quelques efforts pour faire parler Georges: elle lui adressa des questions sur le temps, sur sa chasse, sur les lieux qu'il avait parcourus. Georges répondit poliment et laconiquement. Ces demandes et ces réponses insignifiantes, si fréquentes entre des gens échangeant de simples rapports de convenance, prenaient quelque chose d'étrange et de glacial dans la bouche de ces deux enfants qui eussent dû vivre dans les relations les plus tendres.

Chaque soir, en rentrant chez elle, Rose s'adressait des reproches, elle s'accusait de manquer à son devoir. « Encore une journée perdue! se disait-elle; encore une journée passée sans avoir suivi les conseils de ma tante Médé! Je n'ai pas fait un pas dans la confiance de Georges. Il m'évite, il me craint sans doute; je dois mal m'y prendre; peut-être redoute-t-il mes railleries, peut-être a-t-il souffert du dédain des autres, et s'enferme-t-il instinctivement dans le silence pour me dissimuler une infériorité dont il a vaguement conscience! Comment faire? Je dois essayer de gagner son amitié; demain, je saisirai la première occasion de le mettre à son aise par de bonnes paroles. »

Rose s'endormait sur ces résolutions, et, le lendemain, elle n'en exécutait aucune. A peine en face de Georges, sa timidité de biche prenait le dessus ; elle était saisie de cette espèce d'effroi indéfinissable dont se trouble l'esprit toute fille naïve et chaste, seule en présence d'un homme. Elle restait devant lui, craintive, embarrassée, ne trouvant plus les phrases qu'elle avait préparées; elle balbutiait alors quelques paroles pour l'acquit de sa conscience, et rentrait chez elle, mécontente de n'avoir pas osé davantage, et se promettant, pour le lendemain, un courage qui lui faisait toujours défaut.

Quinze jours, nous l'avons dit, s'écoulèrent, prolongeant sans la modifier cette situation anormale. Georges ne paraissait pas en souffrir; il vivait à Belbousquet comme il avait vécu à La Pinède, c'est-à-dire le moins possible dans la maison. Que se passait-il dans son esprit? Rose s'efforçait en vain de le deviner. Vers la fin de la seconde semaine, son cœur gonflé d'inquiétudes, de rêveries douloureuses, de prévisions funestes, déborda tout à coup dans une lettre adressée à sa tante Médé.

« Hélas! hélas! ma bonne tante! lui disait-elle, tout est ici au pire pour moi : la vie qu'on m'a faite est encore plus triste, plus morne, plus noire que je ne l'ai redoutée. D'après tout ce qu'on disait de lui, j'étais préparée à trouver dans mon mari un être faible, maladif, insouciant et fantasque; vos bons conseils m'avaient prévenue que j'aurais à jouer près de ce quasi-enfant, tantôt le rôle d'une garde-malade attentive, tantôt celui d'une surveillante affectueuse. Si sombre et si extraordinaire que fût cette destinée, vous m'aviez appris à y chercher quelque douceur; j'espérais pouvoir arriver, à force de soins, de patience, d'indulgence et de douce pitié, à occuper une grande place dans cette vie si solitaire jusque-là; je voulais lui devenir utile, précieuse, indispensable, et obtenir de son cœur de l'affection dans la limite où il peut l'éprouver; la reconnaissance du pauvre *fada* m'eût encouragée, consolée, attachée à lui. Je commence à croire tout cela impossible. Ce qui se passe ici n'est pas ce que nous soupçonnions. Je vis près d'un être morose, silencieux, impassible, glacial, qui, loin d'avoir le sentiment de son infériorité, s'enferme dans une sauvagerie hostile. Il ne me regarde pas comme sa femme, ni même comme quelqu'un; il a l'air de me tolérer, et par moments ma présence semble lui déplaire au point qu'il met une certaine affectation à la fuir. Les premiers jours j'ai cru à de la timidité, ensuite je me suis accusée de maladresse; maintenant je vois que je suis en face d'une antipathie. Mais pourquoi m'a-t-il épousée, alors? Aurait-il cédé comme moi devant l'autorité? Cette pensée me fait frémir! cette chaîne qui nous lie nous est donc odieuse à tous deux! Oh! ma tante, et dire qu'on ne pourra jamais la rompre! Comprenez-vous ce qu'il y a là d'horrible? Ne me taxez pas d'exagération. Si vous pouviez voir par vos yeux, vous seriez convaincue comme moi. Ma résignation se fond tous les jours en présence du malheur inexorable que je sens peser sur moi. Ma tante, ma bien chère tante, il doit y avoir quelque chose à faire ; je m'adresse à votre tendresse, à votre sagesse, et aussi à votre pitié, pour venir à mon aide. Ne pourrait-on tenter de tirer de lui une explication ? Une personne telle que vous lui imposera ; moi seule je n'oserai jamais : il me fait l'effet d'un fou tranquille, et me regarde parfois d'une façon qui me fait peur.

« Ne dites rien de cette lettre à ma mère, et venez, ma tante, je n'ai d'espoir qu'en vous ! »

Le lendemain du jour où elle écrivit cette lettre, Rose était à une fenêtre de Belbousquet, pensive, inquiète, regardant la route par-dessus le mur, pour voir si elle n'apercevrait pas Blanquette et la carriole de sa tante Médé. Les heures s'écoulèrent, la tante ne vint pas. Rose pensa qu'on allait l'abandonner à sa triste situation, et cette pensée, s'ajoutant à beaucoup de réflexions amères, amena dans ses yeux des larmes qui tombèrent goutte à goutte sur ses deux mains croisées sur l'appui de la fenêtre.

A la voir ainsi, on n'eût déjà plus reconnu la Rose éclatante de La Ciotat. Sa jolie figure ronde s'était allongée ; ses yeux, naguère si brillants et si gais, semblaient voilés et agrandis : un cercle bleuâtre, encore imperceptible, se formait alentour ; sa taille rondelette amincie, ses bras d'enfant amaigris, tout témoignait en elle de ses nuits sans sommeil et de ses jours sans bonheur.

Rose resta longtemps plongée dans sa douloureuse méditation ; elle en fut brusquement tirée par les aboiements bruyants de Wasp, le chien de chasse de Georges ; elle crut qu'ils lui annonçaient l'arrivée de sa tante, et regarda vivement du côté de la route : Mlle Médé ne s'y montrait pas, mais ce qu'elle y vit attira son attention. Benoîte, la chevrière, la tête chargée d'herbes, était arrêtée à quelque distance de la porte du jardin ; elle appelait vainement ses chèvres, qui épouvantées de la présence et des cris de Wasp, bondissaient dans toutes les directions, sans vouloir l'écouter. L'enfant, posant son paquet d'herbes à terre, courut alors après chacune de ses bêtes, et les ayant rattrapées et contenues à grand'peine, elle les fit rentrer à l'étable, et revint chercher son herbe; mais les efforts qu'elle avait faits pour renfermer son petit troupeau se trouvaient avoir dépassé la mesure de ses forces, et quand elle voulut replacer sur sa tête la montagne d'herbage qu'elle portait si facilement un quart d'heure auparavant, elle n'eut pas la force de la soutenir, et deux fois l'énorme masse verte retomba sur le sol avant d'atteindre à la hauteur de sa tête. Georges arrivait en ce moment; témoin de l'embarras de la petite fille, il l'aida à remettre sa charge en place, et tout en revenant à petits pas près de la chevrière, il lui adressa quelques paroles. L'enfant lui répondit, et une conversation s'engagea entre eux. Rose les regardait de loin sans pouvoir entendre aucune de leurs paroles; elle fut très-étonnée de voir l'entretien se prolonger : car, lorsqu'on fut dans le jardin, le groupe s'arrêta, la petite s'adossa à un arbre, Georges s'appuya sur son fusil avec une attitude d'auditeur, et sembla écouter avec intérêt les bavardages de la chevrière. Tandis qu'elle parlait, il lui sourit avec bonté, et ce sourire, passant sur son visage pâle et souffrant, resplendit comme un rayon de soleil dans un paysage sombre. Rose fut frappée de l'expression que ce sourire prêtait à sa physionomie. Elle n'avait jamais regardé Georges attentivement avant ce moment, où elle était sûre de pouvoir l'observer à son aise sans être vue. Elle se prit donc à le regarder, et remarqua pour la première fois ses traits fins et réguliers, ses belles mains et sa taille pleine d'élégance. « Si c'était un homme comme un autre, se dit-elle, il serait presque beau. »

Tandis qu'elle faisait ses observations, Thérézon entrait dans sa chambre.

« Zon, que fait donc M. de Védelle, là-bas, avec Benoîte? lui demanda-t-elle assez vivement.

— Ah! le v'là encore avec Benoîte? fit Zon.

— Comment encore? reprit Rose.

— Oui, madame; monsieur, qui ne desserre pas les dents ici, honore souvent Benoîte de sa conversation.

— C'est singulier! En effet, voilà près d'un quart d'heure qu'il est arrêté avec elle; que peuvent-ils se dire? T'en doutes-tu, bonne Zon?

— Ah bah! c'est deux sauvages ensemble; il sont bien faits pour s'entendre, répondit Zon d'un ton mécontent; faut bien être je ne sais comment (elle le savait fort bien; elle eût pu le dire et n'osa pas aller jusque-là!) pour s'amuser à écouter cette petite, qu'est quasiment comme folle, qui passe sa vie à chercher des plantes et à lire dedans, comme elle dit. On n'a jamais vu une cervelle comme celle-là, pleine d'un tas d'idées qui n'ont ni queues ni têtes, qu'elle se chante à elle toute seule, et avec ça farouche et entêtée, faut voir! Faut bien être son pareil pour l'avoir apprivoisée! »

Thérézon allait probablement débrider sa mauvaise humeur et exprimer tout ce qui grondait en elle contre les bizarreries de la conduite de Georges de Védelle; mais Rose lui jeta un regard sévère et arrêta ainsi ses doléances dans son gosier.

« Zon, c'est bien, dit-elle; M. de Védelle fait ce qui lui convient.

— Si ça convient aussi à madame, alors c'est bien! » Et Zon leva au ciel un regard désespéré, comme pour le prendre à témoin des choses inouïes qui se passaient à Belbousquet.

Rose n'y fit pas attention.

« Cette caisse de livres qu'on attendait de Paris est-elle arrivée? demanda-t-elle pour changer la conversation.

— Madame ne le sait pas? Elle est ici depuis hier. Ce matin, au petit jour, monsieur en a déjà déballé une partie.

— Je l'ignorais.

— Madame ne s'est peut-être pas aperçue que monsieur s'est levé si matin? » reprit-elle.

Zon avait en elle la résolution bien arrêtée d'amener Rose à un sujet de conversation assez délicat.

« Comment m'en serais-je aperçue ? dit Rose, je ne me lève qu'à neuf heures.

— Ah! c'est que je pensais que monsieur avait peut-être pu faire du bruit et réveiller madame.

— M. de Védelle marche toujours si doucement en passant devant ma porte le matin, reprit naïvement Rose, que je l'entends rarement. Ce matin, il ne m'a pas éveillée du tout ; j'étais fatiguée, j'avais mal dormi la nuit, j'ai eu vers le matin un sommeil d'accablement.

— Je crois bien ; madame n'a guère ici de quoi se bien porter ni se réjouir, grommela l'incorrigible Zon.

— L'air de la montagne passe pourtant pour excellent, répondit Rose, feignant de ne pas comprendre.

— L'air ! l'air ! il s'agit bien de l'air ! commença Thérézon.

— Pour le moment, il s'agit de ton dîner, répondit Rose pour interrompre les insinuations de Zon ; va le surveiller, voici monsieur qui rentre. »

Zon comprit qu'on lui imposait silence, et descendit à sa cuisine. Elle ne put toutefois s'empêcher d'épancher son mécontentement dans le sein du vieux Simon. Elle lui avait déjà fait part de beaucoup de choses. Le vieux Simon possédait la qualité suprême du confident, celle qui équivaut à la patience et à la discrétion : il était sourd comme un tapis ; mais il suppléait à ce que ses réponses auraient pu avoir parfois d'insolite par des jeux de physionomie exprimant l'attention et l'approbation ; quant à son attention et à son approbation véritables, il les réservait pour une soupe à l'ail, à l'huile et aux œufs, qu'il venait chaque soir confectionner sur un coin du fourneau de Thérézon, et qui, représentant son souper, avait une valeur de premier ordre à ses yeux.

Le moment était venu où Zon, excitée par la réserve même de sa jeune maîtresse, ne devait plus mettre de bornes à son indignation. Elle fulmina un réquisitoire en règle contre la conduite de Georges.

« Du reste, mes soupçons sont éclaircis, dit-elle à Simon tout en faisant sauter un lapereau dans la poêle ; je sais à quoi m'en tenir complétement, et je ferai part à Mme Lescalle de mes observations ; elle saura comment on vit ici. Imagine-t-on jamais rien de pareil ? continuait-elle en secouant sa poêle avec une agitation croissante ; épouser la plus jolie fille du pays et la traiter ainsi ! Et ça, un rien du tout, un *fada* ! Mais ça ne doit pas être bon, ce mariage-là, et j'ai mon idée qu'on peut le faire casser ; on nous rendra mamzelle, et elle épousera un mari qu'on n'aura pas besoin de venir cacher à Belbousquet, dans des endroits perdus, quoi ! Oui, je vous le dis, Simon, tout cela finira ; je me charge de faire ouvrir les yeux à Mme Lescalle, et j'irai pas plus tard que demain à La Ciotat pour cela. »

Simon continua à approuver silencieusement. Thérézon manqua une bouille-abaisse pour la première fois de sa vie ; mais elle s'en consola en pensant qu'elle était l'arbitre de la situation.

Le dîner servi, Rose descendit à la salle à manger. Georges y entra peu après, et posa sur une console sa gibecière, qui paraissait assez bien garnie.

« Vous avez fait bonne chasse, il me semble, dit Rose en s'efforçant de prendre un air riant.

— Non, au contraire, je n'ai rien tué.

— A quel point il a horreur de me parler ! pensa la pauvre femme ; il me fait un mensonge évident afin de rompre à tout prix la conversation. »

Pendant tout le dîner, elle n'adressa plus la parole à Georges ; elle eut même une véritable mauvaise humeur. Cette fois, elle était blessée, et le laissait voir. Elle fut tour à tour boudeuse et irritée, trouva le dîner mauvais, gronda Zon, parla haut et ne mangea presque pas, sans que son tranquille vis-à-vis parût s'en apercevoir.

Avant la fin du dîner, elle se leva.

« J'ai un violent mal de tête, dit-elle; veuillez m'excuser si je rentre sitôt chez moi. »

Cette plainte arracha Georges à sa rêverie; il eut l'air d'un homme qui sort d'un songe.

« Êtes-vous souffrante, Rose? dit-il avec douceur.

— Rien, fit Rose, un peu de malaise, d'ennui, ajouta-t-elle; j'ai le projet d'aller demain voir ma tante Médé : cela me distraira.

— Vous ferez à merveille; un peu d'exercice vous sera certainement salutaire; vous n'en prenez pas assez, peut-être? »

Il y eut un moment de silence, puis Georges reprit avec un certain embarras :

« J'irai moi-même à Marseille chercher des appeaux dont j'ai besoin pour établir ici une chasse au poste. Je resterai peut-être absent trois ou quatre jours.

— Vous irez à Marseille, comme cela, tout seul? Mais.... c'est qu'il me semble.... c'est bien loin.... et seul....

— Ne suis-je donc pas assez grand pour me conduire? me prenez-vous pour un enfant? »

Rose fut sur le point de renouveler ses objections; elle s'arrêta; elle n'osa montrer les inquiétudes qu'éveillait en elle ce projet; elle eut peur, en s'expliquant, de montrer trop clairement à Georges le fond de sa pensée; il lui parut préférable de tourner la difficulté, quitte à agir de façon à entraver les résolutions de son mari.

« Vous êtes libre d'aller à Marseille, dit-elle après un silence causé par ses réflexions; mais il me paraît convenable d'en avertir votre famille.

— Non! au contraire, fit vivement Georges; je tiens beaucoup à faire ce petit voyage sans prévenir mes parents.

— Cependant ils peuvent trouver étrange....

— N'importe, interrompit Georges, n'importe, n'en dites rien; on voudrait sans doute s'opposer à cette absence, et il faut que j'aille à Marseille. Rose, reprit-il d'un ton presque suppliant, ne dites rien, promettez-le-moi, rien à ma mère surtout, c'est important. »

Rose sourit tristement en le voyant si ému à la pensée qu'on pourrait contrarier son caprice d'aller lui-même choisir des objets sans importance, que le voiturier Casimir aurait pu lui acheter, comme il le faisait souvent pour les chasseurs du pays.

« Je ne parlerai de rien à La Pinède, je vous le promets. »

Il y avait dans son accent une condescendance un peu ironique.

« Vrai? dit Georges en la regardant fixement avec défiance.

— Vrai! » répondit Rose plus sérieusement.

Georges interrogea encore ses yeux, et les trouvant calmes et sincères :

« Merci, merci, » dit-il.

Rose venait de se décider en un instant à lui tenir parole sans le livrer aux hasards d'une excursion inquiétante ; elle venait de se résoudre à l'accompagner.

« Quel mélange de sauvagerie et d'enfantillage ! pensait-elle en rentrant chez elle ; il vient de me supplier comme un enfant prie sa bonne, il traite en affaire grave cette emplette de joujoux de chasse, il craint son père comme s'il avait dix ans. Par moments, c'est bien l'enfant faible et fantasque que nous dépeignait ma tante Médé; mais aussi d'autres fois c'est un être glacial et volontaire dont j'ai presque peur.

« Mon Dieu! dit-elle, en faisant sa prière; mon Dieu! à quel homme m'a-t-on unie ? Quel est le vrai de cette nature étrange? les ténèbres remplissent-elles cette âme, et jusqu'à quel point? Faut-il tenter de se faire comprendre, faut-il vouloir me faire obéir? Mon Dieu! je flotte indécise et tremblante au milieu des doutes, éclairez-moi : ce n'est pas la volonté qui me manque, c'est la lumière; montrez-moi la route de mon devoir, je la suivrai. »

Après une longue et fervente prière, elle s'endormit de ce sommeil si calme qui suit les bonnes résolutions.

CHAPITRE XV.

Un voisin.

Le lendemain, le soleil, le beau et chaud soleil de juin, entrait à pleins rayons dans la chambre de Rose lorsqu'elle se réveilla. Les oiseaux chantaient à gorge déployée dans le petit bois ; l'odeur de la clématite et du jasmin d'Espagne embaumait l'air : c'était une de ces matinées où tout est harmonie et parfums. La jeune femme ne donna aucune attention à cette fête de la nature si magnifiquement ordonnée par le soleil. Elle se leva à la hâte, passa un peignoir, releva ses beaux cheveux sans même se regarder dans une glace, et sortit de sa chambre toute préoccupée de ce qu'elle allait dire à son mari. Elle s'était résolue à essayer d'abord de le détourner par la douceur de son projet de voyage, et, si ce moyen ne réussissait pas, à l'accompagner, quoique la perspective de se trouver seule avec lui au milieu d'une grande ville, où elle ne connaissait personne, l'épouvantât un peu. Cependant, la voix intime lui criant : « C'est ton devoir ! » elle était décidée à l'écouter. Elle alla frapper à la porte de Georges. Personne ne répondit.

« Il dort, » se dit-elle.

Elle toucha la clef pour entrer ; mais, à la pensée de se trouver en face de ce jeune homme, tandis qu'il était couché, elle s'arrêta.

Elle fit un pas dans le corridor pour s'en retourner.

« Après tout, c'est mon mari, pensa-t-elle, et maman m'a dit que rien n'est inconvenant avec lui. »

Elle revint sur ses pas, tourna la clef et entra.

La chambre était vide.

Ce que Rose venait de faire lui avait beaucoup coûté : aussi, en ne voyant personne, son premier mouvement fut-il une espèce de soulagement joyeux. Son second mouvement fut de la surprise.

« Où est-il? » se demanda-t-elle.

Le vieux Simon entrait en ce moment dans la maison, apportant les légumes de la journée; le bruit de ses souliers ferrés sur les dalles de la terrasse parvint aux oreilles de la jeune femme.

« Simon, où est M. de Védelle? » dit-elle par la fenêtre.

Simon la salua sans répondre; il n'avait pas compris l'interrogation.

« Simon, cria-t-elle de toute la force de son impatience, je vous demande où est M. de Védelle? »

Simon entendit.

« Ah! monsieur le baron? dit-il.

— Oui.

— Mais monsieur est parti ce matin à cinq heures par la première voiture. J'ai porté sa valise jusqu'à la grande route, où il a attendu le passage de Casimir. Monsieur m'a dit que madame savait bien qu'il partait.

— Sans doute, sans doute, reprit Rose, inquiète et mécontente de cette nouvelle; mais j'ignorais qu'il dût partir si matin. »

Elle remonta chez elle et s'assit, la tête dans ses mains, ne sachant à quoi se résoudre. Avertir la famille de Védelle, c'était s'exposer à être prise en antipathie par Georges et compromettre l'avenir de son influence sur lui; le laisser seul à Marseille pouvait être très-dangereux; aller le rejoindre semblait le meilleur parti à prendre. Oui, mais comment le retrouver? à qui s'adresser? Pourrait-elle, si jeune, si inexpérimentée, se diriger dans cette grande ville?

Toutes les faces de la situation se présentèrent tour à tour à l'esprit de Rose, et son indécision fut longue. Enfin, elle s'arrêta à l'idée d'aller rejoindre son mari à Marseille.

« J'irai, se dit-elle, et, si je ne parviens pas à le retrouver, alors seulement j'avertirai ma famille et la sienne. »

Elle sonna Thérézon.

« Une robe, dit-elle résolûment; puis va faire préparer deux mulets qui nous conduiront jusqu'à Cassis. »

La vieille camériste ouvrit des yeux effarés.

« A Cassis! madame va à Cassis?

— A Cassis d'abord, pour y prendre une voiture pour Marseille; je vais à Marseille. Tu vas te préparer, je t'emmène.

— Sans prévenir Mme Lescalle?

— J'écrirai à ma mère; toi, ne dis pas un mot de ce départ: je vais retrouver mon mari.

— Son mari! murmura Thérézon; en voilà un joli mari!

— Tu dis? demanda Rose.

— Rien, madame, rien. Madame va retrouver son mari. »

Et Thérézon prononça ce mot avec une magnifique expression de dédain qui échappa complétement à la jeune femme.

« Écoute donc! dit Rose tout à coup; n'entends-tu pas?

— On dirait le pas d'un cheval, madame. »

Le pas d'un cheval mené vivement retentissait en effet sur les cailloux de la route. Peu après, une main vigoureuse agita la cloche de la grille d'entrée.

Le cœur de Rose battit sous une émotion presque joyeuse.

« Voilà Georges! dit-elle; il revient, Dieu soit loué! »

Elle descendit l'escalier en courant, se précipita dans le jardin et se trouva en face d'Artémon Richer. Elle poussa une exclamation de surprise et s'arrêta tout essoufflée sans trouver un mot à dire.

Artémon préparait sa phrase d'introduction; l'étonnement de Rose lui donna le temps de la trouver et de contempler la jeune femme sous un aspect tout nouveau pour lui. Il n'avait jamais vu Rose à La Ciotat que corsée, pincée, coiffée, tirée à quatre épingles, comme on dit, tenue de rigueur des filles à marier ; et elle lui apparaissait tout à coup bien différente, parée de tout cet attrait que le négligé ajoute à la beauté dans sa fleur.

Elle portait encore le peignoir dont elle s'était vêtue le matin pour aller parler à Georges ; ses beaux cheveux blonds, négligemment relevés, retombaient en boucles libres et abondantes autour de son visage ; elle avait les bras nus, le cou découvert, et une rougeur produite par l'embarras de sa rencontre avec ce visiteur inattendu rendait à ses joues leur éclat accoutumé.

Artémon la trouva plus ravissante que jamais, et son regard exprima sa pensée si vivement, que Mme de Védelle recula de deux pas après s'être avancée vers lui.

« Vous excuserez, n'est-ce pas, madame, cette visite un peu matinale ? dit Artémon ; c'est la visite d'un voisin.

— Un voisin ! vraiment, monsieur ? balbutia Rose.

— Un nouveau voisin, madame ; je suis venu chasser dans le canton, et j'habite momentanément la maison du garde de mon père, à une petite demi-lieue d'ici.

— Quoi ! cette maison si délabrée qui est au bas de la colline ?

— Précisément.

— Mais vous devez y être fort mal ? monsieur Artémon.

— J'y resterai pourtant le plus longtemps possible.

— Je ne vous connaissais pas un si grand amour pour la chasse.

— Ni moi non plus, madame ; il faut croire que cette passion-là m'a poussé depuis votre départ de La Ciotat. »

Artémon crut avoir dit quelque chose de très-fin, et se mit à sourire d'un air d'intelligence.

Rose comprit l'intention du jeune homme et se sentit mal à l'aise.

« M. de Védelle aime aussi beaucoup la chasse, dit-elle pour changer le tour de la conversation.

— Bah ! A propos de M. de Védelle, fit Artémon avec une

légèreté une peu dédaigneuse, il convient que j'aille le saluer, je pense.

— C'est impossible en ce moment, monsieur; il est absent. »

Le visage d'Artémon resplendit.

« Absent, dit-il, pour longtemps? »

La prudence souffla à Rose un mensonge.

« Il est dans le voisinage, répondit-elle, et va rentrer, j'espère, assez à temps pour vous recevoir. Donnez-moi donc un peu des nouvelles de votre famille, monsieur Artémon. Votre sœur Euphrasie est sortie du couvent, m'a-t-on dit; j'aurai grand plaisir à la revoir. »

Artémon accepta le terrain où il était conduit; il répondit en donnant à Rose d'amples renseignements, non-seulement sur sa sœur et sur sa famille, mais encore sur toute la société de La Ciotat, où l'on déplorait beaucoup, à son dire, le départ de Rose. Il fallait d'abord rassurer Mme de Védelle, visiblement intimidée par sa visite. Il y réussit. Peu à peu, et tout en faisant parler les autres, il sut mêler à ses récits des allusions à la situation du jeune ménage, et osa, grâce à cet artifice, faire entendre à Rose beaucoup de choses sur son mari. Il lui affirma qu'elle était devenue l'objet de l'intérêt de la ville entière.

Plus tendre que vaniteuse, Rose ne se sentit pas blessée de l'expression de cette sympathie basée sur son malheur. Son cœur, resserré par la solitude et la contrainte, se dilata à la pensée d'être plainte et comprise. Elle regarda Artémon sous un nouveau jour; il lui fit l'effet d'un ami; c'était déjà au moins un confident : elle le laissa parler.

Tout en continuant, Artémon plaçait dans ses discours les louanges les plus enthousiastes à l'adresse de Mme de Védelle, et ce verbiage, que Rose eût écouté un mois plus tôt avec froideur et dédain, arrivait à l'impressionner favorablement. Cette admiration si vivement sentie la réconciliait avec elle-même; la chaleur d'Artémon la vengeait de la froideur de Georges. Ces pensées, dont le jeune homme ne pouvait pénétrer le mystère, donnèrent à l'attitude de Rose une complaisance dont il s'empressa d'abuser. Il se mit à peindre ses regrets, son chagrin, et laissa même percer quelque chose de son espoir; ses intentions, claires pour tout autre, restaient incomprises pour l'innocente Rose. Elle s'étonna de trouver si affectueux un homme qu'elle supposait plein de dépit, et eut la naïveté de lui savoir gré de ses sentiments.

Cette contenance bienveillante ne pouvait manquer d'enhardir le don Juan de La Ciotat; son éloquence s'accrut quand il entrevit la possibilité d'un succès peut-être prochain.

La sympathie mutuelle va bien vite entre un homme de trente ans fort habile et une jeune fille de seize ans complétement ignorante, surtout quand, favorisée par l'atmosphère enivrante d'un beau jour de printemps, elle peut se développer dans de longues heures de solitude. Rose se sentait envahie par une émotion inconnue. Tout en causant, Artémon prit sa main par un geste doux et fraternel; elle ne la retira pas. De quoi Rose se fût-elle méfiée? l'ignorance du danger le lui faisait braver. Artémon, étonné et ébloui d'un résultat si prompt, arrivait à cet état où les hommes comme lui ne connaissent plus que la volonté de leur passion du moment. L'occasion lui parut merveilleuse, on n'en pouvait rêver une plus belle : il était là, seul avec une femme ardemment désirée, dans ce petit salon frais et clos, assis sur un de ces larges divans que les habitudes provençales ont empruntés aux usages de l'Orient; il la voyait devant lui, muette et oppressée, ne lui répondant plus et se débattant sous cette ivresse nouvelle dont elle ne pouvait comprendre la cause. Quand on en est là, le silence sert mieux que les paroles; Artémon le savait, il se tut : seulement il resta à regarder Rose avec des yeux ardents, et voyait ses joues s'empourprer sous ce regard qu'elle sentait, quoiqu'elle eût les paupières baissées.

Il y eut un long silence pendant lequel on eût entendu battre ces deux cœurs si différemment émus.

« Que vous êtes belle ainsi ! » dit enfin Artémon d'une voix presque tremblante.

Rose ne répondit pas et fit un mouvement pour se lever. Alors il enlaça sa taille d'un de ses bras robustes, et la rapprocha de lui d'une façon brusque et passionnée. Rose crut qu'elle allait s'évanouir ; elle ouvrit la bouche pour appeler : sa voix mourut dans un son étouffé et inintelligible, et Artémon, resserrant son étreinte, la rapprocha encore de lui.

A ce moment, des pas retentirent dans le vestibule ; M. Richer effleura de ses lèvres le cou charmant qui s'était baissé sur sa poitrine, reposa Rose sur le divan et prit devant elle une tenue respectueuse. Quand le bouton de la porte tourna, Artémon le victorieux eut un léger frisson en songeant au visage pâle de Georges de Védelle. Le jour allait finir ; le mari de Rose rentrait sans doute pour dîner.

M. Richer reprit tout son sang-froid en apercevant la cornette blanche de Thérézon ; jamais le visage de la vieille camériste ne lui avait fait un pareil plaisir.

« J'arrive des Capucins, madame, dit celle-ci en entrant sans façon ; madame votre tante fait la lessive demain ; elle viendra ces jours-ci vous voir ; elle m'a chargée.... Tiens, monsieur Artémon, vous voilà encore là ? fit-elle en s'interrompant d'un air de bonne humeur ; monsieur dîne donc ici ?

— Non, non, dit Rose vivement.

— Impossible, » murmura Artémon.

Le refus l'arrangeait ; il désirait éviter Georges.

« Je vais même prendre congé de vous, madame, ajouta-t-il.

— Vous ferez bien de vous dépêcher alors, monsieur Artémon, reprit Thérézon en montrant le ciel ; car voilà là-bas une lourde nuée qui va nous donner une averse au coucher du soleil.

— Je vous offre mes hommages, madame, » dit le jeune

homme à Rose en s'approchant d'elle ; puis il ajouta à voix basse en la regardant de façon singulière : « A demain. »

Rose n'eut que la force de le saluer de la tête.

Il sortit d'un pas triomphant et sauta sur le dos de son cheval avec tant d'aisance et de hardiesse, que Thérézon, restée près de la fenêtre, ne put s'empêcher de dire : « Un beau grand garçon, tout de même ! »

Rose songeait, la tête appuyée sur un coussin ; elle ne voyait plus clair en elle-même.

CHAPITRE XVI.

Inquiétudes.

Rose resta jusqu'à la nuit ensevelie dans des pensées tumultueuses. Quand Thérézon apporta les lumières, en la pressant de venir dîner, elle alla machinalement se mettre à table, et dîna sans savoir ce qu'elle mangeait. Sa vie intérieure l'absorbait.

« Madame n'a pas l'air contente, dit Thérézon ; est-ce que c'est l'absence de monsieur qui la tourmente ? »

Rose tressaillit.

« Oui, oui, dit-elle, en effet, cette absence m'inquiète.... Pauvre Georges ! pensa-t-elle, comme je l'ai oublié ! »

Et elle éprouva pour la première fois ce malaise de la conscience qui s'appelle le remords.

« Madame va-t-elle toujours à Marseille retrouver monsieur ? demanda Thérézon.

— Sans doute, sans doute. Nous partirons demain de bonne heure. Au fait, pourquoi les mulets ne sont-ils pas venus nous prendre aujourd'hui ?

— Dame ! il y avait foire à Céreste, madame, et Dominique

n'aurait eu garde d'y manquer; mais si madame veut, il sera à ses ordres demain. C'est même parce que j'ai vu que nous ne pourrions pas partir aujourd'hui que j'ai donné un coup de pied jusqu'aux Capucins, où Misé Médé faisait couler une lessive, oh! une fameuse lessive; on aurait dit celle d'un hôpital. Figurez-vous, madame, qu'elle s'est mise à couler le linge de tous ses voisins pauvres, parce que....

— Chère tante! elle est si bonne! interrompit Rose distraitement. Tu dis qu'on aura les mulets demain? C'est bien. Éveille-moi dès qu'ils seront arrivés.

— Mais, madame, permettez; à quoi bon les mulets demain? n'avons-nous pas la voiture de Casimir? elle passe au bas de la colline à cinq heures.

— Non, je préfère ne pas me rencontrer avec des personnes de La Ciotat; nous irons par la montagne jusqu'à Cassis, et là je louerai une voiture chez l'aubergiste pour aller à Marseille. A demain, Zon, lève-toi de bonne heure.

— Madame ne veut pas que je monte avec elle?

— Non, non, c'est inutile. Tu vois bien, j'ai encore mon peignoir du matin.

— Au fait, M. Artémon est resté si longtemps! madame n'a pas eu le temps de s'habiller. »

La remarque de Thérézon embarrassa Rose comme un reproche. Elle se hâta de sortir. Quand elle fut seule, elle se trouva dans une grande lassitude de corps et d'esprit; la pensée d'Artémon l'obsédait. Elle voulut en vain trouver le sommeil. Les moindres incidents de cette journée, toutes les paroles d'Artémon revenaient sans cesse à sa mémoire avec la lucidité que la fièvre donne aux idées fixes. Au bout de quelques heures, ce qu'elle éprouvait l'effrayait plus que ce qui s'était passé.

« C'est inconcevable, se répéta-t-elle avec stupeur; un homme dont le caractère, l'esprit, les manières même m'ont déplu de tout temps, l'aimerais-je? Qu'est ce trouble extraordinaire dont j'ai été saisie en sa présence, sinon de l'amour? Dieu! mon Dieu! s'écria-t-elle dans un moment de désespoir, vous m'accablez! N'était-ce pas assez d'avoir un mari qui ne pourra jamais m'inspirer de l'amour? faut-il encore que j'en éprouve pour un autre homme! »

Son cœur se gonfla à se briser.

Elle pleura le reste de la nuit.

Peu à peu tout s'apaisa en elle. Ce paroxysme ne pouvait durer. Rose était une de ces âmes pures et constantes dans le bien, qui, assaillies par un orage inattendu, peuvent dévier de leur route, mais la retrouvent bien vite quand la tourmente est passée. Ces consciences-là sont comme le ciel; la sérénité est leur état naturel, les nuages sont des accidents.

Quand elle se leva de grand matin, le calme était rentré dans ses résolutions, sinon dans son cœur. Le voyage à Marseille lui paraissait encore plus nécessaire que la veille : il ne s'agissait plus seulement de soustraire Georges à tout danger, mais de se sauver elle-même. Les grelots des mulets qui la venaient chercher lui parurent les voix argentines d'esprits sympathiques et protecteurs qui l'appelaient hors de cette maison, où elle avait déjà tant souffert. Elle descendit d'un pas rapide et eut à peine, en traversant le salon, un léger étourdissement, écho des émotions de la veille.

Les mulets couverts de belles housses bariolées, couronnés de houppes de laine rouge, attendaient devant la terrasse, gardés par leur conducteur Dominique, espèce de grand diable tanné, bruni, roussi au soleil comme un gitano de Decamps, et beau cependant, beau de vigueur et d'expression.

Rose le connaissait depuis son enfance et le traitait avec une bonté familière. Sa mine de bandit ne l'effrayait pas ; elle la voyait depuis si longtemps qu'elle ne l'avait jamais regardée.

« Vite, Dominique, dit-elle en l'abordant; il faut que je sois à Marseille avant le dîner.

— Vous serez à Cassis dans trois heures, madame, c'est tout ce que je puis vous promettre.

— Tu vas donc nous conduire à pied, toi!

— Ne vous inquiétez pas, madame, mes jambes valent celles de mes bêtes, peut-être même valent-elles mieux.

— C'est bien. Alors, aide-moi. »

Dominique enleva la jeune femme comme il eût fait d'un enfant, et la plaça sur un des mulets en prenant grand soin qu'elle s'y accommodât le mieux possible. Un peintre eût trouvé le plus piquant effet dans le rapprochement de cette tête d'homme aux lignes anguleuses, aux tons chauds et dorés, avec ce visage de femme, si fin de traits, si délicat de coloris, qu'il n'aurait pu être bien rendu que par le pastel. Ce fut un de ces contrastes comme la nature en offre sans cesse, et qui trouvent si rarement un grand artiste pour les admirer et les exprimer. Il n'y avait là personne pour admirer ce groupe; le soleil seul le caressa d'un rayon oblique qui l'embellit encore. Si l'on eût fait ce charmant tableau, rien n'y eût manqué, pas même les accessoires pittoresques représentés par les mulets, ni le repoussoir recherché des maîtres habiles. Sur le second plan, on eût placé le vieux Simon, transformé en écuyer de Thérézon et s'efforçant de la hisser sur sa bête : leur groupe eût fait ressortir l'autre.

A peine assurée sur sa selle, Rose donna résolûment de la houssine à son mulet, qui l'emporta à travers l'avenue en secouant joyeusement ses grappes de grelots. Thérézon, effrayée de cette allure allègre, suivait comme elle pouvait, non sans invoquer à haute voix la *bonne mère* et les saints du paradis, afin qu'ils eussent à veiller sur ses os, fort en péril à son idée. La petite caravane allait quitter le chemin de Belbousquet pour prendre à travers les sentiers de la montagne, quand une manière de paysan arrêta tout à coup le mulet de Rose.

« Madame de Védelle, je crois? dit-il.

— Oui: que me voulez-vous?

— Je suis le facteur rural, madame; je vais à Belbousquet: mais puisque je vous rencontre, je vais vous remettre....

— Vous avez une lettre pour moi?

— La voici, madame; c'est de Marseille, quatre sous. »

Rose prit d'une main tremblante la lettre que lui présentait le paysan. Elle courut à la signature. Elle fut sur le point de jeter un cri de surprise en lisant le nom de Césaire de Croix-fonds.

« Qu'est-ce que cela signifie? » murmura-t-elle.

Voici ce que M. Césaire de Croix-fonds écrivait à Mme Rose de Védelle :

« Madame,

« Je me suis chargé de vous rassurer sur le compte de monsieur votre mari, dont l'absence va se prolonger un peu plus que vous ne le supposiez. M. de Védelle a été assez aimable pour désirer m'accompagner dans l'excursion que je vais entreprendre dans les montagnes du Dauphiné. Nous nous sommes rencontrés à l'hôtel, et nous consoliderons, en faisant ce voyage comme deux compagnons, les bonnes relations que nous avons déjà ébauchées, comme voisins, à La Pinède.

« Le mouvement et la distraction d'un voyage seront, je n'en doute pas, du meilleur effet sur la santé de M. de Védelle, un peu ébranlée, m'a-t-il dit; j'obtiendrai donc sans peine, en vous le ramenant, mon pardon pour l'avoir gardé quelques jours de plus loin de vous.

« Veuillez agréer, madame, etc. »

Le premier mot de Rose, après avoir pris connaissance de cette lettre, fut :

« Quelle dérision! croit-il pas que nous nous aimons! »

Puis elle lut et relut encore cette singulière missive, et, tournant silencieusement la bride de sa monture, elle reprit le chemin de Belbousquet.

Ce que voyant, Thérézon dit :

« N'allons-nous plus à Marseille, madame ?

— Non, cela est devenu inutile.

— A cause de cette lettre ? Elle est de monsieur, peut-être.

— Non.... Oui.... reprit Rose troublée, elle est de M. de Védelle. »

Convenir que la lettre n'était pas de Georges lui semblait un aveu humiliant.

Elle fit très-tristement la route en revenant à Belbousquet ; elle se sentait à la fois mécontente et découragée.

« Allons, tout se ligue contre moi, pensait-elle, tout, jusqu'aux caprices de ce malheureux enfant. Il est bizarre dans ses moindres actions. Le voilà parti maintenant avec ce M. de Croix-fonds, qu'il connaît à peine, sans me prévenir même par un mot. Il sait écrire pourtant. Quel procédé ! Et ce M. de Croix-fonds est aussi bien original, pour avoir choisi un pareil compagnon de voyage ! Celui-là est bien élevé, du moins ; il se croit obligé de me faire une phrase polie sur M. de Védelle. Enfin, Georges est en sûreté près de lui : c'est le principal. Oui, mais moi ?... »

Et en se posant cette question elle retomba dans toutes les anxiétés de la nuit précédente. Cet incident la rejetait dans l'imprévu, ou plutôt dans le danger trop prévu d'une seconde entrevue avec M. Artémon Richer.

En rentrant à Belbousquet, Rose se laissa tomber sur une chaise, dans la salle à manger, sous l'influence des préoccupations qui la dominaient ; ses regards, qui erraient au hasard autour d'elle, vinrent à tomber sur cette gibecière pleine, rapportée l'avant-veille par Georges.

Elle eut la curiosité d'examiner ce gibier dont son mari lui avait nié l'existence ; elle souleva la gibecière, et, la trouvant assez lourde, elle s'attendit à deux ou trois lapins. Elle aperçut deux gros volumes.

« Tiens ! des livres ! dit-elle ; il lit donc tout en chassant ! c'est étonnant. Et que peut-il lire, lui, Georges ? »

Rose regarda le dos des volumes. Sur l'un elle lut ce nom : Horace.

Sur l'autre, celui-ci :

Virgile.

Deux noms à peine connus de Rose.

Elle ouvrit les livres. Ils étaient en latin. Elle put s'en rendre compte en saisissant çà et là dans une page certains mots qu'elle rencontrait habituellement dans son livre d'heures.

« Bon ! des livres latins, dit-elle en riant, je suis bien sotte de supposer que Georges ait pu les lire ; il aura pris ces gros volumes pour faire contre-poids à quelque piége ; il a choisi ceux-là parce qu'ils sont lourds. Pauvre Georges, il n'a sûrement pas regardé en quelle langue ils sont écrits. Sans doute ces livres sont destinés à M. de Védelle, mon beau-père, dont l'envoi est joint au nôtre. »

Rose en était là de ses réflexions, quand Thérézon vint d'un air officiel lui demander la permission d'aller à la ville *pour affaires*.

La vieille camériste tenait à son projet d'instruire Mme Lescalle de l'étrange façon dont on vivait à Belbousquet.

« Tu veux aller à la ville ? lui répondit Rose. Eh bien, nous irons ensemble ; je vais aller embrasser ma mère, puis je resterai quelques jours chez ma tante, en attendant le retour de monsieur.

— Comme cela, madame ira aux Capucins au lieu d'aller à Marseille ?

— Précisément; tu comprends, je m'ennuierais ici toute seule.

— Avec ça que monsieur tient beaucoup compagnie à madame, fit Zon entre ses dents.... A propos de monsieur, reprit-elle, le vieux Simon demandait ce qu'il faut faire de cette caisse de livres arrivée de Paris. Tout le vestibule en est encombré, parce que monsieur a eu l'idée de tous les mettre sens dessus dessous pour y prendre deux volumes. »

Ces paroles de Thérézon ramenèrent Rose à son exploration de la gibecière et aux volumes écrits en latin. Elle alla vivement les chercher, et, les montrant à la bonne femme :

« Ces livres dont tu parles, sont-ce ceux-ci ?

— Tout justement, madame, deux gros, reliés en peau rouge, c'est bien ça.

— Mais s'il les a choisis, pensa Rose, il les voulait donc lire. C'est étrange.

— Monsieur a dit, continua Thérézon, qu'il ne fallait pas déballer le reste de la caisse.

— Pourquoi cela ?

— Dame, je ne sais pas, il ne donne pas souvent ses raisons, monsieur.

— Je vais examiner un peu tout cela ; viens, nous allons toujours ranger ce qui est défait dans la bibliothèque, et, quant au reste, je verrai. »

Rose se mit à l'œuvre sur-le-champ ; elle fit monter la caisse chez Georges, qui habitait à Belbousquet l'ancienne chambre de M. Lescalle, et commença à placer les volumes sur les tablettes.

Elle faisait cela machinalement, l'esprit préoccupé de ces diables de livres latins fourrés dans la gibecière de Georges. Les avait-il lus ? pouvait-on supposer que Georges sût le latin ? Et s'il le savait ? Alors tout s'obscurcissait encore pour la pauvre Rose, entièrement déroutée par cet incident.

Tout en se livrant à ce travail d'arrangement, comme elle n'y apportait qu'un soin assez médiocre, il lui arriva de laisser échapper une pile de volumes qui tombèrent épars sur le parquet ; un d'eux s'ouvrit en tombant. Rose le ramassa, et, en le prenant, y jeta les yeux.

Cette fois, ce n'était pas du latin. Elle lut la page, puis elle la tourna, puis elle s'assit sur un coin de la caisse, lisant toujours, absorbée, fascinée, pour ainsi dire, par ce livre. De temps en temps sa poitrine se gonflait sous une inexprimable émotion ; son regard parfois se voilait de larmes ; mais elle lisait toujours. Elle continua ainsi jusqu'à la fin du chapitre.

« Oh! que cela est beau! dit-elle. Qui donc écrit de cette manière-là? »

Elle regarda au dos du livre et vit ces deux noms : *Jocelyn-Lamartine.*

La pauvre enfant, dans son ignorance, ne comprit pas d'abord si Jocelyn avait écrit Lamartine ou si Lamartine était l'auteur de Jocelyn. Elle apprit seulement, en cherchant à la première page, que ce chef-d'œuvre était signé A. de Lamartine.

Elle reprit le livre avec un impatient désir d'en continuer la lecture ; mais elle s'arrêta soudain en entendant la voix sonore d'Artémon Richer retentir sous le vestibule. Son cœur battit vivement, et une seule pensée domina son émotion : « Je ne dois pas, je ne veux pas recevoir M. Richer. Ah! ce livre, pensa-t-elle en rejetant le volume loin d'elle, c'est lui qui m'a fait oublier l'heure ; sans lui je serais chez ma tante depuis longtemps. »

Instinctivement elle alla pousser le verrou de la chambre et s'apprêtait à sonner Thérézon et à faire dire qu'elle était souffrante, quand une autre voix bien connue vint la rassurer et l'engager à descendre.

« Tiens! disait la basse-taille de M. Lescalle, monsieur Artémon, vous voilà ici! et comment vous va ? »

Le mariage de sa fille accompli selon ses désirs, M. Lescalle souhaitait vivement voir cesser sa brouille avec les Richer, dont la clientèle était fort avantageuse. Il ne sut à quoi attribuer cette rencontre d'Artémon chez sa fille ; mais, en homme habile, il en profita sur-le-champ pour renouer ses relations en bons termes.

« Eh bien! continua-t-il avec bonhomie, je suis charmé de vous revoir, et surtout ici ; cela me prouve que nous serons toujours bons amis. Seulement, je suis désolé de vous voir si mal reçu, on vous laisse seul dans le vestibule ; où est donc mon gendre? où est donc Rose?

— Me voilà, mon père, dit Rose en apparaissant au haut de l'escalier ; je viens d'être prévenue de votre arrivée.

— Dépêche-toi, ma fille, dépêche-toi ; est-ce ainsi que tu es maîtresse de maison ? tu laisses tes hôtes se morfondre à attendre. Allons, tu ne sais pas encore bien ton métier, cela viendra. Eh ! mignonne, fit-il en l'embrassant sur les deux joues, comment te trouves-tu du mariage ? Tu as l'air de bien aller, un peu pâle pourtant, n'est-ce pas, monsieur Richer ?

— Je n'ai jamais vu madame plus belle qu'à présent, » répondit le jeune homme.

Rose était au supplice.

Heureusement pour elle, M. Lescalle appartenait à cette espèce de gens qui s'écoutent avec une extrême complaisance, et oublient de remarquer si on leur répond ; il arrondissait toujours ses périodes sans se préoccuper de l'inattention ou même des interruptions de ses auditeurs. Il put donc développer longuement avec Artémon les observations que sa profonde sagacité lui avait fournies sur les innombrables effets produits sur les jeunes filles par le mariage ; il raconta nombre d'anecdotes, fit quantité d'allusions qui eussent augmenté l'embarras de Rose si elle les eût comprises, et déploya un grand luxe d'amabilité pour rompre tout à fait la glace avec Artémon. Il rencontra un terrain parfaitement préparé, de sorte que la plus complète cordialité régna bientôt entre les deux hommes. De très-grandes analogies existaient du reste dans leur nature ; ils devaient s'entendre : ils appartenaient à la même race médiocre, vaniteuse et sensuelle. M. Lescalle était un vieil Artémon, le fils Richer était un jeune Lescalle ; ce que l'un était, l'autre le deviendrait. Les bourgeois de ce genre sont comme les chats : jeunes, ils ont une certaine vivacité qui cache leur nullité, une certaine vigueur de passions qui masque leur sécheresse ; et puis la jeunesse jette sa grâce sur toutes leurs vulgarités et les dissimule. Vieux, ils ne sont plus que gras, bêtes, égoïstes, d'humeur grognon, avec de rares éclairs de jovialité libertine.

Rose ne les jugeait pas ainsi : son père était le seul homme qu'elle eût entendu causer; elle ignorait si l'on causait autrement. Quant à Artémon, il lui avait paru éloquent la veille, trop éloquent même, et en ce moment la comparaison avec M. Lescalle ne pouvait que lui être favorable. Tout en prenant peu de part à la conversation, la jeune femme retomba un peu sous ses influences de la veille; la présence d'Artémon avait donc bien positivement un charme pour elle, mais lequel? c'est ce qu'elle se demandait avec frayeur.

Après une longue visite, le notaire songea à se retirer, et son départ entraîna tout naturellement celui d'Artémon. Le jeune Lovelace, quoique satisfait de s'être remis en bons termes avec le père de Rose, regrettait pourtant vivement la perte d'heures aussi précieuses, favorisées encore par l'absence de Georges; il espéra pourtant faire naître une occasion pour le lendemain, et hasarda quelques mots dans ce sens. Rose le comprit et dit à son père en le quittant :

« Demain, j'irai passer la journée à La Ciotat, mon père, et je vous demanderai à dîner.

— Viendras-tu avec ton mari? » demanda M. Lescalle.

Il prononçait le nom de Georges pour la première fois; il l'avait fait par calcul, voulant bien faire comprendre à Rose qu'il la regardait comme seule véritable maîtresse chez elle. On fait bien épouser à sa fille une manière d'idiot, si cela lui assure de la fortune, mais on n'exige pas qu'elle ait pour lui les égards dus à un vrai mari. Telle était la morale de M. Lescalle.

Rose répondit affirmativement à la demande de son père. Pour rien au monde elle n'eût voulu avouer devant Artémon qu'elle se trouvait seule à Belbousquet.

« Encore une journée de perdue, pensa Artémon avec humeur. C'est égal, elle a peur de moi, c'est bon signe. »

On se sépara.

CHAPITRE XVII.

Lumière.

Restée seule, Rose reprit la lecture de *Jocelyn*, poussée à la fois par le désir de se soustraire au souvenir d'Artémon et l'attrait que quelques pages de ce livre avait éveillé en elle. Cette fois, elle ne quitta le volume que bien avant dans la soirée, quand elle en eut fini la dernière page.

Elle éprouva alors une étrange sensation : son esprit lui sembla frappé de vertige, la marche ordinaire de ses idées fut bouleversée; ce langage harmonieux et magnifique, ignoré d'elle jusqu'alors, la jeta dans des étonnements infinis ; des mots bien connus et rencontrés mille fois ailleurs éveillaient là des sensations absolument nouvelles pour son cœur. Elle se sentait tremblante, émue, hors d'elle-même, comme si elle eût commis une mauvaise action, et pourtant remplie d'un enchantement sans nom. C'était l'ivresse de l'âme, surexcitée par ce qu'il y a de plus puissant sur elle : une poésie divine chantant un grand amour.

Elle relut *Jocelyn* pendant la nuit ; au jour, elle était dans la chambre de Georges ; elle ne voulait plus ranger les livres, non ; elle voulait lire, lire Lamartine surtout ; elle prit toutes ses œuvres, et son cœur sautait de joie chaque fois que ce nom radieux lui apparaissait sur un volume. Les lettres d'or qui le formaient éclataient pour elle entre toutes les autres dans les profondeurs de la caisse.

Elle oublia d'aller chez sa mère ; elle ne remarqua pas qu'Artémon ne vint pas. Une pluie abondante avait effrayé M. Richer, en lui faisant craindre la présence de Georges à Belbousquet. Rose ne fit attention à rien ; elle lisait, et sa vie semblait concentrée dans sa lecture. Elle lut une partie de la nuit ; puis, le lendemain et le surlendemain, elle ordonna à Thérézon de dire à tout le monde qu'elle était à Marseille avec son mari, et, sûre qu'on la laisserait tranquille, elle se livra à ses lectures avec passion : elle avait la fièvre de savoir.

Le voyageur dans le désert ne se précipite pas vers la fontaine bienfaisante de l'oasis avec plus d'ardeur que n'en eut cette jeune âme puisant à ces sources vives de l'intelligence.

Après Lamartine, elle lut André Chénier, puis Molière, Byron, Victor Hugo, Shakspeare, George Sand, Corneille, sans suite, sans ordre, et comme le hasard les faisait tomber sous sa main. Chose étrange ! chaque fois qu'elle faisait connaissance avec un poëte nouveau, il devenait son préféré. Elle ne savait à quelle admiration se vouer. Cependant Victor Hugo, George Sand, Lamartine, parlaient peut-être plus intimement à son cœur, et elle les quittait avec plus de regret.

Quels étonnements ne rencontra-t-elle pas dans ce voyage autour du monde des esprits ! Ne pas connaître une pièce de théâtre et lire d'emblée *Hamlet, Ruy-Blas,* le *Cid,* le *Misanthrope !* Avoir cru que poésie voulait dire Andrieux, Delille ou Florian, c'est-à-dire avoir le souvenir que laisse la leçon la plus monotone du couvent, celle où on ne peut pas changer un mot en récitant, et tout à coup comprendre *Child-Harold, Jocelyn* et les *Feuilles d'automne !* N'avoir connu d'autre roman qu'*Élisabeth* ou les *Exilés en Sibérie,* et lire sans transition *Mauprat, Valentine* et *Notre-Dame de Paris...!* c'était à avoir des éblouissements. Rose en avait.

Son âme, face à face avec tous ces génies resplendissants, éprouvait quelque chose de semblable à l'émotion d'un homme qui, élevé dans une cave, verrait le soleil pour la première fois : elle était par moments aveuglée de rayons.

En quinze jours, la caisse de livres fut complètement dévorée par Rose, hors les livres étrangers, qu'elle aurait bien voulu comprendre, devinant des trésors aussi dans ceux-là. Quand elle eut tourné la dernière page du dernier livre, elle voulut tenter de réfléchir et ne put d'abord y parvenir. Un trouble extrême régnait dans son cerveau, agité par une sorte de houle étourdissante : c'était le frémissement inexprimable et confus de trop d'idées remuées à la fois dans son jeune esprit encore vierge de tout travail.

Pendant tout un jour, elle éprouva cette prostration qui suit toutes les fièvres ; puis l'ordre se refit en elle assez pour lui donner la conscience de tout ce qu'elle avait gagné en si peu de temps. Elle eut un certain orgueil intime de sa communication avec tant de grands génies ; elle regarda en mépris sa vie passée ; elle avait atteint des sommets d'où les intelligences ne redescendent plus, et, comme tous les sommets sont protecteurs, elle regarda en dédain Artémon, et en dédain la crainte qu'il avait pu lui inspirer. L'amour, cette âme de tous les chefs-d'œuvre, s'était révélé à son esprit, sinon à son cœur, et elle savait que l'amour ne pouvait être ni ce que disait Artémon, ni ce qu'elle éprouvait pour lui.

L'absence de Georges se prolongea ; elle ne s'en inquiéta pas, et s'en réjouit presque dans sa solitude. Elle pourrait reprendre et relire avec un plus grand soin les poëtes de sa prédilection. Cette pensée l'enchantait ; cependant la première avidité calmée, elle voulut régler et, pour ainsi dire, savourer ses plaisirs. Le contenu de la caisse de livres gisait au milieu de la chambre de Georges, dans un pêle-mêle inexprimable ; Rose résolut de remettre tous les volumes en ordre, se promettant ensuite de choisir chaque jour parmi eux, suivant sa fantaisie. Elle se mit courageusement à l'ouvrage seule, sans vouloir être aidée ; elle était avare de ses livres : n'étaient-ce pas ses trésors ?

En dérangeant une table placée près de la bibliothèque, un petit paysage, œuvre de Jacques, reçut un choc et faillit se décrocher de la muraille. Rose le retint d'une main, et, tout en le retenant, elle lut au bas le nom de Jacques, et examina alors le tableau avec plus d'attention. Il représentait une vue du château de Val-Sec, ce domaine patrimonial vendu par la famille de Védelle pour faire l'acquisition de La Pinède. Rose prit le petit cadre, et, s'approchant de la fenêtre, elle regarda avec curiosité le portrait de cette habitation dont Georges avait parlé un jour devant elle avec un sentiment de regret.

Elle vit un vieil édifice massif, imposant, dégradé dans certaines parties, mais encore plein de majesté, et détachant fièrement sa silhouette au milieu du feuillage sombre des grands mélèzes qui l'entouraient de toutes parts ; l'aspect en était noble et triste, et Jacques avait bien réussi à en exprimer la beauté taciturne.

Rose ne comprit pas les regrets de Georges en regardant le Val-Sec, et les expliqua comme une conséquence de son humeur sauvage et morose ; elle allait remettre le tableau à sa place, lorsqu'en le retournant elle aperçut un dessin placé au dos du croquis de Jacques et restant ainsi toujours caché aux regards.

Cette fois, ce n'était pas le portrait d'un vieux château, mais le visage gracieux d'une jeune femme. Cette tête fière et fine, pleine d'un charme particulier, était rendue avec un naïf et rare talent.

« Quel charmant dessin, dit Rose, et pourquoi l'a-t-on caché derrière ce vilain château ? »

Tout en faisant cette réflexion, elle regardait toujours le portrait, et il lui semblait avoir déjà vu ce visage quelque part.

Tout à coup elle se souvint d'une chose : Jacques lui avait dit un jour qu'il n'avait jamais su dessiner la tête. Le portrait n'était donc pas de lui. Mais de qui alors ? Et pourquoi tenait-on ce portrait caché ? Tout cela ressemblait fort à un mystère, et l'amour seul fait garder à un homme avec mystère le portrait d'une femme. Georges serait donc amoureux : et il le serait de l'original de ce portrait ?...

Ceci devenait trop fort! de suppositions en conséquences, Rose atteignait à l'absurde. Cependant sa raison, conduite par la plus simple logique, la ramenait toujours et forcément à une étrange conclusion : Georges est amoureux. Les livres latins se trouvaient bien distancés cette fois!

En proie à une vive anxiété, poussée par un dépit féminin qui commençait à naître sous ses suppositions, Rose voulut avoir raison de ses conjectures et prit un parti très-simple, celui de fouiller consciencieusement la chambre et les papiers de son mari pour y chercher un indice nouveau.

Rose porta tout de suite ses investigations vers un grand secrétaire fermé à clef, qui lui parut avoir un extérieur mystérieux.

Le meuble ne résista pas longtemps aux pesées faites sur la serrure avec la force que donne la curiosité aidée d'un bon ciseau.

Le secrétaire ouvert, Rose en tira précipitamment les tiroirs; elle les vit presque tous bourrés de papiers dans un grand désordre, de feuilles volantes de toutes dimensions remplies d'une écriture fine et serrée; sur certaines feuilles on ne voyait que quatre ou cinq lignes inégales; d'autres, au contraire, disparaissaient sous les ratures et les lignes croisées.

Rose remua tout ce fatras sans y jeter un coup d'œil : elle venait d'apercevoir un paquet de lettres. Elle s'en empara; son cœur battit d'anxiété. Qu'allait-elle apprendre?

Les lettres étaient toutes de la même écriture; elle regarda d'abord la signature et vit un nom inconnu, un nom d'homme :

Étienne d'Alais.

Toutes ces lettres portaient une date déjà ancienne; aucune n'avait moins de trois ans. Faute de mieux, Rose en parcourut quelques-unes; elle comprit bientôt qu'elles émanaient d'un ancien camarade de collége de Georges, beaucoup plus âgé que lui, et dont l'affection s'exprimait en paroles graves et en conseils sérieux. Ces fragments apprirent à Rose une chose importante. Georges avait été au collége ; elle en fut très-étonnée. Elle le croyait *fada* de naissance, et voilà que ce pauvre esprit infirme avait fait ses classes ; l'infirmité ne datait donc pas de l'enfance. Quoi qu'il en fût, cette révélation expliquait les livres latins ; mais le latin était devenu fort secondaire pour Rose depuis la découverte du portrait.

Dans son impatience d'être éclairée à ce sujet, elle laissa la correspondance de M. Étienne d'Alais et continua ses recherches. Elle fut tout émue en apercevant, enfoui sous plusieurs liasses de papiers noircis d'encre, un autre exemplaire du portrait qui l'intriguait si fort. Ce croquis, moins terminé que l'autre, représentait la même personne coiffée d'un grand chapeau de feutre noir ; cette fantaisie ajoutait le piquant de l'originalité à ses traits, de tous points irréprochables. Cette tête parut à Rose merveilleusement belle. Au bas du portrait, on lisait une date : « 7 avril 1835. »

7 avril ! Ce jour-là même, la famille Lescalle avait, pour la première fois, fait une visite à la famille du comte de Védelle. Rose s'en souvenait bien. Mais pourquoi cette date placée là ?...

Tout à coup, un éclair de sa mémoire lui montra cette voiture entrant dans l'avenue de La Pinède au moment où les Lescalle en sortaient, et dans cette voiture une belle jeune fille en deuil coiffée d'un grand chapeau de paysanne provençale. Plus de doute, le portrait était celui de Mlle Denise de La Pinède. Et Georges éprouvait de l'amour pour elle, et cet amour avait fait ce miracle de lui donner du talent, du talent à lui !... Rose allait d'étonnement en stupeur. Elle reprit les lettres de M. Étienne d'Alais et les lut jusqu'à la dernière ligne ; puis ensuite elle fureta dans tous ces papiers en désordre, que d'abord elle avait dédaignés ; elle lut ainsi longtemps avec une avidité inouïe et dans un trouble qui semblait sans cesse s'accroître ; enfin, le dernier fragment déchiffré et compris, sans quitter la place, elle prit une plume et écrivit la lettre suivante, où elle laissa paraître une partie des sentiments qui l'agitaient.

Mme Rose de Védelle à M. Étienne d'Alais, lieutenant de vaisseau.

« Je ne vous suis pas personnellement connue, monsieur, et je sais cependant d'avance que je puis compter sur votre bienveillance.

« Je suis la femme de Georges de Védelle, votre bon camarade de collége, celui auquel vous avez écrit pendant deux ans les lettres affectueuses que j'ai là sous les yeux, et dont le contenu m'enhardit à vous parler comme je vais le faire.

« Il serait bien difficile de vous expliquer, monsieur, comment, jusqu'à ce jour, mon mari a pu passer aux yeux de tout le monde, aux yeux de sa famille, aux miens mêmes, pour un esprit incomplet et en désordre, pour un être atteint d'une sorte de folie douce qui le faisait regarder en pitié par chacun. Ceci vous paraît plus qu'étrange ; mais je dois avoir le courage de tout vous dire, pour tout vous faire comprendre.

« Aujourd'hui que, par une circonstance fortuite, ce voile de mensonge est déchiré pour moi, je me sens profondément humiliée de m'être laissé abuser par l'erreur commune.... Moi sa femme !... Il est vrai que je le voyais si peu ! Toute mon excuse est là, monsieur, et dans une triste vérité : Georges ne m'aime pas. Son consentement à notre mariage reste pour moi une énigme indéchiffrable. Pourquoi m'a-t-il épousée ? Le comprendrez-vous vous-même, quand je vous apprendrai qu'il en aime une autre ?

« Oui, il en aime une autre ; il ne m'a rien donné à moi, il ne m'a pas même laissé voir son âme ni son intelligence ; il s'est renfermé dans une froideur glaciale, et depuis trois semaines il a eu recours à l'absence comme servant mieux son antipathie. Tout cela est bien triste, monsieur, et me place dans cette situation étrange et unique de demander à un étranger des *renseignements* sur mon mari.

« Dites-moi donc pour quels motifs Georges affecte d'être une sorte de maniaque taciturne et farouche, et quelles causes l'ont amené à jouer ce rôle, à vouloir tromper tous les regards, même ceux de sa mère. Il y a un mystère là-dessous, je le sens bien, mais je ne parviendrai jamais seule à le percer. Vous qui êtes, monsieur, l'ami de Georges, vous devez être le confident de sa pensée ; rendez-moi l'immense service de me la révéler.

« Je suis mariée depuis cinq semaines : M. de Védelle m'a à peine adressé la parole. Je croyais à de la bizarrerie ; je vois que je subissais des dédains. Cette découverte doit changer et mes dispositions et mes résolutions pour l'avenir. Cependant je ne veux rien brusquer, et j'attendrai votre réponse.

« Sans cette absence de Georges, pendant laquelle des lectures ont plus développé mon esprit et mon cœur qu'ils ne l'eussent pu être en vingt années de ma vie d'autrefois, rien ne m'eût été révélé, et j'aurais, comme tout le monde, continué à être dupe de ce singulier misanthrope. Oh ! il n'a voulu laisser pénétrer personne dans le sanctuaire de ses pensées et de ses rêveries ! ceci m'est bien prouvé. Aujourd'hui, il est découvert, mais il n'est pas deviné. Aidez-moi.

« Georges est poëte, le savez-vous ? Il est, je crois, un de ces vrais poëtes qui se forment sans maîtres, sans conseils, par la méditation solitaire et la constante contemplation de la nature. J'ai trouvé dans ses papiers des fragments de poëmes qui m'ont paru admirables. Me trompé-je ? Je voudrais bien le savoir ; aussi je vous envoie quelques-uns de ces fragments : vous les jugerez, et me direz s'ils renferment tout le talent que j'y ai vu. Rien ne peut vous donner idée de l'impression de surprise et de l'immense émotion qui m'ont dominée en lisant ces œuvres si inattendues de M. de Védelle ; j'ai craint de devenir folle ; la raison m'est revenue, et avec elle la conscience de ma douloureuse situation.

« Je ne veux rien ajouter à cette lettre déjà bien longue ; elle peut vous faire comprendre, monsieur, avec quelle impatience je vais attendre votre réponse, mais elle vous exprimera mal combien ma reconnaissance sera vive, si vous voulez bien apporter quelque lumière dans ces ténèbres qui m'entourent.

« Recevez, monsieur, etc. »

Rose fermait cette lettre quand Thérézon entra.

« Madame va se brûler les sens avec toutes ces paperasses, dit-elle en voyant Rose environnée de liasses de toutes grandeurs et la chambre encore pleine de livres en désordre. Y a-t-il de la raison à lire comme ça sans fin et sans cesse ? Est-ce que madame n'en sait pas encore assez ? A quoi bon avoir été passer huit ans en pension, si c'est pour recommencer encore à lire ici ?

— Mais, Zon, répondit Rose, ce n'est pas pour apprendre seulement que je lis, c'est pour me distraire.

— Vous distraire ! c'est bien le contraire, à mon avis ; vous v'là aujourd'hui avec un air encore plus triste qu'à l'ordinaire. Ah ! mais, pour vous distraire, je voudrais vous voir faire tout autre chose, moi.

— Eh quoi ! grand Dieu ! que veux-tu que je fasse ?

— Bon ! C'est facile ; on va à la ville ; on va voir du monde ; madame n'a tant seulement pas encore montré ses belles robes.

— Mais je ne puis aller faire des visites comme cela, en l'absence de M. de Védelle.

— Ah ! à votre place, madame, je m'embarrasserais bien de M. de Védelle ! » fit Zon d'un ton léger.

Rose eut un triste sourire.

« Voilà comme on parle de lui, chez lui ! » pensa-t-elle.

« D'ailleurs, reprit Zon, si madame ne veut pas aller à la ville, qu'elle reçoive au moins ici ses parents, ses amis, ses voisins.

— Je ne veux voir personne encore pendant quelques jours ; n'as-tu pas dit que j'étais à Marseille ?

— Sans doute ; mais le dire et le faire croire, ça fait deux.

— Qu'est-ce que tu entends par là ?

— Le moyen de faire croire à votre absence à M. Artémon, par exemple !

— Et pourquoi pas à M. Richer aussi bien qu'aux autres personnes ?

— Les autres me croient sur parole ; mais celui-là vient tous les jours demander si madame est revenue, et il voit bien à l'air de la maison que madame voyage dans sa chambre. Un jour, en entrant, il aperçoit le couvert mis ; une autre fois, étant dans le vestibule, il entend marcher au premier étage ; c'est une chose, une autre ; enfin, je parierais bien cent sous contre cent francs qu'il comprend clairement que madame le consigne. Et ça a l'air de le peiner, ce jeune homme.

— Je ne puis pas recevoir M. Richer quand je ne vois aucune autre personne de ma connaissance.

— D'accord, madame ; pourtant j'en reviens à mes moutons : c'est un tort de vous séquestrer comme cela avec tous ces maudits bouquins ; vous dépérissez depuis que vous faites cette vie-là, et j'ai envie d'en prévenir Mme Lescalle, car vraiment il n'y a pas de bon sens.

— Je te défends de rien dire à ma mère, dit Rose sévèrement ; je lui parlerai moi-même de bien des choses dans quelques jours. Quant à présent, tu as peut-être raison, ajouta-t-elle après un moment de réflexion ; et dès demain tu annonceras que je suis de retour, et tu laisseras entrer tout le monde. Tiens, prends cette lettre, et ne manque pas de la faire partir demain par le premier courrier. Maintenant, laisse-moi ; j'ai besoin d'être seule. »

Rose mit dans ces mots un tel accent d'autorité que Thérézon, interdite, prit silencieusement la lettre et se retira.

Rose passa encore cette nuit-là sans dormir : elle lut et relut les manuscrits de Georges.

CHAPITRE XVIII.

Transformation.

Le lendemain, Artémon Richer fut très-agréablement surpris quand Thérézon lui apprit le retour de Mme de Védelle. Le découragement commençait à le gagner : il ne savait comment vaincre cette prudence qui, une fois éveillée, acceptait la reclusion pour fuir le danger. De plus, informé de l'absence réelle de Georges, Artémon tremblait de voir la jeune femme persévérer dans sa détermination héroïque jusqu'au retour de ce fâcheux, qu'elle appelait son mari.

La bonne nouvelle donnée par Zon rouvrait le champ à toutes ses espérances ; aussi l'accueillit-il avec un sourire radieux et une pièce de vingt francs qui donnèrent à réfléchir à l'Iris sexagénaire. En empochant le napoléon, elle se sentit effleurée par un remords ; elle soupçonna que peut-être elle avait donné un mauvais conseil à sa jeune maîtresse en lui indiquant les voisins comme une distraction salutaire, et, pour mettre d'accord sa conscience et ses intérêts, elle se promit de prendre les pièces d'or de M. Richer, mais de surveiller ses allures auprès de Rose.

Artémon entra dans ce petit salon resté fermé pour lui depuis quinze jours, sous l'impression d'une joie difficilement contenue. Ses souvenirs, encore ranimés par l'aspect des lieux, par l'odeur des jardinières pleines de violettes et d'héliotropes, les fleurs préférées de Rose, ses souvenirs surexcitèrent ses espérances et lui permirent d'échafauder dans sa tête les projets les plus séduisants. Il ne fut pas fâché que Rose, en le faisant un peu attendre, lui permît de savourer son bonheur et de préparer le thème de tout ce qui devait l'aider à le compléter.

Rose, de son côté, s'était préparée à recevoir M. Richer. Elle apporta un soin extrême à bien régler à l'avance ce qu'elle comptait lui dire ; elle choisit sa toilette avec réflexion, et ce ne fut que bien préparée, bien résolue, sûre d'elle-même, cachant son émotion sous une figure étudiée dans sa glace, qu'elle entra enfin dans le salon.

Elle était richement et sévèrement vêtue d'une robe de damas violet, très-montante, ornée aux manches et au cou par des dentelles noires ; un bonnet de Malines à touffes de rubans violets cachait presque entièrement ses cheveux, modestement lissés en bandeaux. Ce bonnet révélait toute une préméditation : les jeunes femmes croient à la gravité du bonnet ; le bonnet à la maison indique la femme mariée, comme le cachemire la désigne au dehors. Si Rose eût osé, elle se fût enveloppée d'un de ses cachemires pour se donner une apparence plus respectable. Telle qu'elle était, avec sa physionomie grave et l'air de tristesse assombrissant son charmant visage, elle parut sans doute assez imposante à M. Richer, car il la salua avec un embarras visible.

Rose ne lui laissa pas le temps de se remettre, et lui dit d'une voix calme :

« Je suis bien touchée, monsieur, de l'empressement que vous avez mis à venir prendre de mes nouvelles ; j'ai tenu à vous en remercier moi-même et aussi à vous dire que M. de Védelle étant encore à Marseille, je dois m'abstenir du plaisir de recevoir vos visites jusqu'à son retour. »

Artémon écoutait sans comprendre ; ce langage glacial, tombant sur l'effervescence de ses illusions, le déconcerta entièrement.

« Madame, balbutia-t-il, mes visites cependant....

— N'ont pas leur raison d'être, monsieur, en l'absence de M. de Védelle. »

Artémon continuait à tomber des nues très-rudement.

« Madame, dit-il, c'est un congé, si je ne me trompe.

— Un congé, non, reprit Rose doucement; c'est seulement de ma part un retour à des convenances dont mon inexpérience m'avait fait m'éloigner.

— Et dont mon audace de l'autre jour vous a trop fait souvenir. »

Le sentant dangereux, Rose était résolue à éviter le terrain des explications. Cette allusion la fit rougir; mais, reprenant tout son courage, et levant sur M. Richer son regard sincère :

« Monsieur, répondit-elle, vous m'obligez à vous dire qu'en effet votre conduite a motivé ma détermination; vous devez comprendre que, dès lors, elle est irrévocable. »

En achevant ces mots d'un ton ferme, Rose fit à M. Richer un salut très-froid et sortit du salon. Dans le vestibule, elle éleva la voix, et s'adressant à Thérézon, occupée dans la salle à manger :

« Zon, dit-elle, M. Richer demande son cheval; » et, sans se retourner, elle se dirigea vers l'escalier.

Artémon, interdit, furieux et humilié, resta debout sur le seuil de la porte, cherchant une réplique qui ne venait pas, regardant Rose s'éloigner, et comparant ces airs de princesse offensée avec l'abandon séduisant de leur première entrevue.

« Qui diable la conseille ? » murmura-t-il.

Il eût longtemps cherché avant de découvrir la vérité, et, la lui eût-on dite, il ne l'eût pas comprise.

Cependant Rose disparut au coude du palier; il entendit le bruissement de sa robe de soie sur les nattes du corridor; une porte s'ouvrit, et se referma : tout était dit. Artémon se retourna vers le jardin, vit son cheval piaffant devant la porte et Thérézon lui adressant un sourire d'adieu. La partie semblait bien positivement perdue; c'est sans doute parce qu'il le jugea ainsi, qu'aussitôt en selle, il enfonça durement les éperons dans le ventre de son cheval, le fit cabrer sous la douleur, puis descendit au grand galop, au risque de se rompre le cou, la côte roide et pierreuse de la colline de Belbousquet.

Rentrée chez elle, Rose éprouva un grand soulagement; pour la première fois, elle venait de faire acte de sa volonté; sa vie de femme commençait, inaugurée par une saine mesure, satisfaisant à la fois sa conscience et son orgueil. Son orgueil surtout, peut-être; car Artémon lui paraissait assez dédaignable depuis que son esprit, sorti de ses langes d'ignorance, avait appris à juger. Or, rien n'est pénible à la nature féminine comme d'être humiliée par l'infériorité de celui qui a pu l'émouvoir, ne fût-ce qu'un instant. Rose avait subi le charme grossier des beaux yeux et de la jeunesse d'Artémon pendant quelques heures, et un remords de dignité l'avait poussée vivement à confondre ce Céladon brutal qui la forçait, elle si pure, à rougir devant un de ses souvenirs.

Du reste, Artémon, exécuté et congédié, fut bientôt hors de sa pensée; elle revint vite à sa préoccupation grave, à ce Georges étrange, mystérieux, impénétrable, à ce Georges dont elle portait le nom, dont elle devait partager la vie, et qui lui était resté si étranger. Le *pourquoi* de ce grand œuvre de dissimulation continuait à lui échapper, et elle tournait son espoir vers Paris et vers Étienne d'Alais, comme vers le seul côté d'où pût lui arriver la lumière.

Elle se résolut à attendre des explications avant de communiquer à personne son importante découverte; elle vivait dans une fièvre d'impatience et eut le courage de la dissimuler : elle devenait tout à fait femme. Sa mère vint la voir, et la trouva calme et satisfaite; elle alla passer une journée à La Pinède, et sut se contenir en présence des lamentations de Mme de Védelle sur la santé de Georges, et des sarcasmes déguisés de Jacques sur son esprit. Le vieux comte n'exprima qu'une chose : son mécontentement absolu de cette absence faite sans autorisation.

« Comment ne m'avez-vous pas prévenu ? dit-il un peu sèchement à la jeune femme.

— Mais, monsieur, répondit-elle, mon mari n'est plus un enfant.... » Et elle dit ce mot avec une certaine emphase. « Il pouvait bien aller à Marseille sans permission, il me semble.

— Ah ! oui, voilà un habile homme pour se conduire, » reprit M. de Védelle en haussant les épaules.

Rose sourit silencieusement avec une expression de pitié qui eût fort surpris le vieux comte, s'il eût compris qu'elle s'adressait à lui.

Ce chapitre de conversation fut bientôt abandonné pour le sujet fort intéressant de l'élection, qui devait se faire la semaine suivante. Jacques semblait avoir de grandes chances, ce qui le rendait d'une gaieté folle par la double perspective de retourner à Paris et de siéger à la Chambre.

Nous l'avons dit, la gaieté était le triomphe de Jacques ; son esprit vif, léger, brillant, plein de montant, de boutades, de drôlerie primesautière, avait, dès le premier jour, ébloui Rose ; cette gaieté éminemment parisienne, où le cliquetis des mots cache le vide de la pensée, est d'un effet sûr auprès des femmes assoupies par la lourdeur des conversations de province. Cependant, ce jour-là, malgré les plus heureuses saillies, Jacques ne put conserver la place favorable qu'il occupait dans l'opinion de sa belle-sœur. Rose, en l'écoutant, comparait, et pour la première fois la comparaison se trouva à l'avantage de Georges. Qu'était cet esprit superficiel, résidant entièrement dans un certain art d'arranger les mots, et les pensées profondes, l'éloquence vraie, les accents émus qui se rencontraient à chaque page des manuscrits de Georges ? A mesure qu'elle constatait la supériorité de son mari, la pauvre femme se sentait charmée et effrayée à la fois. Sa visite à La Pinède, en lui faisant faire un pas de plus dans cette voie, la laissa plus troublée que jamais.

« C'est parce qu'il est, en effet, très-supérieur aux autres hommes, qu'il me dédaigne ainsi, » pensait-elle le soir en rentrant à Belbousquet.

Plusieurs jours se passèrent pour Rose dans des alternatives très-différentes. Tantôt elle remerciait le ciel d'être la femme d'un homme de grande intelligence ; tantôt, se rappelant comment il la traitait, elle s'abîmait dans une profonde amertume, et se sentait humiliée dans sa dignité de femme jusqu'à en verser des larmes abondantes. Enfin, un matin, on lui remit une lettre très-volumineuse portant le timbre de Paris.

Il lui sembla que cette lettre contenait l'arrêt de son avenir, sa main trembla en la décachetant ; elle eut un voile sur les yeux pendant un moment, et les caractères lui parurent d'abord flotter dans une nuée de paillettes d'or. La lettre était de M. Étienne d'Alais : elle en contenait une autre. Rose reconnut l'écriture de Georges ; elle courut s'enfermer chez elle, et lut d'un regard avide.

CHAPITRE XIX.

Georges.

Georges de Védelle à Étienne d'Alais.

« Marseille, 25 juin 1835.

« Enfin, cher Étienne, vous voilà de retour ! Enfin, vous voilà en France ! Cette lettre ira vous trouver sous ces beaux ombrages de Sarcelles, où vous vous délassez de vos longues fatigues dans les douceurs de la vie de famille.

« Je puis donc reprendre notre correspondance interrompue et être sûr que je ne languirai pas des mois entiers sans recevoir votre réponse. Ah! mon ami, vous ne pouvez pas vous figurer quelle lueur de joie traverse, à cette pensée, mon cœur sombre et déchiré.

« Je vous ai écrit à Valparaiso, puis à Rio-Janeiro, puis enfin à Cadix, comme vous me l'aviez indiqué. Avez-vous reçu tout cela? Probablement, car votre billet, daté de Brest, ne contient pas un reproche.

« Ma dernière lettre vous faisait part des inquiétudes que nous donnait la santé de ma mère et vous annonçait la résolution prise par mon père de se fixer dans le midi de la France, pour y faire respirer à Mme de Védelle l'air tiède dont elle avait besoin.

« Ce projet s'est réalisé. Le Val-Sec est vendu. Mon père a acheté une terre à quelques lieues de Toulon.

« J'ai besoin de vous faire pénétrer aujourd'hui jusqu'au fond le plus secret de mon âme; pour me bien faire comprendre, laissez-moi donc, mon ami, revenir un peu sur mes impressions passées, peut-être trop succinctement exprimées dans le reste de ma correspondance.

« Je quittai le Val-Sec avec des larmes d'enfant; j'y avais fait de beaux rêves pendant ce réveil de tout mon être qui suivit mon horrible maladie. Je vous ai dit comment ma mère m'y ramena presque mourant, terrassé sous un mal indéfinissable, suite et conséquence d'une fièvre cérébrale causée par des excès de travail. Pendant deux mois, ma vie et ma raison avaient été en danger; mais je conservai l'une et l'autre. Dieu me destinait à souffrir!

« Je dus peut-être le retour de la santé à l'air pur et salubre de nos montagnes; aussi ai-je gardé pour elles une affection qui doit être de la reconnaissance. Les forces de mon corps revinrent plus vite que celles de mon esprit; mon cerveau fatigué ne recouvra que lentement l'exercice de ses facultés. Pendant cette convalescence de mon âme, je pris l'habitude des longues courses solitaires ; je me trouvais à l'aise dans les ravins profonds du Val-Sec, à l'ombre des grands bois ; je trouvais là je ne sais quel aliment à un sentiment recueilli et rêveur qui s'emparait de moi. Que de jours j'ai passés à écouter les harmonies de la brise, étendu sur quelque lit de mousse d'où je découvrais à l'horizon la silhouette grandiose de nos pics du Jura ! Que de soirs écoulés à contempler le rayonnement des étoiles à travers le réseau mouvant des feuilles ! O mon ami ! que d'admirations, que d'émotions, que d'aspirations éveillées en moi par le spectacle des magnificences de la nature !... Je vécus ainsi plusieurs mois dans un état contemplatif dont rien ne pourrait vous peindre la douceur. Je savourais des sensations si nouvelles sans oser les communiquer à ma famille ; ce n'étaient ni la placidité dévote de ma mère, ni l'esprit rigide de mon père, ni la gaieté bruyante de mon frère qui pouvaient m'inviter à l'épanchement. Instinctivement, je sentis que nos esprits hantaient les antipodes, et une certaine pudeur de l'âme me rendait silencieux. C'est à cette époque qu'il se fit en moi un travail dont j'ai été assez long à me rendre compte. Mon intelligence subissait une transformation complète ; les facultés que j'avais fatiguées, épuisées par des efforts trop assidus, ne me revinrent pas après ma maladie ; c'étaient, pour ainsi dire, des sources taries dont rien ne pouvait plus sortir ; mais en même temps, par une admirable compensation du ciel, des forces inconnues me furent accordées, mes pensées prirent un cours différent ; à un sentiment d'abord confus succéda une voix distincte et puissante ; un jour la forme de mon langage changea : la poésie m'était révélée, j'étais poëte.

« De ce moment, je fus plus fier, plus sauvage, plus silencieux. Je vécus absorbé, mettant tout mon soin à cacher ma richesse intérieure. Si j'avais parlé de mes espérances, j'aurais eu à subir le blâme de mon père, les questions de ma mère, les moqueries de mon frère. Je me tus, je concentrai ma force, et j'eus raison, votre dernière lettre me le prouve.

« Il est déjà bien loin de moi ce temps de travail, de rêveries et d'espoir, et je le regrette amèrement. J'étais jeune et insouciant alors ; j'allais dans la vie l'œil fixé sur cette étoile des poëtes, la gloire, et je ne pressentais pas que, si près de moi, se rencontrerait un malheur qui devait me briser !

« Mon ami, vous m'avez manqué ; votre amitié, vos conseils m'eussent sauvé peut-être dans la tourmente que je viens de traverser : sauvé, non, c'était impossible ; mais soutenu et consolé du moins. Je me suis trouvé seul, faible, abattu par un coup affreux ; j'ai pris un parti, et je m'aperçois aujourd'hui que j'ai pris le pire que je pusse choisir.

« Mais vous ne devez pas comprendre mes plaintes, vous ne savez encore rien ; laissez-moi tout vous dire, laissez-moi faire saigner mes blessures devant vous : cela me soulagera d'abord, et ensuite vous expliquera ce que j'attends de vous.

« Je vous dirai peu de choses des premiers temps de mon séjour à La Pinède ; ils ont été meilleurs que je ne m'y attendais. La Pinède est un petit château isolé, à une lieue d'une petite ville pittoresque et originale, mais odieusement habité par toutes sortes de marchands retirés, auxquels s'ajoute le nombre voulu de notaires, fonctionnaires, etc. Ce pays est âpre, sauvage, primitif, embelli de tous côtés par la mer.

« Souriez, mon cher marin, je n'avais jamais vu la mer ; sa vue m'a causé une impression qui tenait du vertige. Je ne me lassais pas d'aller la voir, et de l'admirer, et de l'écouter. Je croyais entendre sortir de ces belles vagues bleues de la Méditerranée des hymnes sublimes que je devais traduire. Je sentais la poésie m'envahir le cerveau, en même temps que l'air salin, tout imprégné de parfums pénétrants, m'emplissait la poitrine. Je souffrais d'entendre mon père maudire les pierres humides et inégales de la grève, ma mère se plaindre du vent du large, ou Jacques dire que la mer l'ennuyait parce que c'était toujours la même chose : ces critiques traversaient comme des courants glacés le souffle ardent de mon enthousiasme, et je fuyais ma famille pour ne pas les entendre. On m'appelait sauvage et on me laissait vivre à ma guise. Ma santé presque complétement raffermie satisfaisait ma mère ; j'obtins qu'elle fît un peu trêve à ses prescriptions et à ses précautions habituelles, et je pus jouir de ma pleine liberté d'action.

« Ma pauvre chère mère, ayant été malade les trois quarts de sa vie, a pour idée fixe de ne s'occuper en ce monde que de la façon dont mangent et dorment les êtres qui lui sont chers. Avoir un bon appétit et un calme sommeil, cela lui paraît être un gros appoint du bonheur en ce monde. Elle a été si souvent privée de l'un et de l'autre, que cette manière de voir est bien excusable chez elle.

« Je jouissais donc de ma liberté plus et mieux encore qu'au Val-Sec. Sûr de ne plus être surveillé, je menais une existence isolée et errante à la fois, en harmonie avec les besoins nouveaux de ma nature ; j'usais de ma jeune liberté, sinon avec excès, du moins avec passion. La nuit, la mer me paraissait surtout éloquente et superbe, et souvent je sortais doucement le soir, quand tout le monde était endormi au château pour courir à la grève ; j'interrogeais chaque étoile, j'écoutais le murmure confus des vagues, et ma rêverie se perdait dans une contemplation qui montait parfois jusqu'à l'extase. Alors l'inspiration s'emparait de moi, et, marchant à grands pas, je me prenais à me déclamer des vers ; j'aimais à entendre ma voix se mêler à ce concert grandiose que font incessamment le vent et la mer.

« Vous allez dire que j'étais fou, soit. D'autres, je crois, l'ont pensé, car il m'arrivait de voir au point du jour quelque chevrière matineuse, ou quelque pêcheur allant à ses filets, me jeter un regard de défiance et de crainte, et hâter le pas en passant près de moi.

« Dans tous les cas, j'étais un fou innocent et presque heureux. Aujourd'hui, je suis un être misérable et peut-être coupable.

« Écoutez :

« Un jour j'allais partir pour une de mes excursions, que je colorais du prétexte d'une chasse, du reste, irréalisable dans ce canton. J'avais l'esprit tout occupé d'une ode à Lamartine, et traversais distraitement le vestibule du château, lorsqu'en passant devant la porte du salon, je crus voir une apparition.

« Une femme inconnue se tenait droite et immobile au milieu du salon ; elle était toute vêtue de noir avec un grand chapeau comme on en voit dans les portraits de Van Dyck. Sous ce chapeau resplendissait un visage d'une beauté indescriptible, des traits purs comme un camée antique, et avec cela quelque chose de fier, de rêveur, d'adorable. Elle promenait ses grands yeux noirs autour du salon, comme si elle y eût cherché quelque chose : la pauvre enfant y cherchait des souvenirs. C'était Mlle de La Pinède, la fille du dernier propriétaire du château. Depuis l'âge de quatre ans, elle n'avait pas revu La Pinède, d'où on l'avait emmenée après la mort de sa mère. Restée orpheline à vingt ans, elle s'était décidée à vendre le château, et elle venait demander à Mme de Védelle quelques petits meubles ayant appartenu à sa mère. Je sus tout cela plus tard ; ce premier jour, je ne pus faire autre chose que rester à la regarder, muet, ému, troublé, et ne comprenant pas encore la cause de la fascination que je subissais. Oh ! j'aurais dû fuir au fond de mes gorges abruptes, au lieu de m'approcher de cette enchanteresse qui, dès ce premier moment, prit mon âme, sans même daigner s'en apercevoir !... Que vous dirai-je ? Elle revint plusieurs fois, et au bout de quelque temps je vis clair en moi. J'étais éperdument amoureux de Mlle Denise. Elle s'appelle Denise ! n'est-ce pas là un nom doux et charmant ? Jugez de ma misère : à présent que tout est fini, je ne puis écrire ni entendre prononcer ce nom sans éprouver un tressaillement au cœur !

« Je reprends. Du jour où je l'aimai, mon existence fut bouleversée. Adieu les courses, les méditations, le travail. Je ne vécus plus que de la présence ou du souvenir de cette femme. Ce vieux salon de La Pinède avec ses tentures fanées, ses meubles vermoulus, sa grande cheminée noire comme la gueule d'une caverne, était devenu mon lieu favori ; il me paraissait illuminé de rayons, car dans ce cadre sombre m'était apparue sa divine beauté.

« Cependant, je dois l'avouer, Denise ne faisait aucune attention à moi ; froide, retenue, parfois contrainte, elle semblait même m'éviter ; cette réserve me glaçait, à peine osais-je lui adresser de rares paroles, que mon émotion rendait embarrassées et confuses ; en outre, Jacques lui faisait la cour, mais je n'eus jamais peur de Jacques : elle prit tout de suite avec lui un ton de raillerie douce et de familiarité enjouée qui ôta toute valeur aux galanteries de mon frère. Quoique très-naïf en pareille matière, je compris que je ne devais rien craindre de ce côté ; cependant Jacques me gênait, il se trouvait sans cesse entre nous, et, avec son insupportable habitude de plaisanter sur tout, il arrêtait sur mes lèvres mes phrases à peine commencées.

« Cet amour devint pour moi une domination, une possession dont rien ne vous fera comprendre la force. Croiriez-vous que chaque fois que Denise venait voir ma mère, j'en étais averti par une sorte de révélation mystérieuse? rien n'eût pu me retenir loin du château ; je la sentais là et j'accourais le cœur gonflé de paroles tendres, d'aveux mal comprimés ; alors, quand je retrouvais cette contenance polie et banale de Denise, cette atmosphère de froides convenances qui règne dans un salon, il m'arrivait de m'enfuir dans les bois comme un loup blessé. Quand j'avais atteint quelque gorge bien déserte, je me laissais tomber au pied d'un arbre, et là, la tête dans mes mains, j'évoquais cette lumineuse figure de ma Denise du premier jour, de cette Denise si belle et si touchante dans l'auréole de sa douleur. En la voyant ainsi, je l'avais jugée sensible et passionnée; pourquoi n'en recevais-je que dédain et froideur?

« Mon trouble, mes regards, mon silence si ému devant elle, ne lui avaient-ils rien appris? Une étrange créature, du reste, que Mlle de La Pinède! Elle a vingt ans et en paraît à peine dix-huit; cependant elle est singulièrement imposante, elle domine toute conversation et conquiert l'attention dès qu'elle paraît; jamais une nuance de gêne ne se trahit en elle, ses grâces de jeune fille s'allient à une assurance de reine; c'est peut-être ce qui la rend si dangereuse.

« Qui ne l'a pas vue ignore de combien de manières une femme peut charmer; qui ne l'a pas entendue chanter n'a pas une juste idée des Sirènes. « Sirène, dites-vous; quelle « comparaison surannée! » Surannée, soit, mais je la garde; elle lui va si bien! Oui, Denise est bien la Sirène, belle, harmonieuse, glacée et perfide, la Sirène qui vous attire, vous subjugue et vous tue.

« Elle chantait souvent, sa voix me dominait de plus en plus; par moments, je pouvais à peine contenir mon émotion. Un jour, elle venait de chanter la romance du Saule d'une façon sublime; je fus sur le point de me précipiter à ses pieds et de lui avouer ma folie. Si on nous eût laissés un moment seuls, mon sort se décidait alors; mais le visage impassible de mon père figea mon enthousiasme, et les louanges de dilettante de Jacques, qui se crut obligé de la comparer à toutes les cantatrices du Théâtre-Italien, me firent fuir. Il était temps : j'étouffais. Rentré dans ma chambre, je pleurai comme un enfant pendant plusieurs heures. Ce paroxysme m'aida à prendre un parti. La situation n'était plus tenable. Puisque je n'avais pas le courage de parler à Denise, je résolus de lui écrire. Une fois en ma vie je fis lire un autre que vous dans mon cœur.

« Quelle lettre je lui écrivis, Étienne!... et comment aurait-elle pu rester insensible en la lisant!... Mais elle ne devait jamais la lire ; ce torrent d'amour qui déborda un jour sur un papier devait rester ignoré d'elle, et ce papier devenir cendre comme ce cœur qu'elle a dévasté.

« Ma lettre écrite, j'attendis sa prochaine visite pour la lui remettre ; je n'osais la lui adresser chez sa tante, à Toulon, redoutant quelque indiscrétion. Plusieurs jours se passèrent, elle ne vint pas. Hélas! elle ne vint plus. Douze jours s'écoulèrent, douze mortels jours avec des nuits de fièvre et d'insomnie ; je souffrais tant que j'espérais tomber malade.

« Un matin, mon père me fit appeler ; je descendis chez lui, et là, sans précaution, sans préparation, sans même interroger mes sentiments, il me déclara que j'allais me marier. On me faisait épouser Mlle Lescalle, une petite fille de quinze à seize ans, que j'avais à peine entrevue et qui m'avait paru regorger d'une fraîcheur commune et d'une innocence gauche.

« Je fus atterré ; mais ma stupeur fut au comble lorsque M. de Védelle me parla de ma passion pour Denise. Voir cet amour profond, caché dans mon âme comme en un sanctuaire, connu, blâmé, discuté ; voir mes anxiétés racontées, mes souffrances dévoilées, et tout cela traité de folie et mis de côté comme un caprice d'enfant! Oh! ce fut, Étienne, une douleur presque au-dessus de mes forces.

« Mon père m'expliqua avec complaisance je ne sais quelle combinaison qui faisait de mon mariage une chose utile à Jacques, dont il a la prétention de vouloir faire un député ; il pouvait bien me dire n'importe quoi, depuis le moment où il avait parlé de Denise je n'entendais plus rien ; un bourdonnement étrange me remplissait les oreilles, mon cœur soulevait ma poitrine en bonds désordonnés, mes jambes tremblaient sous moi, mes pensées se heurtaient en désordre, j'étais oppressé, éperdu, incapable de trouver une parole. J'ai toujours été très-timide devant mon père ; à ce moment j'étais anéanti. Je sentais que je touchais à l'instant décisif, suprême de ma vie, et cette nécessité d'aller ainsi tout d'un coup au fond de ma destinée me causait une véritable épouvante.

« Mon premier mouvement fut de refuser nettement de me marier, en avouant avec courage que je voulais tenter de me faire agréer par Denise ; la crainte des railleries dont mon père accueillait l'idée de mon amour me retint. « Si j'avais « l'espoir qu'elle pourra m'aimer, pensai-je, ma situation se-« rait toute différente. Avant de répondre, il faut que Denise « ait prononcé. »

« Cette réflexion m'arrêta, je me tus. Mon père prit mon trouble pour de la timidité, mon silence pour de la soumission ; il me témoigna son contentement en terminant sa communication, qui me fit l'effet d'une sentence.

« Je demandai jusqu'au lendemain pour réfléchir ; ce sursis me fut accordé.

« Je suis maintenant arrivé à un point de mon récit où il me sera bien facile de continuer, mon bon Étienne ; car, à partir de ce jour, les événements ne m'apparaissent plus que dans la douteuse et terrible lumière d'un rêve douloureux.

« En quittant mon père, ma résolution était arrêtée ; je voulais voir Denise, lui tout avouer, et entendre sa bouche décider de mon sort.

« Vous le dirai-je ? je me sentais plein d'espoir ; je croyais qu'il me suffirait de lui ouvrir mon cœur et de le lui montrer rempli d'inépuisables trésors d'amour pour la toucher. L'amour qui est capable de miracles croit qu'il en peut inspirer ; comme il est infini, il se croit tout-puissant. Quelle folie ! n'est-ce pas ?... Oui, mais folie sublime ! et qui enfante les plus grandes choses !

« Je partis le jour même pour Toulon ; je fis les dix lieues du trajet sans même m'en apercevoir ; un espoir comme le mien, cela vaut bien des ailes ! Je dus courir une partie du chemin, car j'arrivai en six heures ; je ne sentis pas la fatigue.

« Quand j'entrai dans la ville, il faisait nuit. Je ne connaissais pas Toulon ; je me mis à errer au hasard, demandant de temps en temps Mlle de La Pinède à des gens qui ne la connaissaient pas.

« Comment, habitant la même ville qu'elle, ne la connaissait-on pas ?

« Je disais à ces gens :

« Vous devez l'avoir vue, c'est la plus belle femme de Tou-
« lon ! »

« On me regardait en souriant, et on passait.

« Tout en cherchant, en questionnant, en m'arrêtant, j'arrivai sur une grande place, que j'entendais appeler : le *Champ de bataille*.

« Vous est-il arrivé dans votre vie, Étienne, de constater certains rapprochements providentiels dans les noms des lieux et les événements de notre vie ? Faites-y attention, c'est parfois bien étrange.

« Pour moi, je foulais alors bien véritablement mon *Champ de bataille*, celui où je devais laisser mes biens les plus précieux, mes saintes espérances de bonheur et d'avenir !

« Sur un des côtés de cette place, je vis un hôtel très-éclairé. Machinalement, je m'en approchai. Je compris qu'on y donnait une fête. Beaucoup de voitures entraient et sortaient, et une foule de domestiques, appuyés près de la grille, regardaient passer les invités. L'un d'eux servait de cicerone et nommait à ses camarades chaque personne qui entrait. J'abordai cet homme.

« Vous me semblez connaître beaucoup de monde à Tou-
« lon ? lui dis-je.

« — Ma foi, monsieur, me répondit-il, vous pouvez dire

« tout le monde ou à peu près ; j'ai servi chez M. le préfet,
« ajouta-t-il en se rengorgeant.

« — Connaissez-vous Mlle de La Pinède ? »

« Il se retourna, me toisa.

« Oui. Pourquoi me demandez-vous cela ?

« — Dites-moi où elle demeure.

« — Elle demeure chez Mme de Blaizieux, sa grand'tante,
« à l'hôtel Blaizieux, près de l'Arsenal. »

« Enfin ! je savais où la trouver ! La joie me fit battre
le cœur. Je mis une pièce de cinq francs dans la main de
cet homme.

« Voulez-vous me conduire à l'hôtel de Blaizieux ? » lui
dis-je ; « je ne connais pas Toulon, et il faut que je sois ce
« soir même chez Mme de Blaizieux.

« — Je ne peux pas quitter de là, moi, fit-il en me mon-
« trant sa livrée, j'attends mes maîtres. Mais tenez, prenez
« la rue qui est là devant vous ; au bout, tournez à gauche,
« vous y serez, c'est tout près d'ici.

« — Merci, » lui criai-je en m'éloignant par la route indi-
quée.

« L'homme me rappela. J'étais déjà à cent pas.

« Attendez donc un peu ; ne courez pas si fort, me dit-il.
« Entendons-nous. Est-ce à Mme de Blaizieux ou à sa nièce
« que vous avez affaire ?

« — C'est à Mlle de La Pinède.

« — Eh bien ! en ce cas, n'allez pas chez elle à cette heure ;
« elle n'y est pas.

« — Et où est-elle ?

« — Là, » fit-il, en me montrant l'hôtel illuminé.

« Je n'écoutai pas ce qu'il ajouta. J'entrai. Je traversai
une cour encombrée de livrées et de curieux, j'arrivai dans
un jardin. J'étais dans l'hôtel du préfet maritime, alors en
grand gala ; une salle de danse immense, construite dans le
jardin, s'ajoutait aux autres salons. Les fenêtres ouvertes
sur les parterres laissaient apercevoir le scintillement des

lustres; les parfums des parterres entraient dans la salle; les harmonies de l'orchestre se répandaient dans le jardin : jamais bal ne fut plus délicieux. De temps en temps, une tête de femme blonde ou brune, coiffée de fleurs ou de diamants, se montrait à une fenêtre, pour disparaître ensuite dans la chaude vapeur du salon et le tourbillon de la danse.

« Caché dans un épais massif de rhododendrons, je regardais tout cela d'un air stupide, me demandant comment je pourrais arriver jusqu'à Denise et ne trouvant rien.

« Tout à coup, une femme vêtue de blanc, avec des grappes de jasmin d'Espagne dans les cheveux, vint s'appuyer à la fenêtre la plus rapprochée de moi; un coup d'œil me suffit pour la reconnaître. C'était Denise.

« J'étouffai son nom dans un cri qui se perdit dans le bruit du bal.

« Oui, mon ami, c'était Denise, plus éblouissante que jamais dans le triple éclat de la jeunesse, de la parure et du plaisir.

« En la voyant si rayonnante, je sentis mon cœur se serrer sous une douloureuse étreinte. Que pouvais-je pour cette femme? Elle avait si bien l'air de ne rien désirer!

« Elle resta pensive un moment, accoudée à ce balcon; j'étais presque en extase devant cette apparition, et je ne sais comment le feu de mes regards ne décela pas ma présence. Je n'étais pas seul à l'admirer : un jeune homme portant l'uniforme d'officier de marine se trouvait à quelques pas derrière elle, et semblait l'observer. Au bout de quelques minutes, il s'approcha d'elle.

« On vous cherche, Denise, lui dit-il, et on m'a donné la
« mission de vous ramener au salon. »

« Quel était cet homme qui l'appelait Denise familièrement, tout haut, sans embarras? Je retins mon souffle pour bien entendre sa réponse.

« Eh bien! cousin, répondit-elle en riant, laissez les cher-

« cher. Je me trouve bien ici, j'y respire au moins, restons-y
« donc un peu.

« — Comme vous voudrez ; mais vous allez me faire arra-
« cher les yeux par M. Désormeaux, à qui vous avez promis
« une valse. Il m'a déjà reproché de me montrer jaloux
« avant d'en avoir le droit.

« — Bah ! ce pauvre M. Désormeaux ! il ne sait ce qu'il
« dit ; vous n'êtes pas jaloux du tout, au contraire.

« — Ne parlez pas ainsi, Denise, » reprit vivement le jeune
homme ; « vous êtes si belle et je vous aime tant, que ce
« m'est une souffrance de vous voir valser avec un autre
« homme.

« — Même avec M. Désormeaux ! » fit-elle en riant toujours.

« — Oui, car il est très-amoureux de vous, ce n'est un
« mystère pour personne.

« — Oh ! je vous engage à prendre des airs effrayés ! Voilà
« un rival redoutable ! un pauvre sot, dont la tête est à moitié
« détraquée par des rêvasseries qu'il croit fort poétiques ; un
« être ennuyeux comme une averse, et parfois ridicule au
« point de me donner envie de me moquer de lui au lieu de
« le plaindre.

« — Tenez, vraiment, Denise, vous avez tort d'être si dure
« pour ce pauvre Désormeaux, » reprit gravement le jeune
marin ; « sa folie actuelle me paraît fort sérieuse ; ce garçon
« vous aime à sa manière, mais il vous aime sincèrement,
« j'en suis sûr. Je l'ai beaucoup observé, et vous ferez bien
« de ne pas jouer avec lui au jeu cruel de la coquetterie ; ce
« serait mal, car il en souffrirait sans doute beaucoup.

« — Bon, continuez sur ce ton, et vous voilà, avec votre
« Désormeaux, comme Mme de Védelle avec son imbécile
« de fils. Ne m'a-t-elle pas écrit pour me prier de ne pas aller
« à La Pinède pendant quelque temps ? Elle craint les effets
« de ma présence sur son fils Georges, un enfant très-délicat
« et très-mélancolique, comme elle dit.

« — Mme la comtesse de Védelle a bien fait si ce jeune
« homme montrait de l'amour pour vous.

« — De l'amour! Bon Dieu! quel abus de mot! Je voudrais
« que vous eussiez vu cet enfant mélancolique et délicat! Un
« petit bonhomme de dix-sept à dix-huit ans, je crois, si en
« retard ou si court d'esprit qu'on le disait *fada* dans les en-
« virons; un pauvre garçon ne sachant pas prononcer deux
« phrases sans rougir et s'embrouiller, muet, gauche, embar-
« rassé, gêné et gênant; sans cesse planté devant moi, me
« regardant avec de grands yeux étonnés, m'écoutant bou-
« che béante.... »

« — Il me semble, Denise, que cette contenance pouvait,
« en effet, être motivée par des sentiments dont Mme de Vé-
« delle a pu s'alarmer.

« — Ne mettez donc pas des sentiments comme cela par-
« tout; ce garçon me regardait par curiosité; il n'avait ja-
« mais vu que des douairières ou des paysannes; j'étais autre
« chose, voilà tout. Et puis, je crois qu'il aime la musique;
« mais cela ne prouve rien pour son intelligence. Ne voit-on
« pas certains animaux en être touchés?... Il me fait l'effet
« d'un Désormeaux paisible, pour tout dire; au total, ce sont
« des êtres à ne pas compter, et nous leur faisons beaucoup
« d'honneur en nous en occupant un instant. J'ai été assez
« contrariée de cette facile inquiétude prise par Mme de Vé-
« delle; mes visites à La Pinède m'étaient douces, j'y cher-
« chais les traces de ma mère, des souvenirs de mon père.
« Mon pauvre père! comme il vous aimait, Jules! » ajouta-t-
elle avec un accent presque attendri, succédant à sa gaieté
moqueuse.

« — Et qui me l'a si bien prouvé en vous destinant à moi,
« chère cousine, » répondit le jeune homme en baisant d'une
façon passionnée le beau bras qui s'appuyait au sien.

« Un homme s'avança dans ce moment :
« Mademoiselle de La Pinède ne veut-elle pas me donner
« ma valse? dit-il.

« — Mais si, monsieur Désormeaux, » fit Denise en souriant d'un air heureux et en regardant son cousin.

« — J'attends mademoiselle de La Pinède, reprit le valseur.

« — Dans quinze jours, on dira Mme de Mallarme, n'est-ce pas? » dit le jeune marin à voix basse.

« Denise lui fit un charmant signe de tête et disparut, entraînée par M. Désormeaux.

« J'en savais assez; ces dix minutes venaient de décider de ma vie.

« Je m'enfuis comme un fou.

« Je traversai la ville en courant, je m'arrêtai seulement lorsque je me trouvai enveloppé du silence et de l'ombre de la campagne.

« Elle allait se marier! Comprenez-vous, Étienne, ce que cette pensée renfermait de tortures pour moi? Elle épousait un homme jeune, beau, riche, ayant tout pour lui, tout, même la volonté de son père mort, même son amour à elle-même, l'amour de Denise! Oh! comme elle l'avait regardé!

« Moi, elle m'appelait imbécile! Oui! le mot avait été dit : Imbécile! Ainsi, pour les femmes, le silence est de l'idiotisme, l'admiration de l'étonnement, le premier trouble du cœur, si profond et si sincère, est curiosité niaise et embarras stupide. O femme! que de richesses tu as dédaignées! Pour Denise, je n'étais pas un homme! Toutes ces paroles me revenaient à l'esprit, et, à mesure que je me les rappelais, elles m'entraient dans le cœur comme autant de dards froids et empoisonnés.

« Après avoir couru comme un fou, la douleur triompha de mes forces, et je tombai assis sur une pierre, au bord de la route, la tête dans mes mains, insensible, morne, anéanti.

« Y restai-je longtemps? Je ne pourrais vous le dire. Ce fut un siècle! ce fut une heure!... Peut-on mesurer ce qu'il tient de pensées dans une heure? Peut-on compter ce qu'il tient de larmes dans un cœur au désespoir?

« Quand je me relevai, j'avais fait sur moi-même un violent et héroïque effort. Denise perdue pour moi, tout espoir de bonheur mort dans mon âme, il ne me restait plus qu'à obéir à mon père; ma vie, désormais sans but, pouvait devenir utile à mon frère, pourquoi la lui refuser? D'ailleurs, j'avais alors l'espoir que je pourrais bien mourir de ma douleur. Illusion d'enfant, mon ami! L'homme ne meurt pas de chagrin; il peut tout perdre en un jour, comme moi, sans que sa vie en soit atteinte.

« De retour à La Pinède, et sans explications, j'annonçai à mon père que j'étais prêt à lui obéir.

« Quinze jours après, j'épousai Mlle Rose Lescalle. Je fis assez bonne contenance. J'allai au mariage comme d'autres vont au feu, avec calme et résolution.

« Après la cérémonie, nous vînmes, Rose et moi, habiter une maison de campagne nommée Belbousquet, où on avait jugé convenable de nous installer. Cette petite propriété est dans une solitude délicieuse; en y arrivant, j'éprouvai une sorte d'allégement. Je sortais d'un tourbillon et éprouvais un grand besoin de repos.

« La dernière quinzaine, remplie de soins fatigants, avait épuisé mes forces. J'avais dû accompagner ma mère à Marseille pour me donner au moins l'apparence de m'occuper de la corbeille, puis assister aux interminables conciliabules de M. Lescalle et de mon père, discutant des affaires d'intérêt; enfin, faire un visage convenable quand Mme Lescalle et sa fille venaient au château.

« Une insupportable personne que cette Mme Lescalle, faisant les honneurs de sa fille de façon à m'ôter à perpétuité l'idée de la regarder!

« La patience, ou pour mieux dire le courage, faillit me manquer souvent, quand elle disait, comme mon père, et avec un air de matrone entendue, que le mariage me dégourdirait.

« Quelle chose plate et insipide certaines gens font d'un

mariage ! C'est à ne jamais épouser une femme qu'on aimerait. Mais je n'aimais pas Rose et ne m'occupais même pas d'elle quand nous fûmes à Belbousquet. Aujourd'hui, je suis pris d'une sérieuse inquiétude ; je crains d'avoir été trompé sur son compte : on m'a présenté Rose de telle façon, que je l'ai jugée ignorante, naïve, un peu niaise et très-vaniteuse, m'épousant sans goût ni éloignement, pour le plaisir de s'entendre appeler baronne par les divers tabellions de la société de son père, et de troubler les paisibles rues de La Ciotat par le bruit de sa voiture. Eh bien ! elle n'est peut-être pas ainsi ; cette pauvre enfant a, je le crains, cédé à l'autorité en devenant ma femme, et a laissé derrière elle quelque inclination inavouée dont le souvenir la mine et l'afflige. Depuis notre mariage, elle a changé à vue d'œil ; elle s'attriste ; ma présence, que je lui impose pourtant le moins possible, la gêne et l'effraye. Je dois hâter une séparation dont j'ai compris la nécessité dès que nous avons été mariés. Si j'eusse rencontré dans Rose une amie, une sœur, une nature sympathisant avec la mienne par quelques côtés, si seulement je ne m'étais pas aperçu qu'elle me redoute et me fuit, je fusse resté près d'elle sans bonheur, mais sans répugnance. Il n'en est pas ainsi, et je dois au plus tôt faire cesser un état de choses pénible pour tous deux. Ai-je besoin d'ajouter, mon ami, que, dans une pareille position, je n'ai pu me considérer comme le véritable mari de cette jeune fille? je l'ai respectée comme ma propre sœur, et c'était mon devoir. Je me suis servi d'un prétexte pour me retirer à Marseille ; la complaisance d'un de nos voisins de campagne, qui s'est chargé d'écrire à Rose, a coloré la prolongation de mon absence. La vérité est que j'y suis venu pour attendre votre arrivée en France et me consulter avec vous : attendre à Belbousquet me paraissait impossible.

« Maintenant, Étienne, vous savez tout, vous m'aiderez à exécuter mon dernier projet. Je veux essayer d'aller chercher dans l'exil l'oubli de mes douleurs ; je vous demande, mon ami, de me faire recevoir à votre bord. Vous allez, je le sais, entreprendre une campagne dans l'Amérique du Nord; je vous y accompagnerai; nous irons ensemble visiter ces grandes solitudes du nouveau monde, et peut-être y rencontrerai-je le baume calmant dont mon âme a tant besoin.

« Mon départ sera un allégement pour cette pauvre petite Rose; en lui écrivant pour lui annoncer que je quitte la France pour toujours, je lui ferai remettre un acte qui lui assure les deux tiers de ma fortune. Hélas! ce que j'ai aliéné de sa liberté est sans prix, je le sens trop tard et ne puis guère le réparer. Si la vanité la peut consoler, mon nom et mon argent lui suffiront; si elle regrette un amoureux moins sombre que moi, elle pourra sans remords jouir de l'indépendance que je lui rends.

« Je serai loin, elle m'oubliera bien vite; j'aurai passé dans sa vie comme un fantôme inoffensif : cela ne vaut-il pas bien mieux que de me faire haïr de près?

« Voilà mes projets, mon cher Étienne; ma sagesse et ma conscience n'ont rien pu m'inspirer de mieux. Je suis en face de l'irréparable, je le sens. Puissent du moins ces résolutions m'empêcher d'aggraver mes torts!

« J'attends votre réponse et votre appel.

« A vous de cœur,

« Georges de VÉDELLE. »

Rose, en finissant la lecture de cette lettre, sentit son cœur se gonfler sous une angoisse indicible.

Combien Georges aimait Denise, et elle, pauvre Rose, avec quel dédain il la traitait! Il l'avait quittée sans lui dire un mot; il partait lui laissant son nom, de l'argent, de la liberté, et se croyait quitte!

Il ne voulait rien prendre de sa vie, étant résolu à lui tout refuser de la sienne.

« Ah! se dit-elle, il est pour moi ce qu'a été pour lui

Mlle de La Pinède; au fond, nous souffrons la même douleur ! Mon Dieu, pourquoi cette idée me vient-elle? l'aimerais-je, à présent? Oh! non, ce serait pire que tout ! »

Elle resta longtemps plongée dans d'amères réflexions; puis, apercevant la lettre d'Étienne d'Alais, restée sur ses genoux, elle fut sur le point de la jeter dans un tiroir sans la lire. Rien ne pouvait être ajouté à la longue et terrible lettre de Georges; Rose le pensait; elle lut pourtant.

M. Étienne d'Alais à Mme Rose de Védelle.

« Sarcelles, juin 1835.

« Madame,

« Le jour même où vous me faisiez l'honneur de m'écrire, je recevais une longue lettre de votre mari; c'est celle que je me hâte de vous envoyer. Cette lettre est la plus concluante des explications, elle éclaircit tout, elle répond à tout; lisez-la, madame, et achevez de connaître cette âme si étrangement méconnue.

« Ces tristes confidences achèveront de vous faire comprendre Georges et vous prouveront qu'il n'a jamais joué *ce rôle qui vous a tous trompés*, comme vous le dites avec amertume dans la naïveté de vos seize ans. L'adolescent morose, silencieux, farouche de La Pinède, a réellement existé, et les circonstances exceptionnelles dans lesquelles s'est formée votre union ont contribué à vous entretenir dans cette grande mais non irréparable erreur.

« Dieu s'est plu à démentir les prévisions des médecins *Tant-pis*, dont la demi-science a pris l'assoupissement intellectuel qui suit les grandes commotions pour un mal irrémédiable. La famille de Védelle, après avoir accepté leur arrêt, n'a pas su plus tard discerner la vérité. Connaissant les parents de Georges, je me l'explique.

« Une chose pourrait paraître étrange, c'est que vous,

madame, douée de ce tact exquis des femmes, qu'on voit s'élever parfois jusqu'à la divination, vous n'ayez rien deviné. Oui, cela me paraîtrait en effet bien incompréhensible, si je ne connaissais la puissance des préventions sur un jeune esprit.

« Dans la première période de la vie, on ne juge pas par soi-même; on accepte les jugements d'autrui comme autant de vérités positives, et, plus tard, rien n'est plus difficile à détruire, plus malaisé à déraciner, que cette chose impalpable, masquée, hypocrite et louche, appelée une prévention. Mensonge fardé de vérité, trahison à deux tranchants, la prévention nuit à celui qui l'accueille et à celui qui en est l'objet. Vous l'avez éprouvé, madame; vous voyiez dans Georges un être disgracié; vous ne l'observiez seulement pas. A quoi bon? il était jugé! Et ainsi beaucoup d'indices pouvant devenir des révélations évidentes sont restés muets pour votre jeunesse et votre inexpérience.

« Tout conspirait contre vous, pauvres enfants; il vous a manqué l'amour, ce flambeau divin qui seul pouvait détruire votre commune erreur, et vous êtes restés ignorants l'un de l'autre. Heureusement, aujourd'hui, une volonté positive de la Providence vous éclaire, et tout peut encore se réparer.

« Maintenant, avant de terminer cette lettre, permettez-moi, madame, de vous donner un conseil; permettez au meilleur ami de votre mari d'avoir un secret commun avec vous. Laissez Georges ignorer toujours l'étrange et triste méprise du passé. Si unis que puissent devenir vos deux cœurs, cachez avec soin à votre mari que vous avez pu ressentir pour lui une froide pitié et un blessant éloignement. Une telle révélation lui ferait une blessure que vos plus tendres soins ne parviendraient peut-être pas à guérir. Il est des choses délicates au point de ne pouvoir être touchées même par les mains douces et bénies d'une femme aimée.

« Recevez, madame, mes vœux les plus ardents pour votre

bonheur, et permettez-moi de déposer à vos pieds mes hommages bien affectueux.

« Étienne d'Alais. »

« P. S. Par ce même courrier, j'écris à votre mari et je lui parle d'affaires assez importantes. Je ne veux pas empiéter sur ses droits en vous annonçant une nouvelle qui, j'en suis sûr, vous causera quelque joie. Certes, c'est un poëte, et un vrai poëte! personne n'en doute à Paris aujourd'hui, et on n'en doutera pas non plus, à La Pinède, dans quelques jours. »

Rose ne chercha pas à deviner le mystère de ce post-scriptum; son émotion à la lecture de ces deux lettres fut trop grande pour laisser subsister la curiosité. La lumière complète venait de se faire dans sa situation, lumière implacable comme la vérité, n'atténuant rien, ne ménageant rien, et lui découvrant à la fois combien le cœur de Georges était précieux à posséder, et par quels abîmes elle s'en trouvait séparée. La lettre d'Étienne adoucit bien imparfaitement sa douleur profonde; elle ne la relut même pas, ses paroles d'espoir lui firent l'effet de banalités; elle la jeta dans un coin avec une sorte de colère.

Elle passa plusieurs heures dans une agitation qu'aucune résolution ne vint calmer, pleurant, tremblant, marchant avec vivacité autour de sa chambre, pour se laisser ensuite tomber accablée sur un siége, reprenant à chaque instant la désolante lettre de Georges, pour la commenter et la relire en choisissant toujours les passages les plus pénibles. C'est le propre de certains chagrins de rendre le cœur comme avide de tortures, de lui faire rechercher tout ce qui peut faire saigner ses plaies; cet acharnement à souffrir est surtout violent dans la très-grande jeunesse, où le ressort de toutes nos facultés agit dans sa force première. Rose l'éprouva; elle avait déjà beaucoup souffert, mais ses épreuves antérieures lui parurent peu de chose en comparaison de ses douleurs nouvelles. Elle subit une de ces longues crises de larmes, de sanglots, d'étourdissements, de cris étouffés, qui sont comme les tempêtes du cœur et le calment un peu sans le soulager. Elle sortit de là avec un besoin impérieux de prendre une résolution, mais laquelle? Elle songea à tout, même à se tuer.

C'était vraiment une pauvre âme en détresse! Que celui qui a souffert comme elle la comprenne et l'excuse.

Enfin la pensée de sa tante Médé, de cet ange gardien de son enfance, qui déjà avait pu la rendre résignée un jour où, pour des causes bien différentes, elle avait cru aussi tout désespéré, lui revint à l'esprit. Ce fut comme une inspiration du ciel. « Oui, se dit-elle, ma tante Médé, elle, elle seule, peut me diriger. D'ailleurs, ce me sera déjà un soulagement de n'avoir rien à décider moi-même; en restant ici livrée à mes angoisses, je deviendrais certainement folle. »

Rose, fortifiée par cette détermination, prit à la hâte un chapeau et s'élança dans le jardin. En descendant l'avenue d'oliviers, elle se croisa avec Thérézon. La bonne femme s'arrêta stupéfaite à l'aspect du visage bouleversé de Rose.

« Mon Dieu! comme madame à l'air agitée! dit-elle; est-ce qu'il y a un malheur?

— Non, Thérézon, non, répondit la jeune femme sans ralentir le pas; je vais chez ma tante, voilà tout, j'ai à lui parler.

— Si madame prenait le mulet de Dominique, la chaleur est étouffante et la course est longue d'ici aux Capucins.

— Ce serait trop long; il faut que je voie ma tante à l'instant même, pour quelque chose de très-pressé. »

Et sans laisser à Thérézon ébahie le temps de placer une réplique, Rose disparut derrière les buissons d'aliziers et d'arbousiers qui croissaient près de la grille de Belbousquet.

Thérézon la suivit des yeux, cherchant l'explication de ce départ précipité.

« Bon, il se passe du nouveau, grommela-t-elle; la voilà sens dessus dessous. Je gage que c'est ce maudit *fada* qui revient; il lui fait peur, elle le fuit. Le malheur est entré chez nous avec cette face pâle. Heureusement Mme Lescalle est avertie. Jusqu'à hier, ç'a été comme un sort, je ne pouvais la rencontrer seule; enfin, j'ai pu lui parler, je l'ai mise au fait de tout, et elle va emmener sa fille à la ville; l'autre la suivra s'il veut. M. Lescalle lui-même s'aperçoit bien que ce mariage-là est une sottise. Si je ne m'en étais pas mêlée cependant, on aurait laissé comme cela cette pauvre misé Rose à côté de ce vilain sauvage. Mariez donc les jeunesses de chez nous à ces gens du Nord; ils sont tous froids comme *pastèques* et fiers comme la *boussecarloune*[1], qui ne se laisse jamais approcher. »

Sur ces profondes observations ethnologiques, Thérézon entra dans le potager et se mit à cueillir des petits pois, avec le calme que procure un grand devoir accompli.

Quant à Rose, elle franchit en moins d'une heure la distance qui la séparait des Capucins. Au détour de la route de La Ciotat, elle fut aperçue par Artémon Richer, alors occupé, pour se consoler, à causer assez familièrement avec la fille du maître de poste, jolie couturière de vingt ans, fraîche, brune, pas trop farouche, avec laquelle il se rencontrait depuis trois jours, par hasard, à ce point de la route, où un banc de pierre, placé sous un beau massif de mûriers, formait une halte agréable. Rose arriva devant le groupe sans le voir. Artémon, lui, la reconnut à l'instant et fit un mouvement pour se jeter au-devant d'elle; la présence de sa compagne le retint. Rose passa; sa robe blanche formait derrière elle comme un nuage, ses petits pieds agiles faisaient voler le sable fin de la route, qui, traversé par les rayons du soleil de juin, entourait sa tête d'une auréole transpa-

---

1. Les paysans provençaux nomment *boussecarloune* une espèce de roitelet extrêmement sauvage.

rente : Artémon crut avoir une apparition. L'effet produit sur lui fut bien vif, car il fit le quasi-miracle de lui donner une réminiscence poétique :

. . . . Et les oiseaux
Pour ses pieds donneraient leurs ailes !

murmura-t-il en la suivant du regard.

« Connaissez-vous donc cette femme qui vient de passer si vite ? lui demanda la jolie couturière en donnant une expression jalouse à son visage mutin.

— Du tout, reprit le lion de La Ciotat, rappelé à sa situation du moment ; du tout... Nous disons que vous m'attendrez ce soir ! »

Si la jeune fille dit oui, Rose n'aurait pu l'entendre ; elle entrait en ce moment sous le porche obscur des Capucins, et se précipitait, haletante et oppressée, sur le sein de sa grand'-tante.

Quoique Mlle Médé eût reçu l'appel désolé de Rose, elle n'y avait pas répondu encore, calculant fort justement que, si la position de sa petite-nièce ne s'améliorait pas, elle en recevrait de nouvelles instances.

Rose, enfermée avec ses livres, absorbée par une attente fiévreuse, était restée muette, et son silence avait paru d'un favorable augure à la bonne demoiselle.

Son illusion s'évanouit au premier mot de Rose.

« Ah ! chère tante, s'écria-t-elle en pleurant, c'est bien maintenant que je puis désespérer !

— Chère petite, répondit misé Médé, il ne faut jamais désespérer de la bonté de Dieu. Voyons, calme-toi et conte-moi ce qui se passe ; nous trouverons peut-être un moyen de conjurer ce malheur dont je te vois si émue. »

CHAPITRE XX.

Retour.

Georges, on le sait, était à Marseille; l'invitation de M. Césaire de Croix-Fonds lui avait servi à trouver un prétexte pour expliquer son absence; il partit, en effet, avec le jeune baron, mais le laissa dès le second jour poursuivre seul son voyage vers le Dauphiné, et revint à Marseille attendre la lettre de son ami Étienne. Cette réponse tant désirée lui parvint le jour où Rose apprenait à Belbousquet le secret de sa vie. Le même courrier apporta au mari et à la jeune femme les bons et utiles conseils d'un ami véritable.

Voici ce que M. d'Alais écrivait à Georges :

« J'ai usé, mon bien cher ami, de la permission facultative que me donnait votre lettre de janvier dernier, et j'ai prié ma mère de faire imprimer votre volume de vers : *Aigles et Colombes*. Votre livre a eu à Paris un succès que j'ai trouvé tout établi à mon arrivée. Je ne suis pas modeste pour votre compte, moi, Dieu le sait! Eh bien! mon ami, ce succès-là a dépassé toutes mes espérances. Les salons, les journaux, tout le monde en a parlé; et si, suivant votre ordre exprès, je ne vous avais tenu obstinément caché sous le pseudonyme de *James Herder*, le bruit de votre renommée aurait été sonner aux oreilles de votre famille patriarcale, et troubler les échos de votre solitude.

« La vogue de salon flatte, les éloges de journaux encouragent; mais voici qui est mieux. Melval, le grand critique, a voulu absolument vous connaître; je lui ai dit votre âge et votre nom. Alors il a été si émerveillé de cette œuvre sortie d'un cerveau de dix-neuf ans, elle lui a paru promettre un si grand avenir, qu'il a été sur-le-champ trouver le ministre, son ami intime, homme distingué, comme vous savez, et a commencé un dithyrambe sur votre compte. Le ministre a été de son avis, s'est enthousiasmé, et le résultat a été.... tout simplement la croix de chevalier de la Légion d'honneur, dont vous trouverez le diplôme sous ce pli.

« Eh bien ! Georges, que dites-vous de cela ? Être décoré à vingt ans, n'est-ce pas bien de quoi devenir un homme raisonnable et chasser un peu les humeurs noires ?

« Jai tenu à vous parler d'abord de cette grande affaire ; maintenant, je viens aux choses intimes :

« J'ai lu avec beaucoup d'attention cette grande lettre où vous me racontez la lamentable histoire de votre passion pour Mlle de La Pinède.

« Vous allez vous hérisser, mon poëte, je m'y attends ; pourtant je veux vous dire toute ma pensée.

« Croyez-en un vieil ami, il est fort heureux pour vous que Mlle Denise n'ait pu ni voulu être votre femme.

« Je la connais assez, l'ayant rencontrée dans des salons, pour l'avoir bien jugée. C'est une de ces femmes brillantes, qui font plus souvent d'un mari un martyr qu'un heureux. Elle aime passionnément le monde, où son admirable beauté et son grand talent de musicienne lui attirent des ovations dont elle ne pourra jamais se passer. Elle s'est habituée à vivre dans une atmosphère de louanges et d'encens, serre chaude où sa vanité s'est développée outre mesure. Quel cas peut-elle faire de l'admiration d'un homme ? elle a celle d'un peuple d'adorateurs. Elle règne sur cette pléiade choisie qui domine la première société du monde, les salons de Paris !

« Mon jugement sera sévère sur elle. A mon avis, elle a toutes les qualités séduisantes, et il lui manque la qualité suprême. En un mot, elle sait inspirer l'amour, elle ne saurait pas le rendre.

« Laissez-la épouser son cousin de Mallarme ; il est marin

de son métier, et conséquemment dans les meilleures conditions pour que cette Sirène, comme vous l'appelez, ne le prenne pas trop vite en grippe. Mariée à lui, elle sera pourtant libre pendant la moitié du temps; c'est ce qui convient à ses goûts.

« Le reste regarde M. de Mallarme.

« Tout ceci ne vous consolera probablement pas; cependant, si vous voulez un peu réfléchir, cela pourra adoucir vos regrets. Aimer cette femme, c'était appeler sûrement le malheur sur soi; il vous eût atteint tôt ou tard. Le plus tôt est le mieux, on a plus de temps pour réparer.

« A présent, Georges, je suis tenté de vous dire des choses fort dures. Quoi! vous voulez partir, quitter la France, désoler votre famille, abandonner cette pauvre jeune fille dont vous êtes aujourd'hui le protecteur naturel! Mais c'est de la folie cela, mon ami, et si je n'étais plein d'indulgence pour la fièvre que donnent certains chagrins, je vous dirais : « Geor-
« ges, vous avez songé à faire une mauvaise action. »

« Vous ne connaissez pas la femme dont vous êtes le mari; vous n'avez rien tenté pour vous en faire aimer; vous ne lui avez pas même fait l'honneur de l'observer; vous ignorez si elle a une valeur quelconque. Elle ne ressemble pas physiquement à votre idéal, dès lors elle est jugée et condamnée; on la délaisse et on la dédaigne.

« O fou! imprudent! aveugle que vous êtes! Savez-vous si ce cœur candide, si cette intelligence à peine éveillée, ne contiennent pas autant de feu et d'amour que vous en pouvez souhaiter?

« J'ai, du reste, peine à comprendre que vous ayez pu vous marier dans la disposition d'esprit où vous étiez. Vous avez commis là une grande faute : le désordre et l'abattement où votre douleur vous avait plongé sont à peine des excuses. Maintenant, le mal est fait; il ne faut pas l'aggraver; vous vous êtes, avec une insouciance coupable, créé des devoirs sérieux : il les faut remplir.

« Vous vous devez à cette femme que vous avez prise, quoique ne l'ayant pas choisie. Si vous ne pouvez lui donner de l'amour, laissez-lui votre protection, votre appui, votre présence; elle y a droit, et vous êtes un honnête homme.

« Vous n'auriez pas dû quitter cette douce retraite de Belbousquet. Allons, Georges, un bon mouvement. Retournez-y. Allez porter à vos parents l'étonnement et la joie de votre succès dans une carrière où vous avez marché et vaincu seul. Allez calmer les inquiétudes de Mme Rose de Védelle. Allez, cher Georges ; là est le devoir, là est l'oubli du passé, là est peut-être l'avenir calme et radieux.

« Jusqu'ici mes avis ont été ceux du conseiller consciencieux et sévère; je finis par quelques paroles de l'ami.

« Si, après avoir essayé d'arranger votre existence dans la voie où elle est, vous y reconnaissez des impossibilités, si vous ne pouvez parvenir à aimer votre jeune femme, si enfin elle vous a elle-même en aversion; alors, venez me trouver, je vous tendrai mes bras fraternels, je vous emmènerai loin de Rose, loin de la France, loin de vos souvenirs, et vous irez demander à l'exil la guérison et le repos.

« Les marins sont croyants, vous le savez : moi j'ai une foi profonde dans les mystérieuses opérations de la Providence; je crois qu'elle a placé près de vous le dictame salutaire à vos douleurs. Méditez bien tout ceci, cher Georges, agissez en homme d'honneur et en cœur courageux, et si vous avez été seulement aveugle, comme je le suppose, envoyez-moi une pensée au milieu de votre bonheur.

« Votre ami,

« ÉTIENNE. »

Le lendemain du jour où le courrier de Paris apporta en Provence les lettres qu'on vient de lire, deux femmes cheminaient, vers huit heures du soir, sur la route de La Ciotat à Marseille.

L'une, grande et un peu voûtée, enveloppée dans une de

ces mantes de soie noire en usage il y a soixante ans, marchait d'un pas égal, quoique un peu pesant; l'autre avait cette allure légère qui décèle la jeunesse, et semblait en proie à une vive agitation.

C'étaient Mlle Médé et sa nièce.

« Voici qu'il se fait tard, dit la vieille demoiselle, et nous n'avons pas encore rencontré Dominique; tu as voulu venir au-devant de lui, Rose, tu as eu tort : le vent se lève, tu vas prendre froid; peut-être est-il prudent de retourner sur nos pas.

— Oh! non, chère tante, répondit la jeune femme vivement, allons plus loin, les jours sont longs dans cette saison; d'ailleurs Dominique doit nous attendre aux trois mûriers, et nous en sommes tout près.

— Pourquoi lui avoir dit de s'arrêter là, au lieu de le faire venir aux Capucins?

— C'est afin de ne pas fatiguer son mulet et que Dominique arrive à Marseille le plus tôt possible.

— Soit, allons toujours; mais tu es sans chapeau, et je crains pour toi l'humidité du soir.

— J'ai la tête brûlante, au contraire, et l'air frais me fait du bien. Pourvu que Dominique soit exact! reprit Rose avec un accent où perçait toute son impatience. Il est si important qu'il trouve Georges dès demain! Malheureusement, j'ignore son adresse, et on va peut-être perdre beaucoup de temps à le chercher dans cette grande ville.

— Ne te tourmente pas à ce sujet, mon enfant. Georges est à Marseille dans un hôtel : or, il n'y a pas plus de sept ou huit grands hôtels à Marseille; eh bien! Dominique cherchera dans tous.

— Et vous pensez, chère tante, qu'il aura ma lettre demain?

— Je n'en doute pas, et j'espère beaucoup de ta lettre, si tu l'as écrite comme tu comptais le faire, en laissant bien naïvement et complétement parler ton cœur.

— Je n'ai pas osé faire cela, tante Médé; le souvenir de la froideur de mon mari, la triste conviction donnée par les confidences venues de Paris, ont glacé mon épanchement. Comment me faire comprendre à Georges sans lui tout dire? Et tout expliquer serait très-dangereux; M. d'Alais me le dit, et il a raison. »

La physionomie de Mlle Médé prit une teinte de mécontentement.

« Que lui as-tu donc écrit? demanda-t-elle.

— Quelques lignes seulement pour le supplier de venir au plus tôt à Belbousquet, où j'ai à lui parler de choses graves. J'oserai, il me semble, davantage en lui parlant; et puis vous serez là, bonne tante, et vous m'aiderez.

— Mon aide ne peut être comptée pour rien dans cette circonstance, ma fille; c'est à toi et à toi seule à tâcher de conquérir ton mari; toute intervention étrangère te nuirait au lieu de te servir.

— Vous avez sans doute raison, et maintenant je regrette bien de n'avoir pas écrit ma lettre différemment. Si cela ne suffisait pas pour le ramener!... Aurais-je pu croire, tante Médé, ajouta-t-elle après un long silence, que cet homme, dont la présence m'épouvantait il y a un mois, occuperait toute ma pensée aujourd'hui? Hélas! et c'est un malheur de plus! car il me déteste, bonne tante, vous avez bien vu dans sa lettre!

— Cette lettre ne prouve rien de cela, mon enfant. Georges ne te connaît pas; il ne t'a même jamais bien regardée, il le dit lui-même. C'est à toi à lui apprendre ce que tu vaux, à faire des efforts pour lui plaire, et il finira sans doute par t'aimer.

— Vous voulez me consoler; mais ce que vous me dites là me semble impossible; je vais faire une tentative dont je n'espère rien; je suis dans un découragement profond. Comment pourrait-il m'aimer, maintenant, moi si ignorante, si gauche, si loin de la beauté et des talents de Mlle Denise?

— Mlle Denise ne peut plus être pour lui qu'un fantôme, et toi tu es une réalité charmante ; tâche seulement de l'en faire apercevoir, et tu as de grandes chances de le ramener à toi.

— Savez-vous, ma tante, qu'en songeant à toutes ces révélations inattendues qui ont bouleversé ma vie sans en altérer la surface, je me demande si je n'eusse pas été plus heureuse, aimée d'un enfant maladif et borné, que dédaignée par l'homme complet et intelligent?

— Prends garde, Rose, tu blasphèmes, dit presque sévèrement Mlle Médé. Quoi ! c'est au moment où tout semble s'arranger, où tu entrevois une destinée toute différente de celle que tu jugeais misérable et sacrifiée le jour de ton mariage, c'est à ce moment même que tu désespères ! Prends garde, te dis-je, d'offenser Dieu, ma fille, ou je ne reconnaîtrai plus cette Rose que j'ai pu rendre forte et résignée en présence d'un sort si réellement malheureux.

— Oh ! quand je me suis mariée, j'étais bien autre qu'aujourd'hui, ma tante. Je n'aimais personne alors ! Je dois aimer à présent, ajouta-t-elle à voix basse, car je sens la faculté de souffrir centuplée en moi. »

Il y eut un long silence, pendant lequel les deux femmes restèrent absorbées dans leurs pensées.

Mlle Médé, perdue dans ses conjectures, n'espérait pas comme elle le disait. Au fond, elle redoutait qu'un rapprochement fût à jamais impossible entre les jeunes époux ; elle redoutait surtout que Georges, épris d'un idéal, comme tous les poëtes, ne pût éprouver d'attrait pour la nature simple et timide de Rose.

De son côté, la jeune femme songeait à son mari avec un mélange d'effroi et de tendresse que sa situation étrange pouvait seule expliquer.

Toutes deux marchaient donc pensives, arrangeant et supposant l'avenir au gré de leurs craintes et de leurs désirs. Leur préoccupation leur fit oublier le but de leur course ;

elles passèrent devant les trois mûriers sans s'en apercevoir. La nuit et le silence s'étaient faits autour d'elles ; la lune se leva dans un ciel étoilé, et ses rayons jetèrent des glacis argentés sur le feuillage sombre des oliviers.

Tout à coup les deux femmes tressaillirent. Le trot d'un cheval se faisait entendre dans le lointain, se dirigeant de leur côté.

« Voici Dominique, dit Rose. Enfin ! Comme il est en retard ! Nous avions dit huit heures.

— Ne t'inquiète pas, répondit sa tante ; il arrivera encore de bonne heure à Marseille, s'il veut mener son mulet du même train qu'en ce moment. »

En effet, le cavalier lointain pressait fort l'allure de sa bête, et en peu de minutes il apparut à l'angle de la route. A la clarté de la lune, Mlle Médé et Rose distinguèrent en selle une svelte figure.

Ce n'était pas Dominique.

« O mon Dieu ! dit Rose en s'appuyant toute tremblante au bras de sa tante, je crois que.... je crois que c'est Georges ! »

C'était Georges en effet ; il allait passer devant les deux femmes sans les voir, quand Mlle Médé s'avança jusqu'au milieu de la route. Effrayé par cette grande forme noire, le cheval fit un écart en arrière, et s'arrêta en frémissant.

Georges regarda.

« Eh bien ! monsieur mon petit-neveu, dit la vieille dame d'un accent où elle essaya de mettre de l'enjouement, vous aimeriez mieux, je crois, m'écraser que me voir.

— Ah ! mademoiselle Médé Lescalle ! pardon, » répondit Georges en descendant lestement de cheval et en saluant respectueusement.

Par un sentiment de timidité presque enfantine, Rose s'était tenue jusque-là cachée derrière sa tante.

Mlle Médé la démasqua tout à coup.

« Rose, ne dis-tu pas bonjour à ton mari ? » fit-elle.

Rose balbutia quelques mots, et Georges, surpris de la rencontrer si inopinément, resta tout interdit.

Pour se faire une contenance, il offrit son bras à la vieille tante, près de laquelle Rose resta comme un enfant craintif. Le cheval, ravi d'en avoir fini avec la course forcée qu'on lui imposait depuis Marseille, se mit à suivre tranquillement son maître, tout en donnant par-ci par-là un coup de dent aux broussailles de la route. Pendant quelques minutes on n'entendit que le bruit de ses sabots sonnant sur les cailloux et le *crop-crop* de ses mâchoires dépouillant les jeunes arbrisseaux.

Nos trois personnages cheminaient côte à côte, dominés par cet embarras que crée toujours le désaccord des situations avec les sentiments. Leurs rôles respectifs, les plus simples du monde en apparence, étaient, en réalité, difficiles et délicats. Chacun se taisait, plein cependant du désir d'entrer en matière.

On arriva ainsi devant les trois mûriers, sans qu'une parole fût venue rompre ce silence gênant.

Au pied d'un des arbres, Dominique le muletier, vêtu de son sayon de poil de chèvre et étendu sur l'herbe épaisse, fumait philosophiquement sa pipe avec la quiétude d'un messager ne se sentant pas en retard de plus d'une demi-heure.

Il regarda sans bouger s'avancer ce groupe taciturne, muet comme un trio d'ombres. Quand le groupe approcha, il reconnut la grande taille de Mlle Médé et la silhouette gracieuse de Rose; alors il se leva, et ôtant ce bonnet de laine rouge qui coiffe si pittoresquement ces belles têtes méridionales :

« Misé, dit-il, me voici au rendez-vous; vous voulez m'envoyer à Marseille, je crois, pour quelque chose de pressé; mon mulet est là tout prêt; je puis partir à l'instant, si vous le voulez.

— Ah! oui, c'est vrai, mon garçon, répondit Mlle Médé,

il s'agissait de porter une lettre à Marseille ; mais maintenant c'est inutile, ajouta-t-elle en jetant un regard sur Georges ; tu peux retourner chez toi, je te payerai ton dérangement, va.

— Ça ne presse pas, misé, à vos ordres, reprit Dominique en allant détacher son mulet.

— Mais, demanda Georges, elle était donc pour moi cette lettre ? de ma mère, peut-être ?

— Non, murmura timidement Rose.

— De qui donc alors ?

— De moi, dit-elle à voix basse.

— De vous, Rose ! »

Et il la ragarda d'un air franchement étonné et interrogateur, qui lui fit baisser les yeux et la rendit toute tremblante.

Georges s'aperçut de ce trouble, et ajouta doucement :

« Vous me la donnerez, cette lettre, n'est-ce pas ? »

En ce moment, un éclair d'espoir traversa le cœur de Mlle Médé ; une pensée subite la fit rappeler Dominique, dont on entendait encore le mulet au loin.

Elle l'appela trois fois d'une voix forte et vibrante. Dominique s'arrêta, puis revint sur ses pas.

« Mon garçon, lui cria-t-elle, rentres-tu à la ville ce soir ?

— Oui, misé.

— Eh bien ! tu vas m'accompagner jusque chez moi, c'est ton chemin. Mes enfants, dit-elle en se tournant vers Rose et Georges, il se fait tard ; je ne veux pas que vous me meniez jusqu'aux Capucins ; rentrez à Belbousquet. Quant à moi, ce brave garçon me suffit ; son mulet me connaît, je vais monter dessus, je serai chez moi dans vingt minutes.

— Mais, chère tante, dit Rose, vous m'aviez promis de venir passer quelques jours près de moi.

— Je t'ai promis cela ce matin ; maintenant, tu n'as plus besoin de ma compagnie, tu as ton mari.

— Vous êtes toujours la bienvenue à Belbousquet, mademoiselle, dit Georges, et ma présence ne doit pas priver Rose du bonheur que lui causent vos visites.

— Merci, monsieur Georges, répondit la vieille dame : votre instance me touche ; cependant je préfère remettre à la semaine prochaine mon projet d'aller à Belbousquet. J'ai fort à faire chez moi, et je n'eusse accompagné Rose que pour ne pas la laisser seule plus longtemps. »

Sans attendre de réponse, Mlle Lescalle, aidée de Dominique, monta sur le mulet ; puis, enveloppant Georges et Rose d'un regard de tendresse :

« Dieu vous protége, mes chers enfants, soyez heureux ! » dit-elle d'une voix émue.

Elle leur fit encore un geste d'adieu affectueux, et, lâchant la bride à sa monture, elle s'éloigna rapidement, et on la perdit bientôt de vue dans l'obscurité de la route.

Les deux jeunes gens restèrent seuls.

Pendant assez longtemps ils marchèrent côte à côte, ne se regardant même pas ; chacun cherchait dans son esprit une façon d'entamer la conversation. Leur embarras s'était encore accru par le départ de la vieille tante. Ils se sentaient près de quelque moment solennel, et subissaient cette impression mystérieuse, indéfinissable, qui précède presque toujours les actes décisifs de la vie. Les phrases froides et banales échangées un mois avant entre eux étaient devenues impossibles.

En entrant dans le petit chemin rocailleux de la rampe de Belbousquet, Rose trébucha contre une pierre et faillit tomber. Georges la soutint en la prenant par le bras.

« Vous êtes-vous fait mal, Rose ? lui demanda-t-il.

— Non, merci, Georges. »

Ils retombèrent dans leur silence : seulement, Georges garda le bras de sa femme sous le sien ; ils continuèrent à marcher pensifs et muets, uniquement occupés l'un de l'autre, et n'osant échanger leur commune pensée.

Cependant Georges regarda Rose, et elle lui parut bien différente de ce qu'il l'avait vue.

Toute sa personne portait les traces visibles des sensations violentes dont sa vie venait d'être ébranlée. Elle lui parut extrêmement maigrie ; la magnifique fraîcheur dont il lui avait fait presque reproche était remplacée par cette pâleur transparente et veloutée, si charmante chez les femmes blondes.

Ses cheveux, au lieu d'être roulés en grosses tresses ainsi qu'elle les portait habituellement, étaient arrondis en courts bandeaux et négligemment tordus derrière sa tête ; un léger gonflement du réseau de veines bleues qu'on voyait courir sur ses tempes décelait une émotion contenue. Elle marchait lentement, les yeux baissés, avec une allure languissante indiquant la souffrance. Vue ainsi, aux rayons doux et tristes de la lune, avec sa robe blanche et son air abattu, elle ressemblait à un de ces beaux anges d'Andréa del Sarte descendu à contre-cœur sur cette terre de misère et de douleur.

Georges fut frappé de cette physionomie si nouvelle pour lui ; il crut en effet n'avoir jamais vu Rose ; il resta à la regarder, sans se rendre compte du charme qu'il trouvait à cette contemplation.

Rose, absorbée dans ses pensées, ne s'aperçut pas de l'attention dont elle était l'objet, et, tandis que son mari la regardait, une larme descendit lentement le long de sa joue pâlie, et vint tomber sur une touffe d'herbe, où elle brilla un moment comme une goutte de rosée.

Cette larme muette émut le jeune poëte.

« Vous pleurez, Rose, dit-il ; qui peut vous affliger ? Est-ce ma présence ou l'absence de votre tante ? »

Le sein de Rose se souleva en entendant la voix de Georges, mais elle resta silencieuse.

« Répondez-moi, chère Rose, reprit le jeune homme, qu'avez-vous ? Je tiens à connaître la cause de votre chagrin.

— Je n'ai rien, et je suis heureuse de vous voir, » dit enfin Rose, en levant sur son mari ses grands yeux humides.

Et pour lui bien prouver sa satisfaction de le revoir, elle serra légèrement le bras de Georges; puis, comme honteuse d'un mouvement si hardi, elle devint toute rouge, et pendant un moment sa fraîcheur d'autrefois reparut sur son visage.

Quelque chose de si touchant passa dans sa voix en disant ce peu de paroles, son regard, son geste furent empreints d'une grâce si douce, d'un sentiment à la fois si timide et si profond, que Georges se sentit troublé jusqu'à l'âme.

« Pourquoi pleurez-vous alors? lui demanda-t-il affectueusement.

— Oh! je ne pourrai jamais vous le dire.

— Vous avez tort, Rose; il faut tout me dire : ne dois-je pas être votre protecteur, votre conseil, votre meilleur ami? C'est mon droit de vous consoler, si vous souffrez. Quelqu'un a-t-il osé vous faire de la peine en mon absence? nommez-le-moi, et je vous défendrai contre lui.

— Personne ne m'a rien fait, dit Rose.

— Alors quel motif peut vous affliger quand je suis là, si ce n'est pas ma présence? »

Ces questions, faites d'un ton presque tendre, parurent enhardir Rose.

« Vous ne m'avez pas encore parlé ainsi, reprit-elle, et pourtant j'ai bien pleuré aussi le mois dernier.

— Vraiment, dit Georges, et comment l'ai-je ignoré?

— Je ne sais, vous ne vous en aperceviez pas, voilà tout. D'où vient que vous n'êtes plus le même?

— Ah! oui, reprit Georges avec un soupir, vous avez raison, en effet; bien des choses sont changées en moi depuis ce temps, et je ne suis plus le même, comme vous dites; je veux essayer de vous faire oublier l'être indifférent et maussade que vous avez connu; est-ce possible, cela? »

Rose marchait de surprise en surprise en voyant Georges entrer le premier dans cette voie où elle craignait tant de ne pouvoir l'amener; son cœur se gonfla sous un rayon d'espoir, elle fut si heureuse qu'elle ne put répondre.

Georges continua.

« Est-ce possible ? Rose, je vous le demande ; pourrez-vous oublier l'homme bizarre d'il y a un mois ? lui pardonnerez-vous ses torts, sa sauvagerie, sa froideur, son injustice ? O ma pauvre Rose, enfant que vous êtes, vous ne pouvez savoir ce qui s'est passé en moi. Voyez-vous, j'ai bien des souffrances pour excuses. Si vous saviez !... » répéta-t-il en embrassant dans une seule pensée toute sa douloureuse histoire.

Il s'arrêta : cette évocation du passé rouvrit avec violence des plaies encore saignantes ; l'émotion le gagna, il cacha sa tête entre ses mains, et un court sanglot souleva sa poitrine.

En le voyant si désespéré, Rose eut un de ces mouvements généreux et passionnés auxquels certaines femmes ne savent pas résister.

Elle s'arrêta, et, posant sa petite main sur le bras de son mari, le forçant à découvrir son visage troublé :

« Georges, dit-elle avec une sorte de solennité douce, Georges, je sais tout.... oui, tout, répéta-t-elle, et je vous pardonne.

— Comment vous savez !... s'écria Georges ; vous, Rose ! Oh ! non, c'est impossible.... Qui aurait pu vous dire...?

— Vous-même, » fit-elle en tirant de son corsage la lettre de Georges à Étienne et en la lui donnant.

Georges resta un moment atterré ; il prit la lettre d'une main tremblante.

« Cette lettre entre vos mains ! Par quelle voie y est-elle arrivée?... Oh ! quelle énigme !

— Ne cherchez pas, Georges ; voici la vérité : votre ami a été amené, par des circonstances dont vous serez instruit, à commettre la louable indiscrétion de me l'envoyer.

— Quoi ! vous connaissez mes tristes égarements.... vous savez.... et vous ne me haïssez pas !... Oh ! alors, Rose, alors, c'est que vous êtes un ange !...

— Je suis votre femme, et je veux vous aimer, moi, répondit-elle avec un ton de tendre reproche.

— Chère Rose, laissez-moi vous dire..., » reprit Georges. Il n'acheva pas : il venait d'apercevoir devant lui le visage courroucé de Mme Lescalle se dressant en travers du sentier avec un geste de divinité vengeresse.

CHAPITRE XXI.

Les époux.

« Eh bien ! il est de belles heures pour aller se promener par monts et par vaux, monsieur mon gendre, fit la dame de ce ton d'autorité aigre dont elle abusait un peu trop. J'aurais dû me douter que vous étiez revenu en ne voyant pas rentrer Rose à six heures. J'ai été obligée de dîner seule ; ma fille sait cependant bien que c'est une chose que je déteste. Qu'aviez-vous donc de si important à faire par les chemins ? Vous aviez sans doute le projet de faire gagner un rhume à Rose ? Voilà une idée, de la trimballer ainsi à moitié nue par le serein de cette saison.

— Madame Lescalle, je vous présente mon respect, » répondit Georges sans s'émouvoir de ce flot de paroles acides.

Il était fort contrarié de l'apparition inattendue de sa belle-mère, mais il n'en voulut rien faire paraître.

« Je ne suis pas responsable, reprit-il, de ce que, pendant mon absence, Rose est sortie sans chapeau ; j'ai rencontré ma femme et sa tante sur la route ; Mlle Lescalle est retournée aux Capucins, j'ai ramené Rose ici ; tout cela est fort simple et ne devrait pas m'attirer vos reproches.

— Ce qui n'est pas simple, riposta Mme Lescalle, c'est votre inexplicable absence. Vous aviez bien besoin d'aller à Marseille plus de quinze jours durant !

— Je n'ai pas été à Marseille pour me promener, dit Georges en jetant un regard expressif à Rose. Dieu le sait! j'y ai été pour un motif grave.

— Quel motif?

— Une affaire, répondit Georges, désireux de ne faire aucune confidence à sa belle-mère.

— Une affaire ! des grandes affaires que les vôtres ! murmura entre ses dents Mme Lescalle; il me semble, reprit-elle tout haut, que la première affaire pour un homme marié depuis six semaines bientôt, pour un homme raisonnable (et elle appuya sur ce mot), c'est de s'occuper de sa femme.

— C'est tout à fait mon sentiment; aussi je crois mes affaires terminées, et je suis revenu, je l'espère, pour ne plus repartir. »

Et tout en parlant, Georges serra doucement le bras de Rose, restée témoin muet de ce premier engagement entre sa mère et son mari.

L'approbation qui se lisait dans les yeux de la jeune femme et son attitude passive déplurent à Mme Lescalle, et firent naître en elle une sourde irritation contre cette fille, si peu semblable à elle; d'ailleurs, montée depuis la veille par les révélations circonstanciées de Thérézon, Mme Lescalle, au comble de l'indignation, brûlait d'engager la guerre le plus tôt possible.

Cette femme était essentiellement militante; elle aimait les agitations et les secousses, comme d'autres apprécient le calme et le repos. Elle engageait toute l'année des escarmouches avec son mari, sa tante et ses domestiques, qui satisfaisaient imparfaitement ses instincts batailleurs, tout le monde ayant fini, à la longue, par lui céder. La perspective d'un vrai combat avec un adversaire aussi sérieux qu'un gendre faisait sonner à sa pensée tous les clairons des discordes intimes, répondait ainsi à un besoin de sa nature tracassière, et lui rouvrait les horizons d'une sphère d'action, sphère où elle aurait le rôle de général d'armée, où elle pourrait prendre pour drapeau les grands mots d'amour maternel, de devoir, de convenances ; quelle artillerie! Et comme un pauvre petit bonhomme de vingt ans, très-timide, allait se trouver foudroyé !...

« Voyons, dit Mme Lescalle en s'adressant à Rose, tu restes là sans souffler, comme si ce dont je parle ne te regardait pas! Est-ce ton goût que ton mari aille courir la pretentaine, tandis que tu sèches ici sur pied comme un vieux chaume?

— Mais, maman, si M. de Védelle a eu des affaires à Marseille, répondit doucement Rose, il a bien fait d'y aller.

— Ne pouvait-il pas t'emmener?

— Je ne le lui ai pas demandé. »

Mme Lescalle rougit de colère devant cette soumission ; la discussion allait sortir de sa voie. L'orage amoncelé sur Georges menaçait d'éclater sur la tête innocente de Rose. Mme Lescalle fut indignée. Comme beaucoup de gens à la fois étroits et entiers dans leurs idées, elle ne voulait pas trouver sa fille autre qu'elle n'eût été à sa place. Ainsi, Rose opprimée, Rose victime, Rose furieuse même, eût rencontré en elle le défenseur le plus passionné, l'appui le plus énergique ; Rose résignée à sa honteuse situation devenait une petite niaise bonne à morigéner vertement.

« Je trouve étrange, ma fille, commença-t-elle sur un ton péremptoire, que.... »

Georges l'interrompit avec une sorte d'enjouement calme qui lui imposa.

« Nous parlions affaires tout à l'heure, dit-il, et vous me demandiez ce que j'ai pu faire à Marseille ; j'en ai rapporté, mesdames, une nouvelle dont vous serez fort surprises, si elle vous étonne autant que moi.

— Quelle nouvelle? demandèrent en même temps les deux femmes.

— Le roi vient de me nommer chevalier de la Légion d'honneur. »

La mère et la fille se regardèrent.

Un éclair de triomphe passa dans les yeux de Rose ; la stupeur se peignit sur le visage de Mme Lescalle. Elle crut Georges devenu tout à fait fou.

« Bah !... vous ? Allons donc ! Pas possible, balbutia-t-elle sans savoir ce qu'elle disait.

— Quel bonheur ! fit Rose joyeusement, en frappant ses petites mains l'une contre l'autre par un geste enfantin. C'est donc la grande nouvelle dont M. d'Alais me parle dans sa lettre ?

— Sans doute, et Étienne a bien fait de me laisser le plaisir de vous l'apprendre.

— Mais, demanda Mme Lescalle, pourquoi vous a-t-on donné la croix, grand Dieu ? »

Au fond elle croyait à une erreur de prénoms entre Georges et son frère, et elle voulait s'éclairer.

« C'est fort simple, ma chère belle-mère : j'ai fait un livre ; il a eu plus de bonheur qu'il n'en méritait, des amis puissants l'ont prôné, et peut-être un peu prématurément on m'a donné la croix. Aujourd'hui, c'est faveur ; un jour, j'espère, ce sera justice. »

Depuis le premier mot : *j'ai fait un livre*, Mme Lescalle était complétement ahurie.

« Bonne sainte Vierge ! vous avez écrit un livre, vous ! »

Elle regardait Georges avec des yeux démesurés, et répétait ses exclamations d'un air aussi profondément stupéfait que si elle eût dit :

« Vous avez fait une étoile ! »

Georges ne fit pas grande attention à la stupéfaction de sa belle-mère ; il était occupé à observer l'enchantement de Rose, beaucoup plus important à ses yeux.

Avant que l'entretien commencé si aigrement et interrompu d'une façon si inattendue se fût renoué entre

Mme Lescalle et son gendre, on arriva devant l'avenue de Belbousquet.

« Nous voici arrivés, dit Georges en poussant la grille et en faisant passer sa belle-mère avant lui. Je me sens très-fatigué ce soir ; si vous voulez bien me le permettre, madame, je me retirerai de bonne heure. Demain je serai à vos ordres pour causer. »

Mme Lescalle, devenue subitement silencieuse, se contenta de faire un signe d'assentiment.

« Ne restez-vous pas ici, maman ? lui demanda Rose ; il est trop tard pour retourner à la ville, et votre chambre est prête.

— Sans doute, je reste ; je comptais même passer quelques jours près de toi, et en ai prévenu ton père. »

Georges ne fit pas d'observation. On entra dans la maison ; Thérézon montrait sur le seuil sa mine curieuse, et adressa à Mme Lescalle un regard gros d'interrogations.

Mme Lescalle n'y prit pas garde ; Thérézon et ses histoires venaient de tomber au second plan. Mme Lescalle ne voyait plus bien clairement son rôle ; elle avait besoin d'être seule et de recueillir ses idées, fort bouleversées par la communication de Georges.

« Je vais monter chez moi tout de suite, » dit-elle en entrant.

Et elle alluma sa bougie avec une sorte d'impatience.

« Nous en faisons autant, » répondit Georges en recevant la sienne des mains de Thérézon.

Rose accompagna sa mère à sa chambre, et, après s'être assurée que rien ne lui manquait, elle l'embrassa, lui souhaita une bonne nuit et se retira.

Mme Lescalle, venue tout exprès pour *confesser sa fille à fond*, comme elle disait, n'eut pas la présence d'esprit de retenir Rose pour la faire parler. La question se trouvait fort changée par la métamorphose de l'adversaire, et il fallait être moins déconcertée que ne l'était Mme Lescalle pour explorer avec la jeune fille le terrain délicat des confidences conjugales.

Rose, en quittant sa mère, rentra chez elle, posa sa lumière sur une petite table près de la porte, et, accablée par la fatigue, la chaleur et l'émotion, ôta assez précipitamment sa robe. Au moment où l'étoffe blanche s'affaissait comme un nuage à ses pieds, elle aperçut, dans un coin de la chambre, sur une petite causeuse basse, Georges assis et la regardant avec une sorte d'admiration naïve.

Elle fut surprise, croisa ses bras sur sa poitrine découverte, et resta quelques instants debout, immobile, dans un muet et charmant embarras. On l'eût prise pour une statue de la Pudeur.

« Comment! vous voilà ici, dit-elle enfin, tandis que son visage, son cou et jusqu'à ses épaules se couvraient d'une vive rougeur ; mais c'est très-mal de venir comme cela sans prévenir !

— Pardonnez-moi, Rose, répondit Georges. J'avais encore beaucoup de choses à vous dire, quand la présence de votre mère m'a interrompu ; alors je suis venu vous attendre ici. Si cela vous déplaît, je suis prêt à vous quitter.

— Vous êtes mon mari, murmura Rose.

— Non, reprit Georges d'une voix triste, non je ne le suis pas, et je ne serai peut-être pas trouvé par vous digne de l'être ; mais accordez-moi une seule grâce, Rose: venez là près de moi, et laissez-moi vous montrer tout entier ce cœur où jusqu'à ce jour personne n'a su lire. Quand vous m'aurez entendu, quand vous saurez tout, alors vous déciderez de mon sort, et ce que vous ordonnerez sera bien fait. »

Rose, sans rien répondre, vient s'asseoir auprès de Georges ; il lui prit les mains, les garda dans les siennes, et, mis à l'aise par la connaissance où se trouvait sa femme d'une partie de son histoire, il commença à lui parler avec une entière franchise.

Il lui raconta tout : son enfance, ses travaux excessifs du collége, sa terrible maladie, les transformations successives de son intelligence, ses regrets en quittant le château natal, ses rêveries, ses langueurs, ses aspirations, les phases de son amour pour Denise ; tout ce qu'il avait senti, tout ce qu'il avait espéré, tout ce qu'il avait souffert.

Il fit ce long récit ingénument, noblement, avec l'abandon d'une conscience incapable de rien cacher, avec la vraie éloquence du cœur qui entraîne et persuade.

Rose le rassurait, l'encourageait par sa contenance ; elle l'écoutait d'un air pénétré et sympathique ; attentive, ravie et émue tout ensemble, parfois elle levait sur lui ses yeux si bleus où brillaient quelques larmes, et une douce pression de ses petites mains lui témoignait un tendre intérêt.

Pour la première fois de sa vie, Georges se livra à des confidences sans réserve ; son âme si longtemps contenue se révéla tout entière. Il éblouit Rose, qui croyait le connaître, par les richesses intérieures qu'il lui montra ; et puis, pour cette fille de seize ans, née à la vie du cœur depuis si peu de jours, il avait un attrait supérieur à tous, et dont il ne se doutait seulement pas : il lui faisait entendre le langage de son âge ; sa parole naturelle, spontanée, simple et forte à la fois, possédait la grâce toute-puissante de la jeunesse. En dépit de tout, même lorsqu'il racontait ses plus tristes déceptions, la fraîche poésie de ses vingt ans éclatait en lui de toutes parts. Il avait ce charme suprême qu'on perd si vite et ne remplace jamais : la jeunesse de cœur et d'esprit jointe à la jeunesse de la beauté.

Plusieurs heures se passèrent données aux plus intimes épanchements. Après que Georges eut fait sa confession à Rose, Rose raconta à Georges l'histoire de sa vie, si vide pendant seize ans, si pleine depuis trois mois.

Ainsi, pendant ces heures bénies, dans le recueillement et le silence d'une belle nuit d'été, en présence du ciel constellé d'étoiles, sous le regard de Dieu satisfait, se fit le mariage de ces âmes charmantes.

Les premières clartés de l'aube blanchirent l'horizon, qu'ils causaient encore, doucement séduits l'un par l'autre. Un rayon oblique traversa les pampres qui festonnaient la fenêtre de Rose et entra dans la chambre. Rose s'en aperçut la première, et, montrant le ciel à son mari:

« Ah! le jour! dit-elle; tenez, les rossignols se taisent.

— Qu'importe? répondit Georges; Roméo est chez Juliette, mais l'alouette peut chanter sans les troubler. Vous avez lu Shakspeare, n'est-ce pas, ma Rose?

— Oui, dit Rose.

— Alors, reprit Georges en l'attirant sur son cœur.... alors je ferme la fenêtre.... »

CHAPITRE XXII.

Conclusion.

La situation d'esprit de Mme Lescalle pendant cette nuit mémorable fut assez pénible et assez agitée. A peine couchée, tourmentée par ses conjectures, ayant des inquiétudes de curiosité, elle voulut tenter de s'éclairer. Elle se releva, sortit dans le corridor, et vint à petit bruit jusqu'à la porte de sa fille. En approchant, il lui sembla entendre quelqu'un parler à voix basse avec Rose; elle écouta: aucune parole distincte n'arriva à son oreille; mais elle reconnut la voix de Georges, et ne jugea pas à propos d'entrer. Elle revint se mettre dans son lit, où, tout en faisant beaucoup de plans contradictoires, elle finit cependant par s'endormir.

Il faisait grand jour quand elle se réveilla.

Elle récapitula rapidement les éléments de la situation, et, avec une certaine logique, elle décida que moins Georges était tel qu'on l'avait d'abord jugé, plus il devenait important de lui enlever Rose. Ceci posé, il fallait agir ; c'est ce qui convenait surtout à la tournure d'esprit de Mme Lescalle. Elle écrivit sur-le-champ un billet laconique et presque impératif à la comtesse de Védelle, la priant de se rendre sans retard, avec son mari, à Belbousquet, pour affaire de famille ; elle fit également prévenir M. Lescalle. Elle garda le silence avec la vieille tante, dont le caractère conciliant eût pu gêner ses projets. Tant que Mme Lescalle avait pensé ne rencontrer que l'esprit faible et la volonté flottante d'une espèce d'enfant, elle s'était dit, comme Médée : « Moi seule, et c'est assez ! » Mais l'adversaire apparaissant subitement, transformé en homme véritable, il devenait prudent de faire appel à l'autorité des deux familles pour juger et condamner le coupable. Ce calcul était au reste fort simple ; la mère offensée, ne désirant pas faire casser le mariage, voulait seulement constater devant le tribunal des parents les torts graves du mari, reprendre sa fille dédaignée, et, par là, jouir avec elle des revenus fort honorables assurés à Rose par son contrat de mariage. Mme Lescalle se voyait dans l'avenir avec une voiture, avec des cachemires, donnant des soirées ; elle se voyait peut-être même un peu baronne. Décidément, elle n'aurait jamais pu marier sa fille dans des conditions devenant plus agréables pour elle, Mme Lescalle.

Quoique comptant fort peu aux yeux de sa mère, Rose était cependant le témoin important au procès intime dont Mme Lescalle préparait les éléments ; il fallait donc la faire parler pour accabler ensuite Georges avec ses révélations circonstanciées.

Ses lettres parties et sa toilette terminée, Mme Lescalle se dirigea de nouveau vers l'appartement de Rose. Le plus grand silence régnait à l'intérieur, un calme profond enveloppait la maison ; Mme Lescalle mit la main sur le bouton de la porte, qui résista ; elle était fermée. Mme Lescalle ne voulut pas éveiller brusquement Rose, sans doute encore endormie ; elle se décida à attendre son réveil et se retira....

Dans le corridor, elle passa devant la porte de Georges, la voyant entre-bâillée, elle la poussa doucement et avança dans la chambre un visage investigateur.

Elle vit la chambre dans un ordre parfait, et vide.

Cela lui donna fort à réfléchir ; elle jugea nécessaire d'aller recueillir de nouvelles lumières près de l'infaillible Thérézon, et se rendit aussitôt au jardin, où elle était sûre de la rencontrer.

Thérézon, renouvelant le récit des habitudes des jeunes gens depuis leur mariage, rassura Mme Lescalle.

Rassurer est le mot : Mme Lescalle en était à ne plus souhaiter à sa fille un autre avenir que celui d'une séparation.

Par une bizarre aberration de l'esprit, commune à tout le monde, il arrive parfois qu'à force de chercher les compensations à une mauvaise situation, on en vient à préférer les bons côtés d'une alternative d'abord effrayante.

C'est ce qui se passait pour Mme Lescalle.

Vers midi, un petit cheval actif et robuste, de l'espèce de ceux nommés bidets par les médecins et les curés de campagne, déposa M. Lescalle, fort étonné du message de sa femme, à la grille de Belbousquet. Presque au même moment, la calèche du comte de Védelle gravissait à grand'peine la pente assez roide de l'avenue d'oliviers.

Tout le monde entra au salon en même temps ; on se jeta des regards interrogateurs de part et d'autre

Mme Lescalle reçut chacun avec un visage énigmatique.

« Que se passe-t-il ? demanda le vieux comte.

— Pourquoi Georges ne vient-il pas nous recevoir ? dit la comtesse.

— Comment! cela ne va donc pas avec la petite belle-sœur? Le maladroit! s'écria Jacques, devinant une partie de la vérité sur le visage de la belle-mère.

— Il se passe des choses graves et sur lesquelles nous devons nous consulter et prendre un parti, » répondit Mme Lescalle en s'adressant au comte comme chef du conseil de famille.

On s'assit.

« Je ne sais pas ce que tu vas nous raconter, dit le notaire à sa femme; je comprends cependant qu'il s'agit des enfants, et il me semble alors qu'ils devraient assister à notre conférence.

— Je ne sais où ils sont passés depuis une heure; on n'a pas pu les trouver, reprit Mme Lescalle.

— Comment cela? fit la comtesse avec un accent inquiet.

— Ils sont sortis tous deux de la propriété.

— Ensemble?

— C'est ce que je ne saurais vous dire; mais c'est peu probable, d'après la façon dont ils mènent l'existence.

— Vivent-ils mal? demanda le comte.

— Ils ne vivent pas du tout, dit Mme Lescalle, et je vais vous en donner les preuves. »

Alors elle commença à raconter dans les plus grands détails les choses remarquées par Thérézon. Le récit des faits, déjà fort exagéré par la vieille servante, poussa au noir en passant par l'indignation et l'imagination de Mme Lescalle. Georges fut présenté par elle comme un monstre d'hypocrisie. Elle garda la découverte relative à la croix d'honneur pour la fin de sa péroraison, se réservant, avec un certain art, de consacrer par ce grand coup l'accusation de fausseté insigne sur laquelle s'échafaudaient les torts de son gendre.

La famille de Védelle et le notaire lui-même écoutaient avec surprise et inquiétude ce fulminant réquisitoire, d'où il ressortait que Rose était la plus malheureuse des femmes.

Un sentiment de malaise se lisait sur les physionomies.

Jacques seul ne se sentait guère atteint par ces révélations ; il avait pu être cause de l'idée première de ce mariage, mais il n'avait pas travaillé activement à sa conclusion.

Appuyé près de la fenêtre, il laissait donc le discours de Mme Lescalle suivre son cours, en se gonflant à chaque pas comme un torrent. Il trouvait tout cela fort exagéré et n'écoutait guère ; d'ailleurs, comme tous les blonds à tempérament sanguin, Jacques était essentiellement optimiste.

Au milieu d'une des périodes les plus alarmantes de Mme Lescalle :

« Tiens ! s'écria-t-il, Georges et Rose, là-bas ! »

Tous les regards se tournèrent vers la fenêtre.

Les jeunes époux traversaient en effet le jardin, appuyés l'un sur l'autre, se souriant et dans une attitude indiquant une si tendre confiance, que Mme Lescalle, en les apercevant, se tut soudainement.

Georges et Rose eurent bientôt franchi le parterre, et entrèrent dans le salon. Mais ils s'arrêtèrent tout surpris en se trouvant en face de ce cénacle de grands parents.

Il y eut pour tout le monde un instant d'embarras et de silence.

Jacques se remit le premier.

« Bonjour, frère, dit-il avec son enjouement habituel ; je te présente le nouveau député du Var : j'ai été élu hier.

— Ah ! la bonne nouvelle ! s'écria Georges ; et il embrassa son frère cordialement.

— Bonjour, frère, dit Rose, enhardie, en s'adressant à Jacques ; je vous présente un nouveau chevalier de la Légion d'honneur. »

A ces mots, ce furent des exclamations, des questions, des étonnements à n'en plus finir. On s'expliqua à peu près :

personne autre que Rose ne pouvait tout comprendre; les autres se rendirent à une évidence et restèrent assez stupéfaits de cette longue erreur si brusquement dévoilée.

Mme de Védelle embrassa son fils comme si Dieu le lui eût donné une seconde fois; le notaire se frotta les mains comme s'il avait voulu faire croire qu'il avait bien un peu pressenti la vérité; Jacques fut franchement ébahi et joyeux. Le vieux comte eut quelques larmes dans les yeux au souvenir de son injuste sévérité envers ce fils qui devait un jour faire sa gloire.

Mme Lescalle elle-même, en voyant l'air épanoui de Rose, se décida à prendre son parti. Tout son édifice d'accusations, de suppositions, venait de s'écrouler sous le souffle puissant d'une vérité radieuse.

« Ah çà ! s'écria-t-elle, pour essayer au moins de comprendre, ah çà ! mais vous n'êtes plus les mêmes ! qu'est-ce qui vous a changés comme cela ?

— Le bonheur, ma chère belle-mère, » lui répondit Georges.

Un matin du mois de mai, deux ans après ce que nous venons de raconter, M. et Mme Georges de Védelle étaient assis sur la pelouse qui s'étendait en pente douce devant Belbousquet.

Un bel enfant de douze à quinze mois se roulait autour d'eux sur le gazon constellé de fleurettes. Georges s'amusait à agacer son fils en retenant dans ses mains un de ses pieds potelés. Wasp, le beau chien de chasse, bondissait autour du groupe, jaloux de voir son maître ne pas faire attention à lui. Assise à peu de distance sur un fauteuil rustique, la tante Médé tricotait pour ses pauvres.

Rose parcourait un journal, s'interrompant souvent pour jeter un doux regard à l'enfant et une recommandation au père.

Tout à coup elle poussa une exclamation et laissa tomber le journal.

Elle venait de lire aux *Faits divers* les lignes suivantes :

« Le monde parisien s'entretient d'un événement qui a causé la plus grande surprise. La belle Mme de Mallarmé, si connue par son magnifique talent, si admirée dans tous les salons, vient de partir pour la Russie avec le prince de Thersmicheff.

« La médisance attribue à une passion subite cette étrange détermination ; on croit pourtant plus généralement que, les triomphes de salons ne suffisant plus à la célèbre musicienne, elle a cédé au désir d'obtenir des ovations plus complètes en embrassant la carrière du théâtre.

« On affirme même qu'elle doit débuter le 1er septembre prochain au théâtre impérial de Saint-Pétersbourg.

« M. de Mallarmé a immédiatement sollicité du ministre de la marine une mission dans les mers des Indes. »

« Qu'as-tu ? demanda Georges en levant vers sa femme sa belle tête tout ébouriffée par les petites mains de son fils, qui, grave comme un Chinois, lui mettait dans les cheveux des brins d'herbe et des pâquerettes.

— Tiens, lis, là, au bas, à gauche, » fit Rose.

Georges prit le journal.

Tandis qu'il lisait, Rose observait anxieusement sa physionomie. Elle n'y vit aucune émotion.

Après avoir lu, Georges resta pensif, puis, s'adressant à sa femme :

« Vois donc, chère Rose, comme Dieu nous mène ! Cette affreuse nuit passée sur la route de Toulon, où je m'occupai à tuer en moi, avec la rage du désespoir, un amour que je croyais ma vie ; cette nuit-là même, je me sauvais du péril le plus grave, et ces heures d'angoisse devaient toucher de bien près à l'aurore de ma félicité !

— Tu es donc heureux ? répondit Rose en effleurant de ses lèvres fraîches l'oreille de son mari.

— Si heureux, que je n'aurais jamais osé tant demander à Dieu. Il m'a donné un de ses anges, et je l'adore complétement en toi. »

En finissant ces mots, Georges prit le journal, resté ouvert sur ses genoux, en fit une grosse boule et la lança à Wasp, qui lui courut sus, et revint en la lacérant avec ces mouvements de tête brusques et fous d'un chien favori qui pressent une partie de jeu.

Peu après, une partie de jeu générale commença en effet, et l'on entendit sur la pelouse de Belbousquet un joyeux vacarme, causé par les petits cris heureux de l'enfant, le rire éclatant des jeunes époux, et les aboiements inégaux de Wasp en belle humeur.

La vieille tante regarda pendant quelques instants cette scène animée et charmante.

« Oh! mes enfants, dit-elle enfin d'une voix émue, que c'est beau le bonheur!

— Chère tante, répondit Georges en baisant avec respect son front ridé, qu'éclairait une joie sereine, que c'est divin de jouir du bonheur des autres! »

FIN.

TABLE DES MATIÈRES.

Chapitres.		Pages.
I.	Le Château de La Pinède............	1
II.	La famille de Védelle........................	16
III.	Les visites...............	25
IV.	La tante Médé......................	41
V.	Denise.............................	51
VI.	Sollicitudes.........................	59
VII.	Diplomatie paternelle...................	63
VIII.	Rupture.........................	76
IX.	Autorité........................	80
X.	Consentement.................. ...	93
XI.	Anxiétés.........................	99
XII.	Mariage........................	107
XIII.	Résignation	114
XIV.	La lune de miel.................	124
XV.	Un voisin.....................	139
XVI.	Inquiétudes	146
XVII.	Lumière...................	157
XVIII.	Transformation................. ..	167
XIX.	Georges.....................	172
XX.	Retour.....................	197
XXI.	Les époux......................	211
XXII.	Conclusion.................	218

FIN DE LA TABLE.

Ch. Lahure, imprimeur du Sénat et de la Cour de Cassation, rue de Vaugirard, 9.

Librairie de L. HACHETTE et Cie, rue Pierre-Sarrazin, n° 14, à Paris.

BIBLIOTHÈQUE
DES CHEMINS DE FER
500 VOLUMES

VOLUMES PUBLIÉS OU PRÊTS A PARAITRE.

(1er OCTOBRE 1856.)

1. GUIDES DES VOYAGEURS.

1° GUIDES AD. JOANNE, RICHARD, etc.

Guide du Voyageur en Europe, par *Richard*. 2e édition. 1 très-fort vol. in-12, broché .... 15 fr.

Guide du Voyageur aux Bains d'Europe, par *Richard*. 1 fort vol. grand in-18, broché .... 8 fr.

Tableau des monnaies d'Europe, comparées à la monnaie française. 1 vol. in-18, broché .... 1 fr.

Guide classique du Voyageur en France et en Belgique, par *Richard*. 24e édit. 1 fort vol. in-12, broché .... 8 fr.

Guide classique du Voyageur en France (abrégé du précédent), par *Richard*. 1 vol. in-18, broché .... 5 fr.

Conducteur du Voyageur en France (abrégé du précédent), par *Richard*. 1 vol. in-32, broché .... 3 fr.

Guide du Voyageur dans la France monumentale (*Itinéraire archéologique*), par *Richard* et *E. Hocquart*. 1 vol. in-12, broché .... 9 fr.

Guide alphabétique des rues et monuments de Paris, par *Fr. Lock*. 1 vol. in-12, broché .... 3 fr. 50

Petit guide de l'étranger à Paris, par *Fréd. Bernard*. 1 vol. grand in-32, relié .... 1 fr.

Guide du Voyageur aux Pyrénées, par *Richard*. 1 fort vol. in-18, br.. 7 fr.

Autour de Biarritz, par *A. Germond de Lavigne*. 1 vol gr. in-18, br. 1 fr. 50

Itinéraire de Paris à Marseille, par *Richard*. 1 vol. grand in-18, br.. 3 fr.

Conducteur de l'Etranger dans Marseille par *Richard*. 3e édit. 1 vol. grand in-18, broché .... 3 fr.

Guide du Voyageur en Belgique et en Hollande, par *Richard*. 1 fort vol. in-18, broché .... 8 fr.

Guide du Voyageur en Belgique, par *Richard*. 1 fort vol. in-18, br .. 6 fr.

Guide du Voyageur en Hollande, par *Richard*. 1 vol in-18, broché. 4 fr. 50

Spa et ses Environs, par *Ad. Joanne*. 1 vol. in-18, broché .... 2 fr.

Itinéraire des bords du Rhin, du Neckar et de la Moselle, par *Ad. Joanne*. 1 fort vol. in-18, broché .... 7 fr.

Les trains de plaisir des bords du Rhin, par *Ad. Joanne*. 1 vol. in-18, br. 2 fr. 50

Bade et la forêt Noire, par *Ad. Joanne*. 1 vol. in-18 .... 2 fr.

Itinéraire descriptif et historique de l'Allemagne :
— ALLEMAGNE DU NORD, par *Ad. Joanne*. 1 fort vol. in-12, broché... 10 fr. 50
— ALLEMAGNE DU SUD, par *Ad. Joanne*. 1 fort vol. in-12, broché... 10 fr. 50

Itinéraire de la Suisse et du Jura français, par *Ad. Joanne*. 2e édit. 1 fort vol. in-12, broché............ 11 fr. 50

NOUVEL-EBEL. Manuel du Voyageur en Suisse, par *Ad. Joanne*. 1 fort vol. in-18, broché .... 6 fr. 50

Itinéraire descriptif et historique de l'Italie, par *A. J. Du Pays*. 1 fort vol. in-12, broché............ 11 fr. 50

Voyage dans le Midi de la France et en Italie, par *A. Asselin*. 1 vol. in-12 broché .... 5 fr.

Rome et ses Environs, par *G. Robello*. 1 vol. in-12, broché........ 7 fr. 50

Rome vue en huit jours, par *Richard*. 1 vol. in-18, broché......... 2 fr.

Guide du Voyageur en Espagne et en Portugal, par *Richard*. 1 fort vol. in-18, broché................ 9 fr.

Itinéraire de la Grande-Bretagne : Angleterre, Écosse et Irlande, par *Richard* et *Ad. Joanne*. 1 fort vol. in-12, broché.................. 12 fr.

Itinéraire descriptif et historique de l'Ecosse, par *Ad. Joanne*. 1 vol. in-18, broché................ 7 fr. 50

Guide du Voyageur à Londres et dans ses Environs, par *Lake*. 1 fort vol. in-18, broché............. 7 fr. 50

Londres tel qu'il est, par *Richard*. 1 joli vol. in-18, broché...... 2 fr.

Guide du Voyageur en Orient, par *Richard* et *Quetin*. 1 fort vol. in-12, broché................ 10 fr. 50

Guide du Voyageur à Constantinople et dans ses Environs, précédé de la route de Paris à Constantinople, par *Ph. Blanchard*. 1 fort vol. in-12, broché................. 7 fr. 50

La Terre sainte. — Voyage des quarante Pèlerins de 1853, par *L. Énault*. 1 vol. in-12, broché.......... 4 fr.

Guide du Voyageur en Algérie, par *Richard*. 1 vol. in-18, broché.... 5 fr.

L'Algérie en 1854. — Itinéraire de Tunis à Tanger, par *Joseph Bard*. 1 vol. in-8, broché................ 5 fr. 50

Belgique, par *Félix Mornand*, avec une belle carte de la Belgique. 1 vol. in-16, broché.................. 2 fr.

2° ITINÉRAIRES ILLUSTRÉS.

Volume à 30 centimes.

Le Parc et les grandes Eaux de Versailles (in-32, 20 vignettes).

Volumes à 50 centimes.

De Paris à Corbeil (40 vignettes par Champin et une carte).

Enghien et la vallée de Montmorency, par *E. Guinot* (in-32, 18 vignettes).

Petit itinéraire de Paris à Nantes (16 vignettes et une carte).

Petit itinéraire de Paris à Rouen (in-32, 33 vignettes et une carte).

Petit itinéraire du chemin de fer de Paris au Havre (in-32, 55 vignettes et une carte).

Promenades au château de Compiègne, et aux ruines de Pierrefonds et de Coucy, par *Eug. Guinot* (11 vignettes).

Volume à 75 centimes.

Petit guide de l'étranger à Paris, par *Fr. Bernard* (grand in-8, 40 vignettes par Lancelot et Thérond, et un plan de Paris). 2e édit.

Volumes à 1 franc.

De Paris à Orléans, par *Moléri* (45 vignettes par Champin et Thérond, et une carte).

De Strasbourg à Bâle, par *Frédéric Bernard* (50 vignettes et une carte).

Dieppe et ses environs, par *E. Chapus* (12 vignettes et un plan).

D'Orléans à Tours, par *A. Achard* (15 vignettes dessinées par Daubigny, et une carte).

D'Orléans à Nevers, à Châteauroux et à Varennes, par *A. Achard* (45 vignettes et une carte).

Fontainebleau et ses environs, par *Fr. Bernard* (21 vignettes par Lancelot).

Guide aux eaux thermales du Mont-Dore, par *L. Piesse* (37 vignettes par Lancelot).

Le Château, le Parc et les grandes Eaux de Versailles, par *Fréd. Bernard* (30 vignettes et 3 plans). 2e édit.

Les ports militaires de la France (Cherbourg, Brest, Lorient, Rochefort et Toulon), par *E. Neuville* (14 vignettes et 5 plans).

Nantes et ses environs, par *A. Moutié* (in-8, une lithographie).

Petit guide illustré de Paris, édition allemande, par *Wilhelm* (gr. in-8 avec un plan).

Petit guide illustré de Paris, édition anglaise, par *Fielding* (gr. in-8 avec plan).

Vichy et ses environs, par *Louis Piesse* (23 vignettes et un plan).

Volumes à 2 francs.

De Lyon à Marseille, par *Fr. Bernard* (80 vignettes par Lancelot, et une carte).

De Paris à Bruxelles, y compris l'embranchement de Saint-Quentin, par *E. Guinot* (70 vignettes par Chapuy et Daubigny, 5 plans et une carte).

De Paris à Calais, à Boulogne et à Dunkerque, par *Eugène Guinot* (60 vignettes, 4 plans et une carte).

De Paris à Dieppe, par *Eugène Chapus*, (40 vignettes, 2 plans et une carte).

De Paris à Lyon et à Troyes, par *F. Bernard* (80 vignettes par Lancelot, et une carte).

De Paris à Strasbourg, par *Moléri* (80 vignettes par Chapuy, Renard, Lancelot, etc., et une carte).

De Paris au centre de la France, contenant : 1° *De Paris à Corbeil et à Orléans*; 2° *d'Orléans à Nevers, à Châteauroux et à Varennes*, par *Moléri* et *A. Achard* (90 vignettes par Champin et Lancelot, et une carte).

De Paris au Havre, par *Eugène Chapus* (40 vignettes, 2 plans et une carte).

De Paris au Mans, par *A. Moutié* (50 vig. par Thérond, et une carte).

Guide du voyageur à Londres, précédé d'un Itinéraire historique et descriptif des chemins de fer de Paris à Londres (100 vignettes par Daubigny et Freemann, cartes et plans).

Les bords du Rhin, par *Frédéric Bernard* (80 vignettes par Daubigny, Lancelot, etc., cartes et plans).

Volumes à 3 francs.

De Paris à Bordeaux, par *A. Joanne* (120 vignettes par Champin, Lancelot et Varin, et 3 cartes).

De Paris à Nantes, par *A. Joanne* (100 vignettes par Champin, Thérond et Lancelot, et 3 cartes).

Volume à 7 francs.

Paris illustré, son histoire, ses monuments, ses musées, son administration, son commerce et ses plaisirs, nouveau guide des voyageurs où l'on trouve les renseignements pour s'installer et vivre à Paris, de toutes manières et à tous prix; publié par une société de littérateurs, d'archéologues et d'artistes (280 vignettes par Lancelot et Thérond, et 18 plans). Prix.................... 7 fr.

3° GUIDES DE LA CONVERSATION.

Dialogues à l'usage des Voyageurs.

Volumes à 1 franc 50 cent.

Français-allemand, par *Richard* et *Wolters*.

Français-anglais, par *Richard* et *Quétin*.

Français-espagnol, par *Richard* et *de Corôna*.

Français-italien, par *Richard* et *Boletti*.

Anglais-allemand, par *A. Horwitz*.

Anglais-italien, par *Wahl* et *Brunetti*.

Anglais-espagnol, par *de Corôna* et *Laran*.

Volumes à 2 francs.

L'interprète anglais-français pour un voyage à Londres, ou conversations dans les deux langues sur les points les plus essentiels et les plus curieux du voyage, par *C. Fleming*.

L'interprète français-anglais pour un voyage à Paris, ou conversations dans les deux langues sur les points les plus essentiels et les plus curieux du voyage, par *C. Fleming*.

Volume à 3 francs.

L'interprète français-allemand pour un voyage à Paris, ou conversations dans les deux langues sur les points les plus essentiels et les plus curieux du voyage, par MM. *de Suckau*.

Tous ces guides se vendent aussi reliés. La reliure se paye en sus des prix ci-dessus indiqués.

II. HISTOIRE ET VOYAGES.

(Couvertures vertes.)

Volumes à 50 centimes.

Assassinat du maréchal d'Ancre, relation anonyme attribuée au garde des sceaux *Marillac*, avec un Appendice extrait des Mémoires de *Richelieu* (24 avril 1617).

Gutenberg, inventeur de l'imprimerie, par *A. de Lamartine* (1400-1469).

Héloïse et Abélard, par le même (1079-1142).

Histoire du siège d'Orléans et des honneurs rendus à la Pucelle, par *J. Quicherat*.

La conjuration de Cinq-Mars, récit extrait de *Montglat, Fontrailles, Tallemant des Réaux*, Mme *de Motteville*, etc. (1642).

La conspiration de Walstein, épisode de la guerre de Trente ans, par *Sarasin*, avec un Appendice extrait des Mémoires de *Richelieu* (1634).

La Jacquerie, précédée des insurrections des Bagaudes et des Pastoureaux; d'après *Mathieu Paris, Froissart*, etc. (1270-1380).

La mine d'ivoire, voyage dans les glaces de la mer du Nord, traduit de l'anglais.

La Saint-Barthélemy, récit extrait de *L'Estoile, Brantôme, Marguerite de Navarre, de Thou, Montluc*, etc. (24 août 1572).

La vie et la mort de Socrate, racontées par *Xénophon* et *Platon* (470-400 avant J. C.).

Légende du bienheureux Charles le Bon comte de Flandre, récit du XIIe siècle, par *Galbert de Bruges*.

Pitcairn ou la nouvelle île fortunée.

Volumes à 1 franc.

Campagne d'Italie, par *P. Giguet*, avec une carte gravée sur acier (1796).

Charlemagne et sa cour, portraits, jugements, etc., par *B. Hauréau* (742-814).

Christophe Colomb, par *A. de Lamartine* (1436-1506).

Deux années à la Bastille, récit extrait des Mémoires de Mme *de Staal* (Mlle de Launay) (1717-1720).

Édouard III et les bourgeois de Calais (1346-1358).

Fénelon, par *A. de Lamartine* (1651-1715).

Guillaume le Conquérant, ou l'Angleterre sous les Normands (1027-1087).

Histoire d'Henriette d'Angleterre, duchesse d'Orléans, par Mme *de La Fayette* (1661-1670).

Jeanne d'Arc, par *J. Michelet* (1412-1432).

L'amour dans le mariage, étude historique par *M. Guizot*. 3e édit.

Le Cid Campéador, chronique extraite des anciens poëmes espagnols, des historiens arabes et des biographies modernes, par *C. de Monseignat* (1040-1090).

Les convicts en Australie, voyage dans la Nouvelle-Hollande, par *P. Merruau*.

Les émigrés français dans la Louisiane (1800-1804).

Les îles d'Aland, avec une carte et deux gravures, par *Léouzon Le Duc*.

Louis XI et Charles le Téméraire, par *J. Michelet* (1461-1477).

Le cardinal de Richelieu, par *H. Corne*, ancien représentant (1623-1642). 2e éd.

Le cardinal Mazarin, par le *même* (1642-1661).

Nelson, par *A. de Lamartine* (1758-1805).

Pie IX, par *E. de Saint-Hermel* (1792-1853).

Saint Dominique et les Dominicains, par *E. Caro*.

Saint François d'Assise et les Franciscains, par *Frédéric Morin*.

Voyage du comte de Forbin à Siam, suivi de quelques détails extraits des Mémoires de l'abbé *de Choisy* (1685-1688).

Voyage de Levaillant (abrégé du) dans l'intérieur de l'Afrique.

Voyage en Californie en 1852 et 1853, par *Ed. Auger*.

Volumes à 2 francs.

Alfred le Grand, ou l'Angleterre sous les Saxons, par *G. Guizot*.

Aventures de Robert Fortune en Chine, dans ses voyages à la recherche du thé et des fleurs.

François Ier et sa Cour, portraits, jugements et anecdotes (1515-1547), par *B. Hauréau*. 2e édit.

La grande Charte ou l'Établissement du gouvernement constitutionnel en Angleterre, par *Camille Rousset*.

La Nouvelle-Calédonie. Voyages,—missions,—colonisation, — par *Charles Brainne*.

Law, son système et son époque, par *A. Cochut* (1716-1729).

Le Régent et la cour de France sous la minorité de Louis XV, portraits, jugements et anecdotes, extraits littéralement des Mémoires authentiques du *duc de Saint-Simon* (1715-1723). 2e édit.

Louis XIV et sa cour, portraits, jugements et anecdotes, extraits littéralement des Mémoires authentiques du *duc de Saint-Simon* (1694-1715). 2e édit.

Madame de Maintenon, par *G. Héquet* (1635-1719).

Mœurs et coutumes de l'Algérie. — (Tell, Kabylie, Sahara), par le général *Daumas*, conseiller d'État, directeur des affaires de l'Algérie.

Origine et fondation des États-Unis d'Amérique, par *P. Lorain* (1497-1620).

Scènes de la vie maritime, par le capitaine *Basil Hall*, traduites par *Amédée Pichot*.
Souvenirs de l'empereur Napoléon Ier, extraits du *Mémorial de Sainte-Hélène* de M. le comte *de Las Cases* (1769-1821).
Un chapitre de la révolution française, ou Histoire des journaux en France de 1789 à 1799, précédée d'une introduction historique sur les journaux chez les Romains et dans les temps modernes, par *Ch. de Monseignat*.
Voyages dans les glaces du pôle arctique, à la recherche du passage nord-ouest, extraits des relations de sir John Ross, Edward Parry, John Franklin, Beechey, Back, Mac Clure et autres navigateurs célèbres, par MM. *A. Hervé* et *F. de Lanoye*.

Volumes à 2 francs.

Caprices et Zigzags, par *Th. Gautier*.
Italia, par le même.
La Baltique, par *Léouzon Le Duc*.
La Russie contemporaine, par le même. 2e édit.
La Grèce contemporaine, par *Edmond About*. 2e édit.
La Turquie actuelle, par *A. Ubicini*.
L'Inde contemporaine, par *F. de Lanoye*.
Voyage d'une femme au Spitzberg, par Mme *L. d'Aunet*. 2e édit.

III. LITTÉRATURE FRANÇAISE.
(Couvertures cuir.)

Volumes à 50 centimes.

La bourse, par *H. de Balzac*.
La métromanie, par *Piron*.
L'avocat Patelin, par *Brueys* et *Palaprat*.
Le joueur, par *Regnard*.
Le philosophe sans le savoir, par *Sedaine*.
Scènes de la vie politique, par *H. de Balzac*.
Zadig ou la destinée, par *Voltaire*.

Volumes à 1 franc.

Clovis Gosselin, par *Alph. Karr*.
Contes et nouvelles, par *le même*.
Contes excentriques, par *Ch. Newil*.
Ernestine — Caliste — Ourika, par Mmes *Riccoboni, de Charrière* et *de Duras*.
André, par *George Sand*.
François le Champi, par la même.
La mare au diable, par la même.
La petite Fadette, par la même.
Graziella, par *A. de Lamartine*.
La colonie rocheloise, nouvelle extraite de l'Histoire de Cléveland par *l'abbé Prévost*.
La dernière bohémienne, par Mme *Ch. Reybaud*.
Mademoiselle de Malepeire, p. la même.
Le lion amoureux, suivi de l'orage et des deux aveugles, par *Fr. Soulié*.
Les arlequinades, par *Florian*.
Les lettres et l'homme de lettres au XIXe siècle, par *Demogeot*.

Les Matinées du Louvre, par *Méry*.
Contes et nouvelles, par le même.
Nouvelles nouvelles, par le même.
Les oies de Noël, par *Champfleury*.
Militona, par *Théophile Gautier*.
Palombe ou la femme honorable, roman, par *Jean-Pierre Camus*, évêque de Belley ; précédée d'une étude littéraire sur Camus et le roman au XVIIe siècle, par *H. Rigault*.
Paul et Virginie, par *Bernardin de Saint-Pierre*.
Pierrette, par *H. de Balzac*.
Théâtre choisi de *Lesage*.
Tolla, par *Edmond About*.
Un Rossignol pris au trébuchet, par *X. B. Saintine*.
Les trois reines, par le même.
Vittoria Colonna, par *Le Fèvre Deumier*.

Volumes à 2 francs.

Eugénie Grandet, par *H. de Balzac*.
Fables de Viennet.
Le tailleur de pierres de Saint-Point, par *A. de Lamartine*.
Les mariages de Paris, par *Edm. About*.
Théâtre choisi de *Beaumarchais*, contenant le Barbier de Séville et le Mariage de Figaro.
Ursule Mirouët, par *H. de Balzac*.

Volumes à 3 francs.

Atala, René, les Natchez, par *de Chateaubriand*.
Le génie du christianisme, par le même

Les martyrs, par *de Chateaubriand.*
Costal l'Indien, scènes de l'indépendance du Mexique, par *Gabriel Ferry.*
Le coureur des bois, ou les chercheurs d'or, par le même. 2 vol.
Scènes de la vie mexicaine, p. le même.

Le presbytère, par *Töpffer.*
Menus propos, par le même.
Nouvelles genevoises, par le même.
Rosa et Gertrude, par le même, avec des notices par MM. *Sainte-Beuve* et *de La Rive.*

IV. LITTÉRATURES ÉTRANGÈRES.
(Couvertures jaunes.)

Volumes à 50 centimes.

Costanza, ou l'illustre servante, par *Cervantès*, traduit de l'espagnol par *L. Viardot.*
Jonathan Frock, par *Henri Zschokke*, traduit de l'allemand par *E. de Suckau.*
La bohémienne de Madrid, par *Cervantès*, trad. de l'espagnol par *L. Viardot.*
Voyage en France à la recherche de la santé, extrait et traduit de Sterne, par *A. Tasset.*

Volumes à 1 franc.

Aladdin ou la lampe merveilleuse, conte tiré des Mille et une Nuits.
Contes merveilleux d'*Apulée*, traduits du latin.
Contes d'*Auerbach*, traduits de l'allemand par M. *Boutteville.*
Cranford, par Mme *Gaskell*, traduit de l'anglais par Mme *Sw.-Belloc.*
Histoire de Djouder le pêcheur, conte traduit de l'arabe, par *Cherbonneau* et *Thierry.*
La bataille de la vie, par *Ch. Dickens*, traduit de l'anglais par *A. de Goy.*
La fille du capitaine, par *Alexandre Pouschkine*, traduit du russe par *L. Viardot.*
La mère du déserteur, par *Walter Scott*, traduit de l'anglais par *F. Colincamp.*
Le grillon du foyer, par *Ch. Dickens*, traduit de l'anglais par *F. Colincamp.*
Le mariage de mon grand-père, suivi du Testament du juif, trad. de l'anglais.

Lettres choisies de lady *Montagu*, traduites de l'anglais.
Nouvelles choisies d'*Edgard Poë*, contenant : 1° le Scarabée d'or, 2° l'Aéronaute hollandais; traduites de l'angl.
Nouvelles choisies de *Nicolas Gogol*, contenant : 1° les Mémoires d'un fou; 2° un Ménage d'autrefois; 3° le Roi des gnomes, traduites du russe par *L. Viardot.*
Nouvelles choisies du *comte Sollohoub*, contenant : 1° Une Aventure en chemin de fer; 2° les deux Étudiants; 3° la Nouvelle inachevée; 4° l'Ours; 5° Serge; traduites du russe, par *E. de Lonlay.*
Tarass Boulba, de *Nicolas Gogol*, traduit du russe par *L. Viardot.*
Werther, de *Gœthe*, traduit de l'allemand, par *L. Enault.*

Volumes à 2 francs.

La fille du chirurgien, de sir *Walter Scott*, traduction de *L. Michelant.*
Mémoires d'un seigneur russe, ou tableau de la situation actuelle des nobles et des paysans dans les provinces russes, traduits du russe d'*Ivan Tourguénief*, par *E. Charrière*. 2ᵉ édit.
Nouvelles danoises, traduites par *Xavier Marmier.*
Ruth, par Mme *Gaskell*, trad. de l'anglais par Mme *de Witt.*

Volume à 3 francs.

L'esclave blanc, traduit de l'anglais par *L. de Wailly.*

V. AGRICULTURE ET INDUSTRIE.
(Couvertures bleues.)

Volumes à 1 franc.

La télégraphie électrique, par *Victor Bois*, ingénieur civil. 2ᵉ édit.
Le jardinage, ou l'art de créer et d'entretenir un jardin, par *A. Ysabeau.* 2ᵉ édit.
Les chemins de fer français, par *V. Bois.*

Volumes à 2 francs.

La pisciculture, par *Aug. Jourdier*, ancien fermier à Villeroy et au Vert-Galant, membre du Conseil d'administration de la Société d'encouragement pour l'industrie nationale, etc., avec 120 gravures.
Les abeilles et l'apiculture, avec 20 vignettes, par *A. de Frarière.*

Les secrets de la cuisine française, par *Gogué*.
L'hygiène ou l'art de conserver la santé, par le D' Beaugrand.
Maladies de la pomme de terre, de la betterave, du blé et de la vigne de 1845 à 1853, avec l'indication des meilleurs moyens à employer pour les combattre, par *A. Payen*, de l'Institut, avec 4 planches dont 3 coloriées.

Volumes à 3 francs.

Des substances alimentaires et des moyens de les améliorer, de les conserver et d'en reconnaître les altérations, par *A. Payen*, de l'Institut,

secrétaire perpétuel de la Société impériale d'agriculture. 3° édit.

Volume à 4 francs.

Le matériel agricole, ou description et examen des instruments, des machines, des appareils et des outils, au moyen desquels on peut : 1° Sonder, défricher, défoncer, drainer; 2° Labourer, remuer et aérer, alléger, fouiller, plomber, nettoyer, ensemencer, façonner le sol; 3° Récolter, transporter, abriter et emmagasiner les produits; 4° Tirer parti de chacun d'eux, soit pour les consommer, soit pour les vendre, etc., par *A. Jourdier*. 2° édit.

VI. LIVRES ILLUSTRÉS POUR LES ENFANTS.
(Couvertures roses.)

Volumes à 1 franc.

Enfances célèbres, par Mme *L. Colet* (16 vignettes).
Fables de Fénelon, archevêque de Cambrai (8 vignettes).
Voyages de Gulliver à Lilliput et à Brobdingnag, par *Swift*, édition abrégée à l'usage des enfants (10 vignettes).

Volumes à 2 francs.

Choix de petits drames et de contes tirés de Berquin (35 vignettes).
Contes choisis d'*Andersen*, traduits du danois par *Soldi* (40 vignettes par Bertall).
Contes choisis des frères *Grimm*, traduits de l'allemand par *Fréd. Baudry* (40 vignettes par Bertall).
Contes de fées tirés de *Perrault*, de Mme *d'Aulnoy* et de Mme *Leprince de Beaumont* (40 vignettes).
Contes de l'adolescence choisis de miss *Edgeworth*, et traduits par *A. Le François* (22 vignettes).
Contes de l'enfance choisis de miss *Edgeworth*, et traduits par *A. Le François* (26 vignettes).

Contes moraux de Mme *de Genlis* (8 vignettes).
Contes nouveaux, par Mme *de Bawr* (40 vignettes par Bertall).
Histoire de l'admirable don Quichotte de la Manche, par *Cervantès*, édition à l'usage des enfants (17 vignettes).
Histoire d'un navire, par *Ch. Vimont* (vignettes par Alex. Vimont).
La caravane, contes orientaux traduits de l'allemand de *Hauff*, par *A. Talon* (46 vignettes par Bertall).
La petite Jeanne ou le devoir, par Mme *Z. Carraud* (20 vignettes).
Légendes pour les enfants, par *P. Boiteau* (40 vignettes).
Les exilés dans la forêt, par le capitaine *Mayne-Reid*, traduits de l'anglais par Mme *Henriette Loreau* (12 vignettes).
L'habitation du désert, par le capitaine *Mayne-Reid*, traduite de l'anglais par *A. Le François* (24 vignettes par Doré).
Les jeux des adolescents, par *Beleze* (140 vignettes).

VII. OUVRAGES DIVERS.
(Couvertures saumon.)

Volumes à 1 franc.

Anecdotes historiques et littéraires, racontées par *L'Estoile*, *Brantôme*, *Tallemant des Réaux*, *Saint-Simon*, *Grimm*, etc.
Anecdotes du règne de Louis XVI.
Anecdotes du temps de la Terreur.
Anecdotes du temps de Napoléon I", recueillies par *E. Marco de St-Hilaire*.
Aventures de Cagliostro, par *J. de Saint-Félix*.

Aventures du baron de Trenck, par *P. Boiteau* (1726-1794).
La sorcellerie, par *Ch. Louandre*.
Le guide du bonheur, par M. ***.
Le tueur de lions, par *Jules Gérard*. 2° édition.
Le véritable Sancho-Pança, par *J***.
Mesmer et le magnétisme animal, par *E. Bersot*. 2° édition, augmentée d'un chapitre sur les tables tournantes.

Volumes à 2 francs.

Études biographiques et littéraires sur quelques célébrités étrangères, par *J. Le Fèvre Deumier* : — I. Le Cavalier Marino; II. Anne Radcliffe; III. Paracelse; IV. Jérôme Vida.

Les chasses princières en France de 1589 à 1839, par *E. Chapus.*

Le Sport à Paris, ouvrage contenant : Le Turf, — la Chasse, — le Tir au pistolet et à la carabine, — les Salles d'armes, — la Boxe, — le Bâton et la Canne, — la Lutte, — le Jeu de Paume, — le Billard, — le Jeu de Boule, — l'Équitation, — la Natation, — le Canotage, — la Pêche, — le Patin, — la Danse, — la Gymnastique, — les Échecs, — le Whist, etc., par *Eugène Chapus.*

Œhlenschläger, le poëte national du Danemark, par *J. Le Fèvre Deumier.*

Souvenirs de chasse (sixième édition) par *L. Viardot.*

Voyage à travers l'Exposition des beaux-arts, par *Edmond About.*

Volumes à 3 francs.

La chasse à courre en France, par *J. J. Vallée* (vignettes par Grenier fils).

La chasse à tir en France, par *J. J. Vallée* (30 vignettes par F. Grenier).

Les cartes à jouer et la cartomancie, par *Paul Boiteau* (40 vignettes).

Les musées de France, par *Louis Viardot.*
Les musées d'Italie, par le même.
Les musées d'Espagne, par le même.
Les musées d'Allemagne, par le même.
Les musées de Belgique, de Hollande et de Russie, par le même.

Le Turf ou les courses de chevaux en France et en Angleterre, par *Eugène Chapus.*

VIII. ÉDITIONS COMPACTES ET ÉCONOMIQUES.
(Couvertures chamois.)

Volumes à 1 franc.

Aventures d'une colonie d'émigrants, en Amérique, traduites de l'allemand par *Xavier Marmier.*

Geneviève, histoire d'une servante, par *A. de Lamartine.*

Jane Eyre, imitée de l'anglais de *Currer-Bell*, par *Old-Nick.*

Le diamant de famille et la jeunesse de Pendennis, par *Thackeray.*

Opulence et misère, de Mrs. *Ann S. Stephens*, traduit de l'anglais par Mme *Henriette Loreau.*

Stella et Vanessa, par *L. de Wailly.*
Tancrède de Rohan, par *H. Martin.*

Volumes à 2 francs.

De France en Chine, par le Dr *Yvan.*

La case de l'oncle Tom, ou vie des Nègres en Amérique, par Mrs. *Harriet Beecher Stowe*, traduction de L. *Enault.*

L'allumeur de réverbères, par miss *Cumming*, roman américain, traduit par MM. *Belin de Launay* et *Ed. Scheffter.*

Volumes à 3 francs.

La foire aux vanités, par *Thackeray*, traduction de M. *Guiffrey.*

Visite à l'Exposition universelle de 1855, publiée sous la direction de M. *Tresca.* 2e édition.

Les volumes qui composent la Bibliothèque des chemins de fer se trouvent à la librairie des éditeurs, rue Pierre-Sarrazin, no 14, chez les principaux libraires de Paris et de l'Étranger, et dans les gares des chemins de fer.

Ch. Lahure, imprimeur du Sénat et de la Cour de Cassation
(ancienne maison Crapelet), rue de Vaugirard, 9.

Imprimerie de Ch. Lahure (ancienne maison Crapelet)
rue de Vaugirard, 9, près de l'Odéon.